Lion Feuchtwanger

# Die schönsten Geschichten

Lion Feuchtwanger

# Die schönsten Geschichten

*Mit einem Nachwort*
*von Manfred Flügge*

aufbau
AUFBAU VERLAGSGRUPPE

Ausgewählt von Gisela Lüttig

ISBN 978-3-351-03248-7

Aufbau ist eine Marke
der Aufbau Verlagsgruppe GmbH

1. Auflage 2008

Einbandgestaltung
Andreas Heilmann und Gundula Hißmann, Hamburg
unter Verwendung eines Fotos
von Phil Wills/Millenium
Druck und Binden CPI – Clausen & Bosse, Leck
Printed in Germany

www.aufbau-verlagsgruppe.de

# Inhalt

# Das Gelübde

Diesen ganzen Tag hielt Jeftas wilde Lustigkeit an. Noch am nächsten Morgen erwachte er fröhlich im Bewußtsein seines großen Sieges.

Er bedachte die Aufgaben, die vor ihm lagen. Zuerst einmal mußte er in den sieben nördlichen Gauen abrechnen mit denjenigen, die in ihrer Treue schlüpfrig geworden waren.

Statt dessen gab er Befehl, nach Mizpeh aufzubrechen, nach dem Süden. Den überraschten Unterführern erklärte er, er wolle, bevor er in Baschan aufräume, König Nachasch zu einem schnellen Frieden zwingen, damit er sich nicht mit Efraim verbinde.

In seinem Innern wußte er, daß ihn ein anderes abhielt, nach dem Norden zu ziehen. Im Norden waren die Frauen, Ketura und Ja'ala, und: »Ich will dir zum Brandopfer bringen, wer immer mir aus meinem Gut als erster entgegenläuft«, hatte er dem Jahwe geschworen. Verwirrung und Bedrängnis hatten ihm die Worte unklar gefügt, und es war fraglich, ob sein Lager und sein Zelt im Lande Tob als »sein Gut« anzusehen waren. Aber klüger und vorsichtiger blieb es, nach Mizpeh zu gehen und den Norden zu vermeiden, wo er den Frauen begegnen könnte. Eine dunkle, ungute Neugier war in ihm, wen nun wohl unter denen, die ihm gehörten, Jahwe in Mizpeh ihm entgegenschicken werde, daß er ihm die Hand auflege und sein Gelübde erfülle.

Überall auf seinem Zuge begrüßte ihn Jubel und Verehrung. Einige wenige fragten sich wohl, ob Jefta recht daran getan habe, über die Efraimiter herzufallen, und fürchteten, Jahwe könnte zürnen. Die weitaus meisten aber hatten unbegrenztes Vertrauen zu ihm und verspürten nichts als Freude über den großen Sieg. Und lautes Behagen war im ganzen Land an dem herzhaften Spaß, den Jefta sich und seinen Leuten an der Furt des Jordan gegönnt hatte. Die Männer von Gilead waren ernst, würdig und lachten selten; aber wenn sie an die Geschehnisse bei Zafón dachten, dann stießen sie einander an und lachten schallend immer von neuem. »Schibolet«, sagten sie, und: »Schalom« und andere Wörter, die mit einem »sch« begannen, und sie freuten sich über die dummen, täppischen Efraimiter, die es ums Leben nicht fertiggebracht hatten, so einfache Wörter richtig auszusprechen.

Jefta ließ auf diesem Zug nach Mizpeh sein Feldzeichen nicht vor sich hertragen. Er wartete das neue Feldzeichen ab, das der Künstler Latarak ihm anfertigen sollte. Aber er machte, als man sich der Stadt Mizpeh näherte, einen Umweg über die Höhe Obot, und dort, an der Gräberstätte, holte er das alte Feldzeichen hervor. Er ließ die Steine fortwälzen und betrat die Höhle, um seinem Vater das verbeulte und verbogene Schild mit der Wolke und dem Blitz zu bringen, das Zeugnis seiner Not und seines Sieges.

Er drang vor durch die Dämmerung und übelriechende Kühle. Trüb flimmerten ihm die Terafim entgegen. Er legte das Feldzeichen nieder vor dem toten Vater und erstattete ihm Bericht. »Dein Sohn Jefta«, erzählte er ihm, »hat einen Sieg errungen, wie keiner erfochten wurde, seitdem Barak und Debora die Kana'aniter schlugen. Ammon und Moab werden es auf lange Jahre nicht mehr wagen, in Israel einzufallen. Ich bringe dir das Feldzeichen, das meine Not und meinen Sieg mit angesehen hat. Aber ich gestehe dir, ich habe keine Freude mehr daran. Denn ich habe im Zorn meines Stolzes diejenigen erschlagen, die es mir zurückbrachten, und das war nicht gut; ich fürchte, es war Jahwe ein Ärgernis. Als ich das letzte Mal bei dir war, hab ich mich gerühmt, ich werde es nicht machen wie du, ich werde mich bezähmen. Ich habe mich überhoben: auch ich habe meine wilden Wünsche über mich Herr werden lassen. Hilf mir, wenn du kannst, daß nichts Böses daraus entstehe. Heute jedenfalls ist alles sehr gut. Heute bin ich der Sieger und melde dir: Der Name deines Geschlechtes hat Glanz bekommen durch deinen Sohn Jefta.«

Als er ins Freie trat, war ihm das Herz wieder leicht. Gefüllt mit dem Glück des Sieges, zog er den Mauern von Mizpeh zu, vorbei an der Remet-Habonim, der Höhe der toten Kinder.

Und siehe, hier um Mizpeh war eitel Jubel, und alles bekräftigte ihm den Umfang seines Sieges. Festlich aus dem Tore der Stadt quoll es ihm entgegen mit Gesang, Geschrei und lauter, freudiger Musik.

Aus dem Getön der Harfen, Flöten, Zithern heraus hörte er einen merkwürdigen und dennoch vertrauten Lärm: Ja'alas Pauke. Was war das? Er war doch hier in Mizpeh. Er war doch nach Mizpeh gegangen, nicht nach seinem Lager in Tob. Oder war er doch in Tob? Er war verwirrt wie inmitten eines Traumes.

Aber es war in Mizpeh, es war Wirklichkeit, und wer da dem Zug der Mädchen tanzend voranschritt, das war Ja'ala, seine Tochter.

Ein schwarzer, ungeheurer Wirbel packte ihn. »Wer immer mir als erster entgegenkommt«, hatte er gelobt. »Und wenn er mir das Teuerste ist«, hatte er gelobt.

Ja'ala mittlerweile, mit ihrem wilden und trotzdem wunderbar leichten Schritt, tanzte ihm entgegen, und sie schlug ihre Pauke und sang: »Ein gewaltiger Kriegsmann ist Jahwe, er hat die Wasser gesandt gegen den Feind und ihn ersäuft. Aber Jefta, sein Gesegneter, hat gekämpft mit seinem Schwerte. Groß unter den Helden ist Jefta. Sein Vater, der Richter Gilead, hat viertausend erschlagen in seiner großen Schlacht, aber der Richter Jefta hat vierzehntausend erschlagen mit der Schärfe seines Schwertes. Rote, festliche Teppiche liegen vor Jeftas Haus, seine Heimkehr zu feiern. Die Menschen und die Steine der Stadt Mizpeh lobpreisen Jefta, den Richter und Feldhauptmann, den Sieger.«

So sang Ja'ala. Jeftas breites Gesicht aber verdunkelte sich auf erschreckende Art, grinste, verzerrte sich. Er wollte ausbrechen in Jammer und Wut, wollte um sich schlagen, sich den Bart raufen, sein Kleid zerreißen.

Die Frauen waren bestürzt. Ja'ala hatte zur Stelle sein wollen, damit der Vater, wie er's ihr versprochen hatte, sie mitnehme bei seinem stolzen, sieghaften Einzug in Rabat-Ammon, und Ketura, als Ja'ala sie bat, den Vater festlich in Mizpeh zu begrüßen, hatte ohne Zögern zugestimmt. Sie hatten ihn froh überraschen wollen, doch hatten sie es offenbar nicht gut gemacht.

Jefta, mit gewaltiger Anstrengung, bezähmte sich. Die rauhe Stimme noch rauher als sonst, stieß er hervor: »Dank dir, Ketura. Dank dir, Ja'ala, meine Tochter. Dank euch allen. Aber noch ist nicht Zeit, auf den roten Teppich zu treten. Noch ist der Krieg nicht zu Ende.

Erst muß ich Ammon ganz unterm Fuß haben, daß es mir Frieden und Tribut zuschwört.«

Er zog nicht in Mizpeh ein. Er lagerte außerhalb der Mauern, wie er's vor der Schlacht getan hatte. Er ordnete einen Rasttag an für die Abteilungen, die mit ihm gekommen waren.

Er selber fand keinen Schlaf. Durch den Kopf gingen ihm die Verse des Debora-Liedes, welche das Weib Ja'el priesen. Ja'el – Ja'ala. Ja'el hat dem Sissera, dem Feldhauptmann der Kana'aniter, den Zeltpflock durch die Schläfe getrieben. Die Mutter hat den Sissera erwartet, wie er heimkehren wird als Sieger mit großer Beute, aber er lag erschlagen. Ja'ala hat nicht vergeblich gewartet. Er ist gekommen als Sieger mit großer Beute, aber er ist gekommen, um sie zu erschlagen.

Es hielt ihn nicht auf seiner Matte. Kurz nach Beginn der dritten Nachtwache stand er auf, ging durch das schlafende Lager, vorbei an überraschten Wachsoldaten. Ging ein weites Stück hinaus in die Nacht, einen Hügel hinauf. Ein halber, tiefstehender Mond warf schwaches Licht. Das Land lag leer, uralt, tödlich schweigsam, tödlich reglos.

Jefta stand auf der Höhe, breit, groß, allein, streckte das Kinn hinaus in die Luft, die Zähne verpreßt.

Jahwe hatte ihn zum Narren gehabt und ein tückisches Spiel mit ihm getrieben. Er hat dem Nachasch eingeblasen, der solle ihm vorschlagen, die Tochter dem Milkom auszuliefern, und weil er die Versuchung nicht sogleich bestand, hat der Gott zum höhnischen Entgelt das Blut der Tochter für sich selber verlangt. Er war lecker, der Gott. Das Kind Ja'ala war ein kostbarer Bissen. Sie spürte stärker, ihre Augen sahen tiefer, ihre

Haut und all ihr Wesen fühlte sich feiner an als das der andern. Darum wollte Jahwe sie für sich haben. Der allgierige Gott wollte sie schmecken.

Aber Jefta war keiner, der sich befehlen ließ, auch nicht von Jahwe. Er dachte an den Akko, den Steinbock. Er ist stark, er hat sich ein großes Heer und ein großes Gebiet zusammengerafft. Wenn er jetzt nach seinem Sieg dem Ammoniter die Tochter vermählt, dann kann er das große Reich, das er auf dem Chermon gesichtet hat, fügen auch ohne Jahwe, auch gegen Jahwe.

Er lachte hinaus in die Nacht, frech. »Wenn Milkom für mich ist«, erklärte er laut, herausfordernd, »ist's mir recht. Wenn Jahwe für mich ist, ist's mir recht. Aber auch wenn ich allein für mich bin, soll's mir recht sein.«

Schreck überkam ihn vor dem Schall seiner eigenen Worte, Kälte überlief ihn. Er erinnerte sich der Geister, die in der Einsamkeit schweiften und am liebsten in der Nacht, und Jahwe war von diesen Geistern der stärkste. Er war machtlos vor Jahwe. Es gab keinen Ausweg. Wenn er die Tochter nicht opferte, dann wird sich der Gott das Versprochene holen und ihn, den Wortbrüchigen, vernichten.

Er hockte nieder. Durchlebte von neuem die Schmach und den Zusammenbruch auf den Höhen des Nachal-Gad. Hörte sich von neuem in das Wetter und Gewölk hinein sein Gelübde tun. In seinem Innern hatte er genau gewußt, daß es die Tochter war, die er dem Jahwe als Preis für die Errettung anbot. Nur hatte er arglistig den Gott durch zweideutig gesetzte Worte betrügen wollen, so wie er seinerzeit den König von Baschan und auch den Nachasch getäuscht und hingehalten hatte. Aber Jahwe war kein kleiner König, Jahwe ließ sich nicht betrügen.

Trotzdem hätte vielleicht der Gott ihm, seinem Liebling, die Erfüllung des Gelübdes leicht gemacht und ihm etwa den jungen Ibzan entgegengeschickt, seinen Lieblingsknecht. Er aber, Jefta, hatte den Gott im Übermut des Siegens weiter herausgefordert; er hatte seiner furchtbaren Lust nachgegeben und die Helfer gemetzelt, die der Gott ihm gesandt hatte. Daß ihm dann Jahwe die Tochter entgegenschickte, war nicht ein tückisch launischer Streich, es war Strafe.

So hockte er auf der Höhe, Jefta, Richter und Feldhauptmann von Gilead, Sieger am Nachal-Gad, überkommen von Erkenntnis und Reue, und starrte hinaus über sein graues, dämmerndes Land. […]

Er mußte endlich den Mut haben, Ja'ala sein Geheimnis zu sagen.

Er forderte sie auf zu einem Gang nach den nördlichen Höhen. Es hatte sie bedrückt, daß sie ihn erzürnt hatte, als sie ihm damals vor dem Tor von Mizpeh entgegenkam. Jetzt wartete sie erregt, doch voll Vertrauen auf das, was er ihr sagen werde.

Er sah, wie sie voll froher Zuversicht an seiner Seite ging, und fast mit Schrecken erkannte er, wie tief er sie liebte, mehr als Ketura, mehr als sich selber, mehr als alle Macht und allen Ruhm der Welt. Er konnte das Messer nicht heben gegen diese. Er wird sie bei der Hand nehmen, sie und Ketura, und fortgehen in die fernste Wildnis. Aber die Wildnis war keine Zuflucht vor Jahwe. Der Gott wird sich aufmachen von seinem Berg Sinai, er wird ihn erreichen, wo immer er sein wird, und sprechen: Ich habe dein Gelöbnis gehört und dir den Sieg gegeben, und du, Meineidiger, wo bleibt dein

Opfer? Und Jahwe wird ihn erwürgen und alle die Seinen.

Hier in der Umgebung von Mizpeh war überall Acker Pferch und Hürde; sie mußten lange gehen, bevor sie ein Gehölz fanden, wo sie sich niederlassen und reden konnten. Jefta sah das stille, von innen leuchtende Gesicht seiner Tochter, er sah, wie innig sie seine Nähe genoß, er erkannte, daß sie ihn nicht minder liebte als er sie. In den Sinn sprang ihm ein Sprichwort, das er von dem alten Tola gehört hatte: »Du kannst den Löwen nicht töten, wenn er dich nicht liebt.«

Ja'ala redete eifrig von ihren kleinen Geheimnissen. Der Sieg des Vaters hatte sie nicht überrascht. Seitdem er sie gefragt hatte, ob sie mit ihm nach Rabat gehen wolle, habe sie gewußt, daß er Krieg führen werde gegen Ammon, und auch, daß er den Feind schlagen werde, wo immer und wie immer er wolle. Sie habe, verriet sie arglos, die Verse zum Preise seines Sieges schon vor seiner Schlacht gefügt.

Jefta hörte ihre kindliche, etwas spröde Stimme. Er sah ihre Augen. Wieviel klares, tiefes Leben war in diesen Augen. Und plötzlich stieß er einen stöhnenden, heulenden Laut aus, zerriß sein Kleid, schlug und kratzte sich die Brust und schrie: »Echah!« und: »Chah und Ach!«

»O meine Tochter«, sagte er, »wieviel Leiden bringst du über mich durch deine Lieblichkeit und durch deine Liebe. Deine Liebe trieb dich mir entgegen, und du sangest für Jahwe und für mich, und nun will der Gott dich ganz haben, nicht nur deinen Gesang. Echah, echah! Was für ein fürchterlicher Gott ist Jahwe!«

Ja'ala schaute ihn verstört an. Sie hörte seine Worte

und begriff sie nicht. Dann begriff sie, daß sie selber es war, die er beklagte, und daß ihr Entsetzliches bevorstand. Sie hatte so manches Mal auf ein wundes, verendendes Tier geschaut, gierig beobachtend, wie Blut und Leben aus dem Tier strömte, und gleichzeitig voll tiefen Mit-Leidens. Dieses Mal war sie selber das Tier. Eine grausame, würgende Qual fiel sie an. Sie glitt von dem Baumstumpf, auf dem sie saß, tödlich bleich, die bräunlichen Lider schlossen sich über den Augen.

Jefta streichelte sie, drückte sie, bewegte ihre Glieder, bis ihr der Hauch zurückkehrte. Sie schaute ihn an mit einem Lächeln, das ihm die Brust eng machte, und bat: »Laß mich noch eine Weile liegen, mein Vater, und dann sage mir mehr, wenn es so dein Wille ist.«

Er saß neben ihr und hielt ihre Hand. Von neuem überkam sie jene wilde, rauschende Qual, die sie umgeworfen hatte. Aber nun war der Pein Lust beigemischt, ein Erwarten, ein der Erfüllung Entgegenströmen. Noch hatte sie nicht die Worte dafür, doch war sie sicher, sie werde diesem Wilden, Festlich-Erhabenen Worte geben können. Dem Jefta seinesteils ging mancherlei Gräßliches und Süßes durch den Sinn, allein ihm blieb es wolkig und ohne Gestalt, er hätte es niemals aussagen können.

Nach einer Weile tat Ja'ala den Mund auf und verlangte: »Jetzt sprich, mein Vater, ich bitte dich.« Und Jefta, so gut er's vermochte, erzählte ihr von der Schlacht, wie sie zuerst Sieg gewesen war, wie sie sich dann wandelte in Niederlage und Not, und wie er das Gelübde tat und Jahwe es annahm, und wie der Gott aus seiner Lade herausstürmte, ihm und seinen Leuten zehnfache Kraft einhauchte und den Feinden die Kraft aus den Knochen sog.

Ja'ala hörte aufmerksam zu. Sie nickte mehrmals mit dem Kopf, nachdenklich, wägend, zustimmend, begreifend. Ein Festliches, eine wunderliche Freudigkeit erhellte ihr Gesicht, und sie sagte: »Mit all meinen Gliedern preise ich Jahwe. Wie sehr begnadet er mich, weil er Wohlgefallen an dir hat und weil ich von deinem Fleisch und Blut bin.«

Und sie vertraute sich ihrem Vater ganz an und enthüllte ihm, was bisher verborgen in ihrer Brust gewesen war. Jemin war ihr ein sehr guter Freund; der Gott hatte ihn ihr gesandt, sie zu retten. Aber er wollte sie auf seiner Matte haben; wenn er's ihr nicht mit Worten sagte, so doch mit seinen Augen und mit all seinem Gehabe. Und davor scheute sie zurück. Ihr Höchstes und Liebstes war, auszusagen, was ihr durch die Brust ging; in guten Stunden konnte sie es. Sie selber war nichtig, aber wenn sie auf solche Art aussagte und sang, dann lebte und spürte sie etwas vom Wesen ihres Vaters. Wenn sie sich aber zu einem Mann auf die Matte legen wird, wenn sie mit ihrem Hauch und Leben die Lust eines Mannes nähren wird, dann, das weiß sie sicher, verliert sie ihre Gabe. Und jetzt schickt ihr Jahwe in seiner Gnade Erlösung aus dieser Angst. Er gewährt ihr, daß sie sich mit ihm, dem Gott, vereint, daß ihr Blut das Seine wird und ihm zur Stärkung dient.

Jefta, brütend, anklagend, sagte: »Jahwe hat dir eingehaucht, die Menschen durch deinen Anblick und deine Stimme zu rühren, und jetzt will er das für sich allein haben und dich mir rauben. Und dir verweigert er, was jedem Weibe zukommt und eines jeden Weibes Lust ist.« – »Ich verlange nicht danach«, antwortete Ja'ala. »Ich hatte Furcht davor. Ich bin froh und stolz, daß ich teilhabe an deinem Sieg. Tu an mir, wie es aus deinem Munde gegangen ist, mein Vater.«

Sie saßen lange beisammen. Jefta sah, daß er dieses Mädchen liebte mehr und anders als je ein Weib; er war eifersüchtig auf Jahwe und tief gebeugt. Ihr aber gingen wilde und liebliche Gedanken durch die Brust. Sie sah den Stein, auf dem sie liegen wird, sie sah Jahwes Messer, und ihr schauerte. Gleichzeitig indes spürte sie Stolz und Freude; denn dieses Schauerliche war das höchste Glück, das wahrhafte und für sie das einzig rechte. Sie spürte voraus ihre Vereinigung mit Jahwe, ihr Vater und Jahwe wurden ihr ganz und gar eines, sie war voll Frieden. [...]

Als Jefta die Tochter aufforderte, sich noch einige Zeit in der Einsamkeit der Berge zu heiligen und zu bereiten, war sie enttäuscht. »Mein Vater glaube doch nicht«, sagte sie, »ich sei zaghaft. Ich werde nicht zurückschrecken und schlechten Willens sein. Mein Blut ist gesättigt mit der lustvollen Demut, die Jahwe gebührt. Ich brauche keine lange Frist und Bereitung.« An der Miene des Vaters aber erkannte sie, daß er die Verzögerung wünschte, und er war ihr mit Jahwe *eines* geworden, sein Wunsch war der Wille Jahwes. Ihr Widerstand verging. Sie suchte zu begreifen. So wie vor den König, hieß es in gewissen Liedern der Musiker Babels, dürfe der Bittende vor den Gott nur in gereinigtem, festlichem Zustand treten. Sie neigte sich und sprach: »Ich höre und gehorche.« Da sie indes bat, der Vater möge ihr die Zeit in den Bergen kurz bemessen, kamen sie überein, sie solle nur zweimal sieben Tage dort bleiben.

Als Ketura hörte, daß Ja'ala eine Frist gegeben war, schöpfte sie Hoffnung. Sie wird, wenn die Tochter erst fern vom Vater und in den Bergen ist, sie nehmen und mit ihr entfliehen. Sie werden sich in der nördlichen Wildnis verbergen oder bei einem der Wanderstämme Ammons, und Milkom und Baal werden weiterhelfen, bis Jefta von seinem mörderischen Wahn genesen wird.

Aber Ja'ala wollte nicht, daß außer ihren Freundinnen irgendwer sie in ihre Einsamkeit begleite, auch die Mutter nicht. Ja'ala war von ruhiger Freundlichkeit, doch sehr fern und hoch, unerreichbar fern. Ketura kam nicht an sie heran. Ja'ala schien das Furchtbare nicht zu fürchten; sie begriff offenbar nicht, worum es ging. Ketura fühlte sich grauenvoll allein, der Mann und die Tochter waren blind, sie war die einzig Sehende. Sie schrie zu ihrem Gotte Milkom, der möge Ja'ala seinen Hauch einblasen und sie retten.

Jemin hatte gemerkt, daß ihm Ja'ala mehr und mehr entglitt. Es war ein Neues zwischen ihn und sie getreten, aber er war ratlos, was es sein mochte. Als er's erfuhr, fiel er in zornige Verzweiflung. Er hatte dunkel gespürt, daß Ja'ala davor zurückschrak, sich mit einem Manne zu mischen, und hatte sein ungestümes Verlangen gezähmt. Er war empört, daß nun dieser gierige Jahwe sie haben sollte.

Auch sein Held und Vorbild Jefta hatte ihn grausam enttäuscht. Er hatte geglaubt, dieser Jefta sei zu einem Drittel Gott und selber Gottes genug, um der Hilfe eines andern Gottes zu entraten. Und nun war dieser Jefta nichts als ein Bandenführer und hatte dem Jahwe um einen Sieg die Tochter verkauft. Und dieser Jahwe selber, der die Not seiner Anhänger auf solche Art ausnützte, war das der rechte Kriegs- und Feuergott? Jemin bereute, daß er seinen Baal vertauscht hatte gegen einen Gott, der sich gab wie ein Händler aus Dameschek oder Babel. Die Haut des Jemin fiel von ihm ab, er wandelte sich zurück in den freien Menschen der Wildnis, der er gewesen war, in Meribaal. Schon fügten sich ihm die Gedanken nicht mehr in hebräischen Wendungen, sie kleideten sich in ugaritische Worte.

Jefta berief ihn vor sich. Sie standen einander gegenüber, gespannt, befangen. Jemin, da er das vertraute, verehrte Antlitz sah, konnte nicht verhindern, daß in ihm etwas von der früheren Bewunderung aufstieg, vermengt mit ehrfürchtigem Mitleid. Jefta aber forschte im Gesichte Jemins, ob er diesem seinem jungen Freund einen geheimsten Wunsch anvertrauen könne.

»Ich will«, sagte er schließlich, »meiner Ja'ala und ihren Begleiterinnen eine Wachmannschaft mitgeben, und ein zuverlässiger Mann soll sie führen. Ich habe dich gewählt. Es wird keine schwere Aufgabe sein. Jahwe, dem nun meine Tochter gehört, wird sie zu schützen wissen, und einen Kampf mit Jahwe auf sich nehmen«, schloß er langsam, nachdenklich, »das wird nur ein sehr kühner, ein tollkühner Mann wagen.«

Jemin beschaute ihn aufmerksam. Damals, im Lager bei Zafón, als Jefta fragte, ob denn keiner ihn befreien wolle von der Krätze Efraims, hatte Jemin ihn richtig verstanden. Verstand er ihn jetzt? Wollte Jefta, daß Jemin dem Gott die Tochter mit Gewalt entreiße?

Jefta, mit einem sonderbaren Lächeln, fuhr fort: »Es gab Zeiten, da war ich ohne weiteres bereit, mich in einen Kampf mit jedem Gotte einzulassen. Aber ich bin Jahwe sehr verpflichtet, er hat Großes an mir getan, ich kann das Wort nicht zurücknehmen, das mir aus dem Munde gegangen ist.«

Es war also nicht an dem, daß Jefta dem Gott einen Handel angeboten hätte, vielmehr hatte sich dieser Jahwe ihm aufgedrängt und ihm unbedachte Worte in den Mund gelegt. Jemin war dem Manne mit dem herrischen, löwenhaften Gesicht freund und ergeben wie früher. Langsam, auch er jedes Wort wägend, antwortete er: »Ich bin dem Jahwe nicht verpflichtet.«

Jefta trat ganz nahe an ihn heran und sagte: »Du bist noch nicht lange im Dienste Jahwes. Triff keine schnellen, tödlichen Entschlüsse, Jemin, mein Freund. Mach dir klar: wer dem Gott zu entziehen sucht, was ihm zugehört, begeht einen Ma'al, einen Raub am Eigentum des Gottes, und Jahwe ist kein Gott, der sich etwas rauben ließe. Er ist sehr eifersüchtig und sehr stark, er hat zur Waffe nicht nur schwarzes Eisen, sondern auch den Strahl des Blitzes.«

Jemin fragte: »Was würdest du tun, wenn einer Ja'ala raubte trotz deiner Wache?« Jefta erwiderte: »Ich würde sie für den Gott zurückholen, und den Räuber würde ich erschlagen.« Jemin sagte: »Wenn er sie aber hinbrächte, wo du sie nicht zu finden vermagst?« Jefta antwortete: »Jahwe würde sie finden.« Jemin sagte: »Es gibt Länder, wo Jahwe ohne Macht ist.« Jefta schwieg.

Jemin war stolz, daß Jefta ihm die Rettung der Tochter anvertraute, und er war ohne weiteres bereit, den Zorn Jahwes auf sich zu laden. Nicht aber den Zorn Ja'alas. Er konnte nichts unternehmen ohne ihre Zustimmung.

Er sagte ihr, daß Jefta ihm Weisung gegeben hatte, sie zu begleiten. Sie bat, er möge ihnen in einiger Entfernung folgen; sie wolle auf dieser Fahrt nur ihre nächsten Freundinnen um sich haben, keine Männer. Jetzt, wenn überhaupt, mußte Jemin ihr seine heimliche Sendung offenbaren. Aber er fand nicht die rechten Worte, er stand und stammelte, und schließlich, in seiner Bedrängnis, fiel er ins Ugaritische und sagte plump: »Es gibt unter deinen Nächsten solche, die sich aus Freundschaft für dich freuten, wenn du weiter gingest als in die Berge.« Ja'ala glaubte zuerst, sie habe ihn nicht recht verstanden. Dann aber, als sie begriff, antwortete sie, Entrüstung in ihrer spröden Stimme: »Die das tun, sind nicht meine Freunde.« Jemin, in steigender Verwirrung, versuchte ein Letztes. »Manchmal ändern Götter ihren Willen«, sagte er. »Vielleicht wird sich Jahwe eines anderen besinnen.« Ja'ala, ungewöhnlich stolz und entschieden, antwortete: »Das wird Jahwe mir und meinem Vater nicht antun.«

Da erkannte Jemin, daß sie das, was ihr bevorstand, mit all ihrem Hauch und Wesen angenommen hatte und daß er ihr, Jefta und sich selber nicht helfen konnte. Und er war betrübt wie nie in seinem Leben.

Es waren drei Freundinnen, welche Ja'ala mit in die Berge nahm, Schimrit, Tirza und Sche'ila. Sie waren gleichen Alters mit ihr, sie hatten sie bei ihrem ersten Aufenthalt in Mizpeh kennengelernt. Die Mädchen hatten in Ja'ala ein Besonderes gesehen und sich ihr sogleich angeschlossen. Nun fühlten sie sich bestätigt. Der Erzpriester hatte sie in das Zelt Jahwes gerufen, ihnen erklärt, was Ja'ala bevorstand, und ihnen aufgetragen, mit ihr zusammen zu sein in ihren letzten Tagen. Die Mädchen beklagten Ja'ala, sie bewunderten sie, Ja'ala war ihnen noch teurer und noch mehr fern als bisher.

Sie brachen auf von Mizpeh. Ja'ala ritt auf der hellfarbenen Eselin Jeftas. Sie führten mit sich nur das Notwendigste, darunter aber das kostbare Kleid aus sehr dünnem, safranfarbenem Stoff, das Ja'ala bei der Opferung tragen sollte.

In einiger Entfernung folgte Jemin mit seiner Sieben-schaft. Er war voll von streitenden Gefühlen. Er bewunderte Ja'alas festen Willen und war ergrimmt, daß sie den Stolz ihres Vaters teilte: keiner war ihr zum Bräutigam gut genug, nur der Gott Jahwe selber. Manchmal konnte er's nicht glauben, daß sie ihm wirklich für immer entrückt sein sollte. Scheu aus der Ferne schaute er auf sie, Gier überkam ihn, Eifersucht auf Jahwe, den überstolzen Nebenbuhler. Er verspürte ein grenzenloses Verlangen, mit dem Gott um sie zu kämpfen. Aber sooft er Jahwe zum Streit herausforderte, der Gott stellte sich nicht.

Ja'ala, obwohl sie bei ihrem Aufbruch nicht wußte, wohin, ging ihren Weg mit wunderlicher Sicherheit. Am zweiten Tag machte sie halt in einem Hochtal, das gerahmt war von bebuschten Höhen. Jemins Männer schlugen den Mädchen das Zelt auf; dann zogen sie sich zurück hinter eine Höhe, so daß Ja'ala und die Freundinnen allein waren.

Frühling war, der kurze, wilde Frühling Gileads. Grün waren alle Höhen, die Steppe weithin bunt von starkfarbigem Geblühe. Von allen Seiten kamen Wasser herab, ein ständiges Rinnen, Rauschen, Plätschern war, die Luft war satt vom Geruch der Kräuter, aus denen der Balsam Gileads bereitet wurde.

Die drei Freundinnen waren hierhergekommen, um das Schicksal Ja'alas zu beklagen. Sie taten es in den strengen Formen, die sie gelernt hatten, sie schrien und jammerten, verstummten jäh, um die lähmende, sprachraubende Größe des Leides deutlich zu machen, und begannen dann von neuem zu schreien und zu jammern. Auch in ihren eigenen, kindlichen Worten beklagten sie die liebe Freundin und Gespielin, die nun als Jungfrau sterben sollte, als Na'ara Betula, von keinem Manne berührt, sich und ihr Geschlecht nicht fortsetzend.

Aber sie waren jung, Schimrit, Tirza und Sche'ila, sie freuten sich ihrer Jugend, sie freuten sich des Frühlings ringsum, und gerade wenn sie das Los Ja'alas beklagten, wurden sie sich des eigenen jungen Lebens doppelt bewußt. Sie, die drei Freundinnen, werden noch manchen Frühling sehen, sie werden mit einem Mann auf der Matte liegen, sie werden Kinder gebären, sie werden, auch wenn sie einmal in der Höhle sind, fortleben in Söhnen und Sohnessöhnen.

Bald denn auch wurden sie des Jammerns und Klagens überdrüssig. Die bunte Steppe lud zu Spielen ein, sie pflückten Blumen, sich damit zu schmücken, jagten sich, rannten um die Wette nach einem Ziel, nach einem Baum oder einer Höhe, und nahmen es als Vorbedeutung: wer zuerst ankommt, wird zuerst mit einem Manne liegen. Dann freilich erinnerten sie sich, wozu sie hierhergekommen waren, schämten sich ihres Leichtsinns und brachen ihre Spiele ab.

Ja'ala, wenn die Freundinnen um sie klagten, schaute und hörte zu, stillen, ein wenig hochmütigen Gesichtes. Was ahnten eine Schimrit, eine Tirza, eine Sche'ila von den Qualen, die auf sie, Ja'ala, warteten, und von der Großheit des Schicksals, für das sie auserwählt war? Sie waren Mädchen, die auf den Bräutigam warteten, diese andern, sie waren halbe Kinder, wie es ihrer Tausende gab in Gilead. Ihre eingelernten Klagen waren nichts als Worte und Gesten.

Sie nahm es denn auch den dreien keineswegs übel, wenn sie des Jammerns müde wurden und in ihren kleinen Alltag zurückkehrten. Sie selber nahm teil an diesem Alltag und spielte mit den andern.

Und da ereignete sich etwas Seltsames. Ja'ala ereiferte sich im Spiel, sie vergaß die Stadt Mizpeh, in der sie die letzten Wochen verbracht hatte, sie vergaß das Große und Schaurige, das vor ihr lag, sie wurde wieder zur früheren Ja'ala, zur Ja'ala der Wildnis. Sie hatte ihre laute Freude daran, zu zeigen, wie mühelos sie die andern im Lauf besiegen konnte. Sie wies ihnen hundert kleine Dinge, die ihnen verborgen waren, Wildspuren, Vogelnester. Sie fing Vögel mit der bloßen Hand, sie holte Fische und Krebse aus den Bächen. Einmal zeigte sie den andern eine Wassernatter, die an einem Frosche schlang. Die Beine des Frosches streckten sich aus dem verbreiterten Maul der Natter, die Natter schlang langsam. Ja'ala schaute zu und lachte über die Furcht und den Ekel der andern.

Erstaunt sahen diese, wie die stille, in sich versponnene Ja'ala verändert war. Sie ihresteils machte sich lustig über die Töchter der Stadt und des gesitteten Landes, die hier in der Steppe blind und hilflos waren.

Sie erzählte von den Gefahren des Landes Tob. Erzählte vom Kampf der Mutter mit dem großen Wolf. Erzählte stolz; es wurde ihr warm, wenn sie an die Mutter dachte. Erzählte vom Jahr der Löwenplage. Wo immer man nächtigte, mußte man große Feuer anzünden. Die Nacht war voll von dem Gebrüll der Tiere. Die ängstlichen Bauern und Hirten wußten nicht mehr, wie sie ihr

Vieh schützen sollten; wagten sie sich doch selber kaum aus ihren Häusern. Ja'ala, die keine Furcht gehabt hatte, freute sich an der großäugigen Furcht der andern.

Ihre Spiele mit den andern wurden wilder. Da war ein Bach, der im Sommer ausgetrocknet sein mochte, jetzt aber rann er lustig und schnell. Sie watete hinein, und als die andern ihr ängstlich zuriefen, zog sie Tirza, die Kleinste, mit sich ins Wasser, immer tiefer, lachte über Tirzas Bangigkeit, wurde ganz die Tochter ihres Vaters, ungeduldig, gewalttätig, zog die sich Sträubende immer weiter und ließ sie erst ans Ufer zurück nach einer Weile, die der Schreienden ewig schien.

Wenn es aber gegen Abend ging, dann trieb es Ja'ala fort von den andern. Der Abend war die Zeit ihrer Bereitung.

Sie wußte nun genau, welche Bereitung Jahwe von ihr forderte: sie sollte für ihr Ahnen und Spüren Worte finden, Töne, eine Seherin, eine Nebia. Sie nahm Zither und Trommel und ging hinaus in das leere, von Höhen umringte Gelände. Sie verwehrte es den andern nicht, ihr zu folgen und vom Waldrande her zu sehen und zu hören.

Da stand Ja'ala im einfallenden Abend, schaute blicklos vor sich hin, trachtete den lauten Tag, der hinter ihr lag, zu vergessen und sich die Größe ihrer Sendung bewußtzumachen. In ihr auf klangen Verse Babels, die sich dunkel und bedeutend ihrem empfänglichen Sinn eingesenkt hatten, Verse von der Seligkeit des Opfers und des Todes. Höchste Höhe des Genusses ist es, im Genuß zu sterben. Sie hatte die Verse nie recht verstanden, auch jetzt begriff sie sie nicht ganz, aber fernher ahnte sie, was ihr Klang einhüllte.

Auch gedachte sie wohl einer alten, geheimnisvollen

Erzählung, die in Israel umging. Da hatte Jahwe den Mann Mosche, der das Volk ins Jordanland geführt hatte, in der Brautnacht überfallen; denn wenn der Gott eine Braut begehrte, dann gehörte sie ihm. Diese Braut aber, Zipora, hatte den Gott durch des Mannes Blut versöhnt. Den Blutbräutigam, den Chasan Damim, nannte man seither den Gott. Ja'ala war stolz und glücklich, daß nun der Blutbräutigam sie erwählt hatte, und wilde, vage Gedanken, voll von Drang und Erwartung, kreisten in ihr, wenn sie an die Zeit der Vereinigung dachte.

Der Ring der bebuschten Hügel war um Ja'ala, zu ihren Füßen die bunte, blühende Steppe, über ihr der verblassende Himmel. Sie trank in sich die ganze Schönheit des Frühlings von Gilead, und plötzlich versank ihr alles andere, und nichts blieb als der heiße Wunsch, weiterzuleben, weiterzuatmen. Das Gefühl, daß sie selber ohne Saat und Frucht vorbei sein wird, noch bevor diese Blumen und Blätter welken, packte sie so wild, daß sie sich zur Erde warf. Da lag sie ausgestreckt inmitten der rot und gelben Steppe, spürte den Hauch und die Frische der kleinen, dichten Blumen, griff mit beiden Händen hinein, zerdrückte sie.

Ein Gefühl letzter Verlorenheit und grenzenloser Angst überkam sie. Sie hatte mehrmals Tiere liegen sehen auf den Steinen Jahwes, gebunden, das Messer über ihnen, sie hatte die Furcht der Tiere, ihrer Freunde, mitgefürchtet. Nun wird sie selber auf dem Altar liegen, ein Schlachtopfer. Ihr ganzes Sein sträubte sich dagegen. Sie sah die Schwelle sich heben, die sie wird überschreiten müssen, um zu Jahwe zu gelangen, die Schwelle war scharf, eisern, fürchterlich. Ja'ala schrak davor zurück. Aber sie mußte über die Schwelle, es zog sie über die

Schwelle, sie spürte das Blut aus ihrem Leib rinnen, verrinnen, sie verging vor Übelkeit, Furcht, Schwäche.

Sie zwang ihren Sinn fort von dem gräßlichen Bild der Schwelle. Ballte zusammen ihre Sehnsucht nach dem, was jenseits der Schwelle liegen wird, rief dieses Jenseits herbei, beschwor es herauf, inbrünstig. Und endlich versank die Schwelle, die drückende, würgende Angst löste sich, die Schwäche wurde wohlig, sie spürte die Schwere ihres Leibes nicht mehr, sie verwandelte sich in ein Helles, Leichtes. Sie wird ein Brandopfer sein, wird aufgehen in dem Feuer, in dem Jahwe lebt. Wo immer Feuer ist, da wird Ja'ala sein. Und wo immer Jahwe seine Kriege kämpft, wird Ja'ala sein, ein Teil seines Hauches, seines Gewölks.

Auch wird der Stamm Gilead und das ganze Israel wissen, daß sie der Preis war, den der Gott für den Sieg am Nachal-Gad gefordert hat. Sie wird fortleben im Gesang der Sänger, in den Erzählungen am Brunnen; sogar der große Sänger Jaschar wird von ihr erzählen. Ihr Name wird genannt werden wieder und wieder, und wer wüßte nicht, daß es dem Toten vergönnt ist zu sein, wo immer sein Name genannt wird? Und je inniger sein Name genannt wird, um so mehr ist er da.

Sie schloß die Augen, auf daß sie den Gott sehe, in den sie eingehen sollte. Er trug die Züge des Vaters, er hatte dessen massiges Gesicht. Sie fühlte, wie der Gott in sie einzog. Ihre Gabe wuchs, wurde stärker; jetzt wird sie Wort und Ton finden für ihr Schicksal.

Langsam, ernst, und dennoch leicht stand sie auf. Schritt vor und zurück in strengem Tanzschritt. Holte Töne hervor aus ihrer Zither, aus ihrer Trommel.

Sang in den Abend hinaus von ihrem Sterben. Sang

von dem leichten, wehenden Dasein im Feuer und in der Wolke. Tanzte das Flackern und Spielen des Feuers, das Schweben der Wolke. Nur sie konnte das; denn was jenseits der Schwelle war, das begriff in seiner ganzen Helle und Seligkeit keiner unter den Menschen, das begriff nur der, den Jahwe für sich forderte, das begriff nur sie.

Es kam vor, daß Ja'ala, wenn sie sang und tanzte, ihre Kleider abwarf; es kam auch vor, daß sie sich in jenes schleierdünne, safranfarbene Kleid kleidete, in welchem sie die scharfe Schwelle überschreiten wird.

Am Rande des Waldes schauten und hörten Schimrit, Tirza und Sche'ila. Manches von dem, was Ja'ala sang, blieb ihnen dunkel; doch viele der Worte und Töne wiederholten sich und senkten sich ihnen, wiewohl kaum begriffen, in die Brust. Sie standen und hörten, scheu, gefesselt, verzaubert. Sie erkannten, daß Ja'ala begabt war mit der großen, grauenvollen Gabe der Nebua, des Sehertums.

Am Tage darauf nahm Ja'ala wieder teil an dem kleinen Leben der Freundinnen, aß und trank mit ihnen, spielte mit ihnen, ängstigte sie durch ihre fröhliche Wildheit. Schimrit, Tirza und Sche'ila konnten es kaum glauben, daß dies die Ja'ala war, die am Abend vorher die Tänze und Gesänge der Bereitung geübt hatte.

# Rom

Sechs Brücken führten über den Fluß Tiber. Blieb man auf der rechten Seite, dann war man gesichert; hier waren die Straßen voll von Männern, die man schon an ihren Bärten als Juden erkannte; überall sah man jüdische, aramäische Inschriften, und mit einem bißchen Griechisch kam man leicht durch. Aber sowie man eine der Brücken überschritt und sich auf die linke Seite des Tiber wagte, dann war man wirklich in der großen, wilden Stadt Rom, ein Fremder, hoffnungslos allein.

Dennoch schickte Josef den Knaben Cornel, seinen beflissenen kleinen Führer, an der Emiliusbrücke zurück; er wollte endlich allein zurechtkommen, schon um sich seine Eignung und Geschicklichkeit zu beweisen. Der kleine Cornel hätte seinen Fremden gern noch weiter begleitet. Josef schaute ihm nach, wie er zögernd über die Brücke zurückschritt, und unvermittelt, mit scherzhaft liebenswürdigem Lächeln, streckte er, der Jude Josef, den Arm mit der geöffneten Hand aus, grüßte den Knaben auf römische Art, und der Judenknabe Cornel, lächelnd auch er, gab gegen das Verbot des Vaters den Gruß auf römische Art zurück. Dann bog er links ein hinter das hohe Haus, und jetzt war er fort, und jetzt war Josef allein, und jetzt wird sich zeigen, wieweit sein Latein stichhält.

So viel weiß er: hier vor ihm ist der Rindermarkt, und rechts dort ist die Große Rennbahn, und dort irgendwo, auf dem Palatin und dahinter, wo die vielen kribbelnden Menschen sind, baut der Kaiser sein neues Haus, und links hier durch die Tuskerstraße geht es zum Forum, und Palatin und Forum sind das Herz der Welt.

Er hat viel über Rom gelesen, aber es nützt ihm wenig. Der Brand vor drei Monaten hat die Stadt sehr verändert. Er hat gerade die vier Bezirke im Zentrum zerstört, über dreihundert öffentliche Gebäude, an sechshundert Paläste und Einfamilienhäuser, mehrere tausend Miethäuser. Es ist ein Wunder, wieviel diese Römer in der kurzen Zeit schon neu gebaut haben. Er mag sie nicht, die Römer, er haßt sie geradezu, aber das muß er ihnen lassen: Organisationstalent haben sie, sie haben ihre Technik. Technik, er denkt das fremde Wort, denkt es mehrmals, in der fremden Sprache. Er ist nicht dumm, er wird diesen Römern von ihrer Technik etwas abluchsen.

Er schreitet energisch los. Schnuppert neugierig und erregt die Luft dieser fremden Häuser und Menschen, in deren Belieben es steht, ihn hochzuheben oder unten zu halten. Bei ihm zu Hause, in Jerusalem, ist dieser Monat Tischri auch in seiner letzten Woche noch sehr heiß; aber hier in Rom heißt er September, und heute jedenfalls atmet es sich frisch und angenehm. Ein leichter Wind lockert ihm das Haar auf, er trägt es etwas lang für römische Verhältnisse. Eigentlich sollte er überhaupt einen Hut aufhaben; denn es gehört sich für einen Juden in seiner Stellung, im Gegensatz zu den Römern, nur mit bedecktem Kopf auszugehen. Ach was, hier in Rom laufen die meisten Juden genauso barhaupt wie die andern, zumindest wenn sie die Tiberbrücken hinter sich haben. Seine jüdische Gesinnung wird nicht lauer, auch wenn er keinen Hut trägt.

Jetzt steht er vor der Großen Rennbahn. Hier ist alles voll von Trümmerwerk, hier war der Ursprung des Brandes. Immerhin, die Steinteile der Grundform sind intakt. Eine Riesensache, diese Große Rennbahn. Man braucht an die zehn Minuten, um ihre Länge auszuschreiten. Das Stadion in Jerusalem und das in Cäsarea sind wahrhaftig nicht klein, aber vor diesem Bauwerk wirken sie wie Spielzeug.

Im Innern der Rennbahn schichtet es sich, Steine und Holz, es wird gearbeitet. Neugierige treiben sich herum, Kinder, Bummler. Josef hat seine Garderobe noch nicht ganz der Hauptstadt angepaßt; dennoch, wie er so einherschlendert, jung, schlank, stattlich, mit Augen, die nach allem greifen, wirkt er elegant, nicht knauserig, ein Herr. Man drängt sich an ihn, bietet ihm Amulette an, Reiseandenken, eine Nachahmung des Obelisk, der fremd und feierlich in der Mitte der Rennbahn steht. Ein autorisierter Fremdenführer will ihm alle Einzelheiten zeigen, die kaiserliche Loge, das Modell des Neubaus. Aber Josef winkt mit gespielter Lässigkeit ab. Er steigt allein herum zwischen den Steinbänken, als sei er hier bei den Rennen ständiger Zuschauer gewesen.

Das hier unten sind offenbar die Bänke der Hocharistokratie, des Senats. Niemand wehrt ihm, sich auf einen dieser vielbegehrten Sitze niederzulassen. Man sitzt gut hier in der Sonne. Er lockert seine Haltung, stützt den Kopf in die Hand, schaut blicklos nach dem Obelisk in der Mitte.

Eine bessere Zeit für sein Vorhaben als diese Monate jetzt nach dem großen Brand hätte er nicht erwischen können. Die Leute sind gut aufgelegt, empfänglich. Die Energie, mit der der Kaiser sich an den Wiederaufbau der Stadt gemacht hat, wirkt belebend auf alle. Überall regt es sich, ringsum ist Zuversicht und Geschäft, helle, frische Luft, sehr anders als die schwierige, stickige Atmosphäre Jerusalems, in der er nicht weiterkam.

In der Großen Rennbahn, auf der Bank des Senats, in der angenehmen Sonne dieses faulen Frühnachmittags, inmitten des Lärms des wieder aufzubauenden Rom überprüft Josef leidenschaftlich und doch kühl wägend seine Chancen. Er ist sechsundzwanzig Jahre alt, er hat alle Voraussetzungen einer großen Laufbahn, Herkunft aus adligem Haus, gründliche Bildung, staatsmännisches Geschick, rasenden Ehrgeiz. Nein, er will nicht in Jerusalem versauern. Er ist seinem Vater dankbar, daß der an ihn glaubt und ihm erwirkt hat, daß man ihn nach Rom schickte.

Seine Mission hier ist allerdings recht fragwürdig. Juristisch betrachtet, hat der Große Rat von Jerusalem weder Anlaß noch Legitimation, in dieser Sache einen Sondergesandten nach Rom abzuordnen. Josef hat auch aus allen Winkeln seines Hirns Argumente zusammenkratzen müssen, bis die Herren in Jerusalem zögernd nachgaben.

Also: die drei Mitglieder des Großen Rats, die der Gouverneur Anton Felix vor nunmehr zwei Jahren als Aufrührer an das Kaiserliche Tribunal nach Rom geschickt hat, sind zu Unrecht zu Zwangsarbeit verurteilt. Gewiß, die drei Herren waren in Cäsarea gewesen, als dort die Juden während der Wahlunruhen die kaiserlichen Insignien vor der Residenz des Gouverneurs herunterholten und zerbrachen: aber sie selber hatten sich an dem aufrührerischen Akt nicht beteiligt. Wenn der Gouverneur gerade diese drei hochgestellten Greise herausgegriffen hatte, so war das Willkür gegen Unschuldige, ein skandalöser Übergriff, eine Beleidigung des gesamten jüdischen Volkes. Josef sah hier die ersehnte große Gelegenheit, sich auszuzeichnen. Er hat neue Zeugen für die Unschuld der drei aufgetrieben, er hofft, am kaiserlichen Hof ihre Rehabilitierung oder wenigstens ihre Begnadigung durchzusetzen.

Die römischen Juden freilich, das hat er gemerkt, werden sich nicht übermäßig anstrengen, ihm bei seiner Mission zu helfen. Der Möbelfabrikant Cajus Barzaarone, Präsident der Agrippenser-Gemeinde, bei dem er wohnt und an den er gute Empfehlungen seines Vaters mitbringt, hat ihm in Andeutungen, schlau, wohlwollend und vorsichtig die Situation erklärt. Den hunderttausend Juden in Rom geht es nicht schlecht. Sie leben in Frieden mit der übrigen Bevölkerung. Sie sehen mit Unbehagen, wie in Jerusalem die nationale, Rom feindliche Partei der »Rächer Israels« zu immer größerem Einfluß kommt. Sie denken gar nicht daran, ihre angenehme Lage zu gefährden, indem sie sich einmengen in die ständigen Reibereien der Jerusalemer Herren mit Rom und der kaiserlichen Verwaltung. Nein, das Wesentliche wird Josef selber schaffen müssen.

Vor ihm schichtete es sich, Stein und Holz, Ziegel, Säulen, Marmor jeder Farbe. Das Bauwerk stieg empor, sichtbarlich fast. Wenn er nach einer halben Stunde oder einer Stunde hier weggeht, dann wird es gewachsen sein, nicht um viel, um ein Tausendstel vielleicht seines bestimmten Maßes, aber eben das genaue für diese Stunde bestimmte Maß wird erreicht sein. Aber auch er hat etwas erreicht in dieser Zeit. Sein Drang nach vorwärts ist heißer geworden, brennender, unwiderstehlich. Jeder Schlag, jedes Hämmern und Sägen, das von den Bauleuten herdringt, schlägt, hämmert, sägt an ihm, während er scheinbar gelassen, ein Bummler wie die vielen andern, in der Sonne hockt. Er wird viel zu schaffen haben, bis er seine drei Unschuldigen aus dem Kerker herausholt, aber er wird es schaffen.

Schon kommt er sich nicht mehr so klein und arm vor wie an seinem ersten Tag. Sein Respekt vor den fleischigen, zugesperrten Gesichtern der Leute hier hat sich gemindert. Er hat gesehen, diese Römer sind kleiner von Wuchs als er. Er geht schlank und groß unter ihnen herum, und die Frauen in Rom drehen den Kopf nicht weniger nach ihm als die in Jerusalem und Cäsarea. Irene, die Tochter des Gemeindepräsidenten Cajus, ist, ihren Vater störend, ins Zimmer zurückgekehrt, sicher nur, weil er da war. Er hat einen guten Körper, ein rasches, wendiges Gehirn. Mit einundzwanzig Jahren hat er sich den großen Doktortitel der Tempelhochschule in Jerusalem geholt, er beherrscht das ganze, verzweigte Gebiet der juristischen und theologischen Schriftdeutung. Und hat er nicht sogar zwei Jahre als Eremit gelebt, in der Wüste, bei dem Essäer Banus, um sich hier die reine Schau anzueignen, die Versenkung in sich, die Intuition? Nichts fehlt ihm als die unterste Sprosse der Leiter, der eine günstige Augenblick. Aber er wird kommen, er muß kommen.

Der junge Literat und Staatsmann Josef Ben Matthias kniff die Lippen zusammen. Warten Sie, meine Herren vom Großen Rat, meine hochmütigen Herren von der Quadernhalle des Tempels. Sie haben mich geduckt, Sie haben mich unten gehalten. Wenn mein Vater zu den Spesen, die mir Ihr Tempelfonds bewilligte, nicht noch einiges zugegeben hätte, dann hätte ich nicht hierher fahren können. Aber jetzt sitze ich hier in Rom als Ihr Delegierter. Und, seien Sie überzeugt, ich werde das ausnützen. Ich werde es Ihnen zeigen, meine Doktoren und Herren.

Die Leute im Innern der Großen Rennbahn riefen einander zu, standen auf, schauten alle nach *einer* Richtung. Vom Palatin kam es glitzernd herunter, ein großer Trupp, Vorläufer, Pagen, Gefolge, Sänften. Auch Josef erhob sich, wollte sehen. Gleich war auch der Führer von vorhin wieder an seiner Seite, und diesmal wies ihn Josef nicht zurück. Es war nicht der Kaiser, nicht einmal der Gardekommandant, es war ein Senator oder sonst ein großer Herr, der sich von dem Architekten Celer durch den Neubau der Rennbahn führen ließ.

Neugierige drängten näher, von Polizei und der Dienerschaft des Architekten und seiner Begleiter zurückgehalten. Es gelang dem geschickten Führer, mit Josef in die erste Reihe vorzustoßen. Ja, wie er schon an der Livree der Pagen, Läufer und Lakaien erkannt hatte, es war der Senator Marull, der sich die Rennbahn zeigen ließ. Ungefähr wußte selbst Josef, wer das war; denn wie in allen Provinzen, so erzählte man sich auch in Jerusalem wilde Geschichten über diesen Marull als über einen der ersten Lebemänner des Hofs, der den Kaiser in allen Fragen raffinierten Genusses unterwies. Übrigens sollten auch gewisse volkstümliche Possen, die frechen Revuen zum Beispiel, die der große Komiker Demetrius Liban aufführte, ihn zum Autor haben. Gierig beschaute Josef den vielgenannten Herrn, der lässig in seinem Tragstuhl den Erklärungen des Architekten zuhörte, manchmal den blickschärfenden Smaragd seines Lorgnons zum Auge führend.

Ein anderer Herr fiel Josef auf, den man mit der

größten Achtung behandelte. Aber war das denn überhaupt ein Herr? Er war aus seiner Sänfte herausgestiegen; schlecht und lotterig angezogen, schlurfte er zwischen dem ringsum geschichteten Baumaterial, dicklich, mit unordentlich rasiertem, fleischigem Kopf, schwere, schläfrige Augen unter einer vorgebauten Stirn. Er hörte nur halb hin auf die Ausführungen des Architekten, hob ein Stück Marmor hoch, drehte es in seinen fetten Fingern, brachte es ganz nah an seine Augen, roch daran, warf es wieder weg, nahm einem Maurer sein Werkzeug aus der Hand, betastete es. Setzte sich schließlich auf einen Block, schnürte ächzend seine aufgegangenen Schuhe neu, die Hilfe eines herbeigeeilten Lakaien unwillig abweisend. Ja, der Führer kannte auch ihn; es war Claudius Regin. »Der Verleger?« fragte Josef. Möglich, daß er auch Bücher verkaufte, aber davon wußte der Führer nichts. Der kannte ihn als Hofjuwelier des Kaisers. Ein sehr einflußreicher Herr jedenfalls, ein großer Finanzmann, trotzdem er sich geradezu armselig in seiner Kleidung gab und so wenig Gewicht auf Zahl und Prunk seines Gefolges legte. Sehr merkwürdig; denn er war noch als Leibeigener geboren, Sohn eines sizilischen Vaters und einer jüdischen Mutter, und diese heraufgekommenen Herren beliebten sonst eine glänzende Aufmachung. Eine fabelhafte Karriere hatte dieser Claudius Regin hinter sich, das war gewiß, mit seinen zweiundvierzig Jahren. Es gab unter der unternehmungslustigen Regierung des jetzigen Kaisers viele Geschäfte, dicke Geschäfte, und Claudius Regin hatte seine Hand in allen. Ein großer Teil der ägyptischen und der libyschen Getreideflotte gehörte ihm, seine Silos in Puteoli und Ostia waren Sehenswürdigkeiten.

Der Senator Marull und der Hofjuwelier Claudius Regin unterhielten sich laut und ungeniert, so daß die erste Reihe der Neugierigen, in der Josef stand, jedes Wort hören konnte. Josef erwartete, die beiden Männer, deren Namen in den literarischen Zirkeln der ganzen Welt mit Achtung genannt wurden, denn Claudius Regin galt als der erste Verleger Roms, würden bedeutsame ästhetische Anschauungen austauschen über den Neubau der Rennbahn. Er lauschte gespannt. Er konnte dem hurtigen Latein der beiden nicht folgen, aber so viel merkte er, es ging nicht um Ästhetisches oder Weltanschauliches: man sprach von Preisen, Kursen, Geschäften. Deutlich hörte er die helle, nasale Stimme des Senators, der im Ton vergnügter Neckerei aus seiner Sänfte her fragte, so laut, daß man es weithin vernahm: »Verdienen Sie eigentlich auch an der Großen Rennbahn, Claudius Regin?« Der Juwelier, er saß auf einem Steinblock in der Sonne, die Hände bequem auf den dicken Schenkeln, erwiderte, unbekümmert auch er: »Leider nein, Senator Marull. Ich dachte, bei den Lieferungen für die Rennbahn habe unser Architekt Sie in das Geschäft genommen.« Josef konnte noch mehr hören von dem Gespräch der beiden Herren, aber mangelnde Sprach- und Fachkenntnis hinderte ihn am Verstehen. Der Führer, selber nicht recht informiert, suchte zu helfen. Claudius Regin hatte offenbar ebenso wie der Senator Marull rechtzeitig in den wenig bebauten Vierteln der Außenbezirke riesige Terrains billig erworben; jetzt, nach dem großen Brand, schuf der Kaiser in der Innenstadt Raum für seine öffentlichen Bauten und drängte die Miethäuser in die Außenbezirke ab; man konnte gar nicht zu Ende rechnen, welchen Wert die Außenterrains gewonnen hatten.

»Ja, ist es denn nicht verboten, daß Mitglieder des Senats Geschäfte machen?« fragte plötzlich Josef den Führer. Der Führer schaute seinen Fremden verblüfft an. Einige ringsum hatten gehört, sie lachten, andere lachten mit, man gab die Frage des Mannes aus der Provinz weiter, und plötzlich war da ein schallendes Gelächter, sich über die ganze riesige Rennbahn fortpflanzend.

Der Senator Marull fragte nach dem Grund. Ein kleiner Raum wurde frei um Josef, unvermittelt stand er Aug in Aug mit den beiden großen Herren. »Paßt Ihnen was nicht, junger Mann?« fragte aggressiv, doch nicht ohne Spaß der Dicke; er saß auf seinem Steinblock, die Unterarme auf den massigen Schenkeln wie die Statue eines ägyptischen Königs. Eine helle Sonne schien nicht zu heiß, leichter Wind ging, ringsum war gute Laune. Das zahlreiche Gefolge hörte vergnügt der Unterhaltung der beiden Herren mit dem Mann aus der Provinz zu.

Josef stand bescheiden, keineswegs verlegen. »Ich bin erst seit drei Tagen in Rom«, sagte er in etwas mühsamem Griechisch. »Ist es ungewöhnlich dumm, wenn ich mich in den Mietverhältnissen dieser großen Stadt noch nicht zurechtfinde?« – »Woher sind Sie denn?« fragte aus seiner Sänfte der Senator. »Aus Ägypten?« fragte Claudius Regin. »Ich bin aus Jerusalem«, erwiderte Josef, und er nannte seinen ganzen Namen: Josef Ben Matthias, Priester der Ersten Reihe. »Das ist viel, für Jerusalem«, meinte der Senator, und es war nicht recht zu erkennen, ob es Ernst oder Spaß war. Der Architekt Celer zeigte sich ungeduldig, er wollte den Herren seine Projekte erklären, es waren große Projekte voll Einfall und Kühnheit, und er wollte sich durch den läppischen Provinzler nicht stören lassen. Allein der Finanzmann Claudius Regin war neugierig von Natur, und er saß bequem auf seinem warmen Steinblock und fragte seinen jungen Juden aus. Josef gab bereitwillig Auskunft. Er wollte möglichst Neues und Interessantes erzählen, sich und sein Volk wichtig machen. Ob es auch hier in Rom vorkomme, fragte er, daß ein Haus vom Aussatz befallen werde. Nein, sagte man ihm, das komme nicht vor. Aber in Judäa, berichtete Josef, ereigne es sich zuweilen. Es zeigten sich dann in den Mauern kleine rötliche oder grünliche Vertiefungen. Manchmal gehe das so weit, daß man das Haus abbrechen müsse. Manchmal könne der Priester helfen, aber die Zeremonie sei nicht einfach. Der Priester müsse die erkrankten Steine herausbrechen lassen, dann müsse er zwei Vögel nehmen, Zedernholz, scharlachfarbene Wolle und Ysop. Mit dem Blut des einen Vogels müsse er das Haus besprengen, siebenmal, den andern Vogel aber müsse er vor der Stadt auf offenem Feld freilassen. Dann sei das Haus versöhnt und rein. Die ringsum hörten den Bericht mit Interesse und die meisten ohne Spott; denn sie hatten Sinn für Absonderliches und liebten das Unheimliche.

Der Juwelier Claudius Regin beschaute aus seinen schläfrigen Augen ernsthaft den eifrigen, hageren jungen Mann. »Sind Sie in Geschäften hier, Doktor Josef«, fragte er, »oder wollen Sie sich einfach den Wiederaufbau unserer Stadt anschauen?« – »Ich bin in Geschäften hier«, antwortete Josef. »Ich habe drei Unschuldige zu befreien. Das gilt bei uns als dringliches Geschäft.« – »Ich fürchte nur«, meinte leicht gähnend der Senator, »wir sind im Augenblick mit dem Wiederaufbau so stark beschäftigt, daß wir wenig Zeit haben für die Details von drei Unschuldigen.«

Der Architekt sagte ungeduldig: »Für die Brüstung der kaiserlichen Loge verwende ich diesen grün und schwarz gesprenkelten Serpentin. Man hat mir ein besonders schönes Stück aus Sparta geschickt.« – »Ich habe die Neubauten in Alexandrien gesehen jetzt auf der Herreise«, sagte Josef, er wollte sich nicht aus der Unterredung drängen lassen. »Die Straßen dort sind breit, hell und gerade.« Der Architekt sagte abschätzig: »Alexandrien aufbauen kann jeder Steinklopfer. Dort haben sie Raum, ebene Fläche.« – »Beruhigen Sie sich, Meister«, sagte mit seiner hohen, fettigen Stimme Claudius Regin. »Daß Rom was anderes ist als Alexandrien, sieht auch ein Blinder.«

»Lassen Sie mich den jungen Herrn belehren«, sagte lächelnd der Senator Marull. Er war angeregt, er hatte Lust, sich zu produzieren, wie das auch der Kaiser Nero liebte und sehr viele große Herren des Hofs. Er ließ die Vorhänge seiner Sänfte weiter zurückschlagen, daß alle ihn sehen konnten, das magere, gepflegte Gesicht, den senatorischen Purpurstreif seines Kleides. Er beschaute den Mann aus der Provinz durch den Smaragd seines Lorgnons. »Ja, junger Herr«, sagte er mit seiner nasalen, ironischen Stimme, »wir sind zur Zeit noch im Aufbau und nicht ganz komplett. Immerhin können Sie auch ohne viel Phantasie jetzt schon erkennen, was wir für eine Stadt sein werden, noch bevor dieses Jahr zu Ende ist.« Er richtete sich etwas höher, streckte den Fuß vor, der in dem hochgesohlten, roten, dem Ersten Adel vorbehaltenen Schuh stak, nahm, leicht parodierend, den Ton eines Marktschreiers an. »Ohne Übertreibung darf ich behaupten: wer das goldne Rom nicht kennt, kann nicht sagen, daß er wahrhaft gelebt hat. Wo immer in Rom Sie sich befinden, Herr, Sie sind stets in der Mitte, denn wir haben keine Grenze, wir verschlingen immer mehr von den umliegenden Ortschaften. Sie hören hier hundert Sprachen. Sie können hier die Besonderheiten aller Völker studieren. Wir haben hier mehr Griechen als Athen, mehr Afrikaner als Karthago. Sie können hier auch ohne Weltreise alle Produkte der Welt antreffen. Sie finden Ladungen aus Indien und Arabien in solcher Quantität, daß Sie zu der Überzeugung gelangen müssen, in Zukunft sei dort das Land für immer entblößt, und wenn jene Völker den Bedarf an ihren eigenen Erzeugnissen decken wollen, müssen sie zu uns kommen. Was wünschen Sie, mein Herr, spanische Wolle, chinesische Seide, Alpenkäse, arabische Parfüms, medizinische Drogen aus dem Sudan? Sie bekommen eine Prämie, wenn Sie etwas nicht finden. Oder wünschen Sie die neuesten Nachrichten? Man ist auf dem Forum und dem Marsfeld genau informiert, wenn in Oberägypten die Getreidekurse sinken, wenn ein General am Rhein eine törichte Rede hielt, wenn unser Gesandter am Hof des Partherkönigs durch zu lautes Niesen unangenehmes Aufsehen erregte. Kein Gelehrter kann arbeiten ohne unsere Bibliotheken. Wir haben so viele Statuen wie Einwohner. Wir zahlen die höchsten Preise für Tugend und für Laster. Was Ihre Phantasie sich ausdenken kann, finden Sie bei uns; aber Sie finden viel mehr, was Ihre Phantasie sich nicht ausdenken kann.«

Der Senator hatte sich aus der Sänfte vorgeneigt; ringsum im weiten Umkreis hörte man zu. Er hatte die ironische Pose bis zum Schluß durchgehalten, die Imitation eines Advokaten oder Marktschreiers, aber es klang warm durch seine Worte, und alle spürten, daß diese große Lobrede auf die Stadt mehr war als Parodie. Hingerissen hörten sie zu, wie die Stadt gerühmt wurde, ihre Stadt, mit ihren gesegneten Tugenden und ihren gesegneten Lastern, Stadt der Reichsten und der Ärmsten, lebendigste Stadt der Welt. Wie im Theater dem gefeierten Schauspieler jubelten sie dem Senator Beifall, als er zu Ende war. Der Senator Marull aber hörte schon nicht mehr hin, hatte auch keinen Blick mehr für Josef. In seiner Sänfte verschwand er, winkte den Architekten heran, ließ sich das Modell des Neubaus erklären. Auch der Juwelier Claudius Regin richtete nicht mehr das Wort an Josef. Immerhin hatte er, als Josef vom Strudel der sich zerstreuenden Menge weggerissen wurde, für ihn ein Zwinkern ironischer Aufmunterung, das sein fleischiges Gesicht sonderbar schlau veränderte.

Nachdenklich, ohne Blick für die Umwelt, oft angerempelt, schob sich Josef durch das Gewimmel der Stadt. Er hatte die lateinische Rede des Senators nicht ganz verstanden, aber sie wärmte auch ihm das Herz und gab seinen Gedanken Flug. Er stieg hinauf auf das Capitol, sog ein den Anblick der Tempel, Straßen, Denkmäler, Paläste. In dem Goldenen Haus, das dort errichtet wurde, regierte der römische Kaiser die Welt, und vom Capitol erließen Senat und Volk von Rom Beschlüsse, die die Welt änderten, und dort in den Archiven, in Erz gegraben, lag die Ordnung der Welt, wie Rom sie ordnete. Rom hieß Kraft, er sprach das Wort vor sich hin: Rom, Rom, und dann übersetzte er es ins Hebräische, da hieß es: Gewurah und klang viel weniger furchtbar, und dann übersetzte er es ins Aramäische, da hieß es: Kochbah und hatte alle seine Drohung verloren. Nein, er, Josef, Sohn des Matthias aus Jerusalem, Priester der Ersten Reihe, hatte keine Angst vor Rom.

Er schaute über die Stadt hin, sie belebte sich immer mehr, die Zeit des großen Nachmittagsverkehrs war da. Geschrei, Gewimmel, Geschäftigkeit. Er trank in sich das Bild der Stadt, aber dahinter, wirklicher als dieses wirkliche Rom, sah er seine Heimatstadt, die Quadernhalle des Tempels, in der der Große Rat tagte, und wirklicher als den Lärm des Forums hörte er das gelle Getöse der ungeheuern Schaufelpfeife, die bei Sonnenaufgang und bei Sonnenuntergang über Jerusalem hin und bis nach Jericho verkündete, daß jetzt das tägliche Brandopfer am Altar Jahves dargebracht werde. Josef lächelte. Nur wer in Rom geboren ist, kann Senator werden. Dieser Herr Marull sieht stolz und turmhoch aus seiner Sänfte und steckt seinen Fuß in den roten, hochgesohlten, schwarzgeriemten Schuh der vierhundert Senatoren. Aber er, Josef, zieht es vor, in Jerusalem geboren zu sein, trotzdem er nicht einmal den Ring des Zweiten Adels hat. Diese Römer lächelten über ihn: aber tiefer lächelte er über sie. Was sie geben konnten, die Männer des Westens, ihre Technik, ihre Logik, das konnte man lernen. Was man nicht lernen konnte, das war die Schaukraft des Ostens, seine Heiligkeit. Die Nation und Gott, Mensch und Gott waren dort eins. Aber es war ein unsichtbarer Gott, er konnte nicht geschaut werden und nicht gelernt. Man hatte ihn oder hatte ihn nicht. Er, Josef, hatte es, dieses Unlernbare. Und daß er das andere lernen werde, die Technik und die Logik des Westens, daran zweifelte er nicht.

Er ging das Capitol hinunter. Seine langen, heftigen Augen brannten aus dem blaßbraunen, knochigen Gesicht. Man wußte in Rom, daß unter den Leuten aus dem Osten viele von ihrem Gott Besessene waren. Man schaute ihm nach, manche ein wenig spöttisch, einige wohl auch mit Neid, aber den meisten, den Frauen vor allem, gefiel er, wie er einherging, voll von Träumen und Ehrgeiz. […]

In Judäa konnte ein Mann von Josefs politischen Anschauungen unmöglich zu den Rennen oder ins Theater gehen. Ein einziges Mal hatte er eine Aufführung besucht, heimlich und mit schlechtem Gewissen, in Cäsarea. Aber was war das für eine nichtige Sache gewesen, verglich er es mit dem, was er heute im Marcell-Theater sah. Ihm rauchte der Kopf von den Tänzen, den kleinen Rüpelspielen, dem Ballett, der großen pathetischen Pantomime, dem Prunk und dem ständigen Wechsel auf der mächtigen Bühne, die die langen Stunden hindurch nie leer gestanden hatte. Justus, der neben ihm saß, tat das alles mit einer Handbewegung ab. Er ließ auf der Bühne nur die burleske Revue gelten, wie das Volk mit Recht sie liebte, und hatte sich all das Zeug bisher nur gefallen lassen, um sich den Platz für die Revue des Komikers Demetrius Liban zu ersitzen.

Ja, dieser Komiker Demetrius Liban, so unangenehm vieles an ihm war, blieb ein Künstler mit einem Menschengesicht. Noch als Leibeigener des kaiserlichen Haushalts geboren, von Kaiser Claudius freigelassen, hatte er sich ein unerhörtes Vermögen und den Titel »Erster Schauspieler der Epoche« zusammengespielt. Kaiser Nero, den er in der Rede- und Schauspielkunst unterwies, liebte ihn. Ein schwieriger Herr, dieser Liban, gehoben und gedrückt von seinem Judentum.

Auch Bitten und Befehle des Kaisers konnten ihn nicht bewegen, am Sabbat oder an hohen jüdischen Festen aufzutreten. Immer wieder debattierte er mit den Doktoren der jüdischen Universitäten, ob er wirklich von Gott verworfen sei, weil er Theater spiele. Er bekam hysterische Anfälle, wenn er in Weiberkleidung aufzutreten und also das Gebot der Schrift zu verletzen hatte: ein Mann soll nicht Weibskleidung tragen.

Die elftausend Zuschauer des Marcell-Theaters, ermüdet von den mehrstündigen Darbietungen des ersten Teils, verlangten jetzt tobend und brüllend den Anfang der Burleske. Die Theaterleitung zögerte, offenbar, weil man den Kaiser oder die Kaiserin erwartete, in deren Loge alle Vorbereitungen getroffen waren. Allein das Publikum hatte nun fünf Stunden gewartet, es war gewöhnt, sich im Theater auch dem Hof gegenüber seine Rechte zu nehmen, es drohte, es schrie, man mußte anfangen.

Der Vorhang drehte sich in die Versenkung, die Komödie des Demetrius Liban begann. Sie war betitelt »Der Brand«, es hieß, der Senator Marull sei ihr Verfasser. Ihr Held, dargestellt von Liban, war Isidor, ein Leibeigener aus der ägyptischen Stadt Ptolemais, seinem Herrn und seiner ganzen Umgebung überlegen. Er spielte fast ohne allen Behelf, trug keine Maske, keine kostbaren Kleider, keinen überhöhten Schuh; er war einfach der Leibeigene Isidor aus der Provinz Ägypten, ein schläfriger, trauriger, pfiffiger Bursche, dem nichts geschehen kann, der in jeder Situation recht behält. Er hilft seinem schwerfälligen Unglücksmenschen von Herrn aus seinen zahllosen Verlegenheiten, er schafft ihm Geld und Stellung, er schläft mit der Frau seines Herrn. Einmal, wie der ihm eine

Ohrfeige versetzt, erklärt er ihm traurig und bestimmt, nun müsse er ihn leider verlassen, und er werde nicht zurückkehren, ehe der Herr an allen öffentlichen Plätzen eine Bitte um Entschuldigung plakatiert habe. Der Herr legt den Leibeigenen Isidor in Ketten, benachrichtigt die Polizei, aber es gelingt Isidor natürlich dennoch, zu entwischen, und unter ungeheurem Jubel des Publikums nasführt er die Polizei wieder und wieder. Leider mußte an der spannendsten Stelle, als es unausbleiblich schien, daß man den Isidor nun endlich doch ergriff, das Spiel abgebrochen werden; denn hier erschien die Kaiserin. Das ganze Publikum erhob sich, grüßte elftausendstimmig die zierliche, blonde Dame, die mit ausgestrecktem Arm, die Handfläche dem Publikum zugekehrt, dankte. Übrigens war ihr Erscheinen eine doppelte Sensation, denn in ihrer Begleitung befand sich die Äbtissin der Vestalinnen, und bisher war es nicht üblich gewesen, daß die aristokratischen Nonnen sich die volkstümlichen Burlesken im Marcell-Theater anschauten.

Das Spiel mußte von neuem begonnen werden. Josef war das willkommen, die unerhörte, freche Realität des Spiels war ihm überwältigend neu, und er verstand es das zweitemal viel besser. Seine brennenden Augen hingen an dem Schauspieler Liban, an seinem dreisten und traurigen Mund, an seinen beredten Händen, an seinem ganzen bewegten, beredten Körper. Nun kam das Couplet, das berühmte Couplet aus dem Singspiel »Der Brand«, das Josef in der kurzen Zeit seines römischen Aufenthalts schon hundertmal hatte singen, johlen, grunzen, pfeifen hören. Der Schauspieler stand an der Rampe, umgeben von elf Clowns, Schlagzeug gellte, Trompeten brummten, Flöten quiekten, und er sang das

Couplet: »Wer ist der Herr hier? Wer zahlt die Butter? Wer zahlt die Mädchen? Und wer, wer zahlt das syrische Parfüm?« Das Publikum war aufgesprungen, sie sangen mit, selbst die bernsteingelbe Kaiserin in der Loge bewegte die Lippen, und die feierliche Äbtissin lachte über das ganze Gesicht. Jetzt aber, endlich, war der Leibeigene Isidor umstellt, es gab kein Entrinnen mehr, dicht um ihn waren die Polizisten, er beteuerte, er sei nicht der Leibeigene Isidor, aber wie das den Polizisten beweisen? Durch einen Tanz. Ja. Und nun kam der Tanz. Isidor trug noch die Kette am Fuß. Es galt, zu tanzen und die Kette dabei zu verbergen, das war furchtbar schwer, das war komisch und erschütternd zugleich, dieser Mensch, der um seine Freiheit und um sein Leben tanzte. Josef war mitgerissen, das Publikum war mitgerissen. Wie sein Fuß die Kette, zog jede Bewegung des Schauspielers Liban die Köpfe der Zuschauer mit. Josef fühlte sich als Aristokrat durch und durch, er trug kein Bedenken, sich von Leibeigenen die niedrigsten Dienste erweisen zu lassen; die meisten Leute hier im Theater trugen keine Bedenken, sie hatten am Beispiel von mehreren zehntausend hingerichteten Leibeigenen einige Male sehr deutlich bewiesen, daß sie den Unterschied zwischen Herren und Leibeigenen nicht verwischt haben wollten. Jetzt aber, wie sie den Mann mit seiner Kette tanzen sahen, der sich für den Herrn ausgab, waren sie alle für ihn und gegen seinen Herrn, und alle jubelten sie, die Römer und ihre Kaiserin, dem frechen Burschen da zu, wie er wieder einmal seine Polizisten drangekriegt hatte und nun leise und pfiffig zu summen anhub: »Wer ist der Herr hier? Wer zahlt die Butter?«

Und nun wurde das Spiel ganz frech. Der Herr des Isidor hatte richtig seine Entschuldigung plakatiert, er hatte zu seinem Leibeigenen zurückgefunden. Aber er hatte in der Zwischenzeit Dummheiten gemacht, er hatte sich mit seinen Mietern verkracht, so daß sie nicht zahlten. Exmittieren durfte er sie aus gewissen Gründen trotzdem nicht, seine teuren Häuser waren entwertet. Da konnte niemand helfen als der schlaue Isidor, und er half. Er half, wie sich nach der Meinung des Volks der Kaiser und einige große Herren in einem ähnlichen Fall geholfen hatten: er zündete das Stadtviertel mit den entwerteten Häusern an. Wie Demetrius Liban das darstellte, das war frech und großartig, jeder Satz war eine Anspielung auf die Terrainspekulanten, auf die großen Verdiener an dem Wiederaufbau der Stadt. Niemand wurde geschont, nicht die Architekten Celer und Sever, nicht der berühmte alte Politiker und Literat Seneca mit seinem theoretischen Lob der Armut und seinem praktischen Leben des Reichtums, nicht der Finanzmann Claudius Regin, der eine mächtige Perle am dritten Finger trägt, aber leider nicht das Geld hat, sich passende Schuhriemen zu kaufen, nicht der Kaiser selber. Jedes Wort saß, das Theater jubelte, atemlos vor Lachen, und als am Schluß der Schauspieler Liban das Publikum aufforderte, das brennende Haus auf der Bühne zu plündern, entstand ein Aufruhr, wie Josef ihn nie gesehen hatte. Das verlockende Innere des brennenden Hauses war durch eine kunstvolle Maschinerie den Zuschauern zugedreht worden. Die Tausende wälzten sich zur Bühne, stürzten sich auf die Möbel, das Geschirr, die Speisen. Schrien. Zertrampelten sich, zerdrückten sich. Und durch das Theater über den Platz davor, durch die riesigen, eleganten Kolonnaden, über das ganze, weite Marsfeld hin sang es, johlte es: »Wer ist der Herr hier? Wer zahlt die Butter?«

Als Josef von Demetrius Liban auf Betreiben des Justus zum Abendessen eingeladen wurde, machte ihn das bang. Er war dreist von Natur. Als er dem Erzpriester, dem König Agrippa, dem römischen Gouverneur vorgestellt wurde, war er nicht befangen gewesen. Allein vor dem Schauspieler spürte er tieferen Respekt. Seine Komödie hatte ihn hingerissen. Es füllte ihn mit Bewunderung, wie ein einzelner Mann, dieser Jude Demetrius Liban, die vielen Tausende, Hohe und Niedere, Römer und Fremde, hatte zwingen können, so zu denken, so zu fühlen wie er.

Josef fand den Schauspieler auf dem Sofa liegend, in einem bequemen, grünen Schlafrock; er streckte ihm lässig die vielberingte Hand hin. Josef sah betreten und mit Bewunderung, wie klein von Statur der Mann war, der das ganze riesige Marcell-Theater ausgefüllt hatte.

Es war eine Mahlzeit im engen Kreis. Der junge Anton Marull war da, ein Sohn des Senators, ein anderer, kaum flügger Aristokrat, dann ein jüdischer Herr, vom Vorstand der Veliasynagoge, ein gewisser Doktor Licin, recht affektiert und Josef sogleich unsympathisch.

Josef, das erste Mal in einem groß geführten römischen Haus, fand sich überraschend gut ab mit der Fülle des Ungewohnten. Der Gebrauch des Geschirrs, der Fischsaucen, der Gewürze war verwirrend. Aber er hatte dem unsympathischen Doktor Licin, der auf dem Speisesofa ihm gegenüber lag, bald das Wichtigste abgesehen; nach einer halben Stunde schon schickte er, was ihm nicht behagte, mit der gleichen hochfahrend eleganten Kopfbewegung zurück und befahl mit einem Wink des kleinen Fingers herbei, was ihm ins Auge stach.

Der Schauspieler Liban aß wenig. Er beklagte die Diät, die sein verdammter Beruf ihm auflege, ach, auch in bezug auf Frauen, und er machte ein paar obszöne Anmerkungen über die Art, wie bestimmte Schauspielunternehmer ihre leibeigenen Künstler durch eine sinnvoll am Körper angebrachte Maschinerie verhinderten, über die Stränge zu schlagen. Gegen gutes Geld aber ließen sie sich von gewissen hochgestellten Damen erweichen, ihren armen Schauspielern den Mechanismus für einzelne Nächte abzunehmen. Dann, unvermittelt, machte er sich lustig über einige Kollegen, Anhänger eines andern Stils, über die Lächerlichkeit der Tradition, der Maske, des Stelzschuhs. Er sprang auf, er karikierte den Schauspieler Strathokles, schritt durch das Zimmer, daß der grüne Schlafrock sich bauschte, er trug Sandalen ohne Absatz, aber siehe, man spürte leibhaft den überhöhten Schuh und das ganze gespreizte Wesen.

Josef nahm einen Anlauf, rühmte bescheiden, wie diskret und dennoch deutlich die Anspielungen Demetrius Libans auf den Finanzmann Regin gewesen seien. Der Schauspieler schaute auf: »Also diese Stelle hat Ihnen gefallen? Das freut mich; denn sie hat nicht so eingeschlagen, wie ich hoffte.« Josef, glühend und doch immer bescheiden, schilderte, wie die ganze Aufführung ihn aufgewühlt habe. Millionen von Leibeigenen habe er gesehen, aber jetzt zum erstenmal habe er erfahren und gespürt, was ein Leibeigener ist. Der Schauspieler streckte Josef die beringte Hand hin. Es sei ihm eine große Bestätigung, sagte er, daß jemand, der gerade aus Judäa komme, von seiner Sache so ergriffen werde. Josef mußte ihm eingehend schildern, wie jedes einzelne auf ihn gewirkt habe. Der Schauspieler hörte nachdenklich zu, langsam einen gewissen, die Gesundheit fördernden Salat essend.

»Sie kommen aus Judäa, Doktor Josef«, wechselte schließlich Demetrius Liban das Thema. »O meine lieben Juden«, sagte er voll Anklage und Resignation. »Sie tun mir alles Bitterste auf der Welt. In der Hebräer-Synagoge verfluchen sie meinen Namen, bloß weil ich die Gaben verwerte, die Gott der Herr mir gegeben hat, und stellen mich den Kindern als Schreckbild hin. Manchmal sehe ich rot, so ärgert mich ihre Beschränktheit. Wenn sie aber ein Anliegen in der kaiserlichen Residenz haben, dann können sie laufen und mir die Ohren vollschwätzen. Dann ist Demetrius Liban gut genug.«

»Mein Gott«, sagte der junge Anton Marull, »die Juden haben immer zu quengeln, das weiß man.«

»Ich verbitte mir das«, schrie auf einmal der Schauspieler und stand aufgereckt, zürnend. »Ich verbitte mir, daß man in meinem Haus die Juden beschimpft. Ich bin Jude.«

Anton Marull war rot angelaufen, versuchte zu lächeln, aber es gelang nicht, er stammelte Entschuldigungen. Demetrius Liban hörte gar nicht auf ihn. »Judäa«, sagte er, »Land Israel, Jerusalem. Ich bin nie dort gewesen, ich habe den Tempel nie gesehen. Aber einmal werde ich doch hinfahren und mein Lamm zum Altar bringen.« Sehnsüchtig und besessen schauten seine graublauen, traurigen Augen aus dem blassen, leicht gedunsenen Gesicht.

»Ich kann mehr als das, was Sie gesehen haben«, wandte er sich unvermittelt an Josef, wichtig und geheimnisvoll. »Ich habe da eine Idee. Wenn die mir glückt, dann, ja, werde ich meinen Titel wirklich verdienen und der ›Erste Schauspieler der Epoche‹ sein. Ich weiß genau, wie ich es machen müßte. Es ist nur eine Frage des Mutes. Beten Sie, mein Doktor und Herr Josef Ben Matthias, daß ich den Mut aufbringe.« Anton Marull legte vertraulich und anmutig den Arm um den Hals des Schauspielers. »Sag uns doch deine Idee, lieber Demetrius«, bat er. »Jetzt sprichst du uns schon das drittemal davon.« Aber Demetrius Liban blieb zugesperrt. »Auch die Kaiserin drängt mich«, sagte er, »ich möge mit meiner Idee herausrücken. Ich glaube, sie würde mir viel dafür geben, wenn ich die Idee ausführte«, und er hatte ein abgründig freches Lächeln. »Aber ich denke nicht daran«, schloß er.

»Erzählen Sie mir von Judäa«, wandte er sich wieder an Josef. Josef erzählte vom Passahfest, vom Fest des Holztragens, von dem Dienst am Versöhnungstag, wie da der Erzpriester ein einziges Mal im Jahr Jahve bei seinem wirklichen Namen anruft und wie alles Volk, hörend den großen und schrecklichen Namen, sich niederwirft vor dem unsichtbaren Gott, und fünfzigtausend Stirnen rühren die Fliesen des Tempels. Der Schauspieler hörte zu, die Augen geschlossen. »Ja, einmal werde ich auch den Namen hören«, sagte er. »Jahr um Jahr verschiebe ich die Reise nach Jerusalem, die Jahre der Kraft sind nicht viele für einen Schauspieler, er muß haushalten mit seinen Jahren. Aber einmal werde ich doch ins Schiff steigen. Und wenn ich alt geworden bin, werde ich mir ein Haus kaufen und ein kleines Gut bei Jerusalem.«

Josef, während der Schauspieler sprach, überlegte scharf und schnell: jetzt war man noch aufnahmefähig und in der rechten Stimmung. »Darf ich Ihnen noch etwas von Judäa erzählen, Herr Demetrius?« bat er. Und er erzählte von seinen drei Unschuldigen. Er dachte an die Ziegelei und das feuchtkalte, unterirdische Gelaß und die Skelette der drei, und wie er seinen alten Lehrer Natan nicht erkannt hatte. Der Schauspieler schmiegte die Stirn in die Hand, hielt die Augen geschlossen. Josef sprach, und seine Rede hatte Farbe und guten Flug.

Alle schwiegen, als er zu Ende war. Dann sagte Doktor Licin von der Veliasynagoge: »Sehr interessant.« Aber der Schauspieler fuhr ihn heftig an; er wollte gepackt sein und glauben. Licin verteidigte sich. Wo denn sei ein Beweis, daß die drei wirklich unschuldig seien? Gewiß spreche dieser Doktor und Herr Josef Ben Matthias aus bester Überzeugung, aber warum sollen seine Zeugenaussagen besser sein als die von dem Gouverneur Anton Felix beigebrachten, von einem kaiserlich römischen Gericht als wahr befundenen? Josef aber blickte auf den Schauspieler, vertrauensvoll, ernst, und erwiderte schlicht: »Sehen Sie sich diese drei Männer an. Sie sind in der Ziegelei von Tibur. Reden Sie mit ihnen. Wenn Sie dann noch an ihre Schuld glauben, soll kein Wort mehr aus meinen Lippen kommen.«

Der Schauspieler ging hin und her, seine Augen waren nicht mehr trüb, alle Flauheit war weg. »Das ist ein guter Vorschlag«, rief er. »Ich freue mich, Doktor Josef, daß Sie zu mir gekommen sind. Wir fahren nach Tibur. Ich will diese drei Unschuldigen sehen. Ich werde Ihnen helfen, mein Doktor und Herr Josef Ben Matthias.« Er stand vor Josef, er war kleiner als Josef, aber er schien viel größer. »Wissen Sie«, sagte er dunkel, »daß diese Fahrt in der Richtung meiner Idee liegt?«

Er war angeregt, lebendig, besorgte selber den Mischkrug, sagte jedem Angenehmes. Man trank viel. Als es später wurde, schlug jemand vor zu spielen. Man würfelte mit vier Elfenbeinknöcheln. Demetrius Liban hatte einen Einfall. Irgendwo mußte er noch aus seiner Kinderzeit hebräische Würfel verwahrt haben, sonderbare, mit einer Achse, deren oberer Teil als Griff diente, so daß sie sich wie Kreisel drehen ließen. Ja, Josef kannte diese Art Würfel. Man suchte, fand. Die Würfel waren klobig, primitiv, sie ließen sich auf eine komische, belustigende Art drehen. Man spielte mit Vergnügen. Nicht hoch, doch für Josef waren die Einsätze ungeheuer. Er atmete auf, als er die drei ersten Würfe gewann.

Es waren vier Würfel. Jeder trug die Buchstaben Gamel, He, Nun, Schin. Schin war der schlechteste, Nun der beste Wurf. Die strenggläubigen Juden verpönten dieses Spiel, sie wollten wissen, daß der Buchstabe Schin ein altes Bild des Gottes Saturn vertrat, der Buchstabe Nun ein Bild der Göttin Noga-Istar, bei den Römern Venus genannt. Die Würfel wurden nach der Drehung wieder in die Mitte zusammengeworfen, jeder Spieler konnte für seinen Wurf einen beliebigen Kreisel aus den vieren herausholen. Josef warf im Lauf des Spieles sehr oft den Glücksbuchstaben Nun. Scharfäugig erkannte er bald, daß es ein bestimmter Würfel war, der bei jeder Kreiseldrehung den Buchstaben Nun ergab; es lag wohl daran, daß dieser Würfel an der einen Ecke unmerklich abgestoßen war.

Als Josef dies bemerkte, wurde ihm kalt. Wenn die andern daraufkamen, daß es der Würfel mit dem abgestoßenen Eck war, der seine vielen Nun geworfen hatte, war dann nicht das ganze Ergebnis des heutigen Abends, die

Gunst des großen Mannes, gefährdet? Er wurde sehr vorsichtig, verminderte seinen Gewinn. Was ihm blieb, genügte, daß er fortan in Rom ohne Knauserei leben konnte.

»Bin ich sehr unbescheiden, Herr Demetrius«, fragte er, als das Spiel zu Ende war, »wenn ich Sie bitte, mir diese Würfel zum Andenken zu schenken?« Der Schauspieler lachte. Ungefüg kratzte er in einen der Würfel den Anfangsbuchstaben seines Namens.

»Wann fahren wir zu den drei Unschuldigen?« fragte er Josef. »In fünf Tagen«, schlug Josef zögernd vor. »Übermorgen«, sagte der Schauspieler.

# Ein aussichtsvoller Spass

Weiß und prunkvoll lag auf ihren Hügeln die Stadt Edessa, die Hauptstadt des gleichnamigen Königreichs, unter den großen Siedlungen Mesopotamiens die nördlichste. Wenn man sie von ferne betrachtete, dann schaute sie durchaus griechisch her mit ihren Tempeln und Säulenhallen, mit ihrem Zirkus, ihren Theatern, Bädern, Sportschulen. Innerhalb ihrer Mauern aber sah man nur wenig griechische Inschriften und hörte selten ein griechisches Wort. Vielmehr waren ihre Bewohner ein krauses Gemisch von Syrern, Babyloniern, Armeniern, Juden, Persern, Arabern, und griechisch-römisch waren nur ihre Häuser.

Südlich von Edessa dehnte sich die Steppe. Die Stadt selber aber lag wasserreich und fruchtbar an ihrem Flusse Skirtos, »dem Springer«, und die Winde von den Bergen her, die das Zwischenstromland gegen Armenien abgrenzten, machten ihre Luft frisch und rein.

Edessa lag am Kreuzpunkt vieler Straßen. Es war eine reiche Stadt. Der Gewürz- und Parfümhandel Arabiens und Indiens ging über sie, auch ein großer Teil des Handels mit Perlen und kostbaren Seidenstoffen. Weithin berühmt war sie um ihrer schönen Bauten willen. Fernher kamen Fremde, um den uralten Tempel der Tarate zu besichtigen, mit dem schwärzlichen Bronzebild der Göttin und ihren seltsamen priapischen Symbolen, den Tempel des Mithras, die Universität, vor allem aber das Labyrinth, eine gewaltige Grotte im Fels am linken Ufer des Flusses Skirtos mit Hunderten von engen, verschlungenen, endlos verzweigten Gängen, Stollen, Kammern und Treppen.

Die Gründung der Stadt Edessa verlor sich in grauer Vorzeit. Osroëne hatte sie ursprünglich geheißen, die Löwenstadt. Hettiter, Assyrer, Babylonier, Armenier, Makedonier hatten hier geherrscht. Zuletzt, vor dreihundert Jahren, waren Araber eingedrungen, und sie hatten sich bis jetzt behauptet. Heute, als einer der kleinen Pufferstaaten zwischen dem römischen und dem Partherreich, war Edessa ständig bedroht. Die Stadt zog aber auch großen Vorteil aus ihrer Neutralität; sie verkaufte sie in den ständigen Kriegen zwischen den beiden Großstaaten mit Gewinn jeweils an den einen oder andern.

Die arabischen Fürsten Edessas, wiewohl sie in ihrem Herzen immer Araber blieben, förderten nach Kräften die aramäische Kultur, die diesem Erdteil als die höchste galt. Die Universität von Edessa war unbestritten die beste des Zwischenstromlandes und konnte zeitweise auch mit der Hochschule von Antiochien rivalisieren.

Die Stadt barg viele Heiligtümer, und viele Götter wurden in ihr verehrt. An ihrer Spitze stand die Göttin Tarate, auch wohl »die Göttin Syrien« genannt; ihr war der städtische Quellteich geweiht und seine roten Fische. Verehrt wurden neben ihr der Stier- und Beilgott Labyr, der Gott des Labyrinths, und andere uralte Götter Assurs, ein Löwengott auf der Höhe, sowie der große Beel und Nebu. Ferner der persische Gott Mithras, die arabischen Sterngötter Aumu, Aziz und Dusaris sowie die griechischen und römischen Gottheiten. Auch Jahve, der Judengott, hatte manche Anhänger in Edessa;

selbst sein eingeborener Sohn, Christus genannt, »der Gesalbte«, hatte hier schon Bekenner gefunden.

Viele zehntausend Menschen wohnten in der schönen Stadt, weiße und braune: arabische Fürsten und ihre Ratgeber, griechische und syrische Kaufleute und Grundherren, persische Astrologen, jüdische Handwerker und Gelehrte, dazu die Offiziere und Soldaten der römischen Garnison; fast immer auch waren Wanderzüge von Beduinen in der Stadt, und zwischen diesen Völkerschaften flitzte noch das krause Gemengsel der zahllosen Leibeigenen. Sie alle, Weiße, Schwarze und Braune, mit ihren Rindern, Kamelen, Schafen, Ziegen und Hunden, lebten, atmeten, wimmelten durcheinander, sprachen vielerlei Sprachen, verehrten auf vielerlei Arten vielerlei Götter, aßen, tranken, schliefen miteinander, machten Geschäfte, heirateten, zerstritten und versöhnten sich; keiner hätte ohne den andern leben können, jeder war im Grunde froh, daß jeder andere da war, und alle waren sie stolz auf ihre Stadt Edessa, die liebste, schönste der Welt.

Herrscher Edessas war König Mallukh, der Fünfte seines Namens, sein Kanzler war Scharbil, der Erzpriester der Tarate; Kommandant der römischen Garnison war Oberst Fronto. Wirklicher Machthaber in Edessa aber war Senator Varro.

Unter den vielen Unternehmungen, die Varro in Edessa gegründet hatte, war auch eine keramische Fabrik, die er einem seiner »Schutzbefohlenen«, dem Töpfer Terenz, an der Roten Gasse eingerichtet hatte. Daß sich dieser Terenz noch immer als »Schutzbefohlener« des Varro bezeichnete, geschah freilich aus purer Anhänglichkeit; denn er war längst ein gemachter Mann, der keines andern Schutz bedurfte. Ja, er hatte es zum Zunftmeister der Töpferinnung von Edessa gebracht.

Dabei war seine Fabrik keineswegs die größte der Stadt, und Terenz zeichnete sich auch nicht etwa durch besonderen Sachverstand aus. Die Arbeit in den Werkstätten leitete vielmehr seine Frau, und das Kaufmännische besorgte ein kilikischer Leibeigener namens Knops. Den Terenz selber sah man selten in seiner Fabrik. Oft aber konnte man ihm auf der Straße begegnen oder in den Schenken. Als Zunftmeister der Töpferinnung hatte er viel herumzulaufen und mit vielen Menschen zu sprechen. Bald wurde er im Interesse seines Gewerbes beim Magistrat oder bei den Räten König Mallukhs vorstellig, bald hatte er die Innung bei einer städtischen Zeremonie zu vertreten oder eines ihrer Feste zu organisieren.

Er war ein Mann anfang der Vierzig, rötlichblond, von rosig fahler Haut, mit breitem Gesicht, starker Unterlippe, kurzsichtigen, grauen Augen, ein bißchen dicklich, stattlich alles in allem und sehr römisch von Aussehen. Die Innung der Töpfer war stolz auf ihren Zunftmeister. Nicht nur weil er geborener Stadtrömer war, sondern besonders, weil er vornehm und bedeutend aussah und, als ein Mann von mancherlei geistigen Interessen, gut reden konnte. Das Lateinische sprach er mit schönem, stadtrömischem Akzent, auch das Griechische und das Aramäische waren ihm geläufig, obwohl ihm die Aussprache des Buchstabens Th, der in beiden Sprachen eine große Rolle spielt, Schwierigkeiten bereitete. Einige fanden allerdings, er höre sich zu gerne reden, und richtig war, daß es, wenn man einmal den gewaltigen Strom seiner Rede entfesselt hatte, nicht leicht hielt, ihn wieder zum Stehen zu bringen. Aber er machte Eindruck, das war keine Frage. Er wußte sich Air zu geben und unbefangen mit großen Herren umzugehen; ja, sein Gesicht konnte einen Ausdruck von Hochmut und Unzufriedenheit annehmen, der seine Partner einschüchterte. Auch auf Repräsentation verstand er sich. Es war sein Verdienst, daß bei den Festen der Handwerker, vor allem bei dem großen Fest im März, die Zunft der Töpfer besonders gut abschnitt. Dabei kam ihm zustatten, daß er ein gebildeter Mann war. Weite Stellen aus den griechischen und römischen Klassikern wußte er auswendig, er konnte mit Zitaten um sich werfen, interessierte sich fürs Theater, und die Aufführung des alljährlichen Festspiels der Töpfer, dessen Organisation ihm oblag, zog viele Leute an. Alles, was in Edessa zum Töpferhandwerk Beziehungen hatte, war stolz auf diesen repräsentativen Vorstand. Sogar die Lehrlinge, obwohl sie in den Werkstätten des Terenz viel Prügel bekamen, zogen es vor, dort zu arbeiten statt bei milderen Herren.

Es erhöhte die Wirkung des Terenz, daß um ihn und um sein Schicksal etwas Dunkles war, ein Geheimnis. Er war vor elf Jahren nach Edessa gekommen, abgerissen, kümmerlich, mit einem verwilderten, rötlichblonden Bart. Damals hätte man ihm zutrauen mögen, daß er, wie es das griechische Sprichwort von den Handwerkern behauptete, sich ins Armgelenk schneuzte. Niemand hätte in jenem Terenz den späteren Zunftmeister vorausahnen können. Leute, die sich in Rom auskannten, erzählten, die Werkstätten des Terenz hätten dort guten Ruf gehabt, selbst der kaiserliche Hof habe bei ihm gekauft, ja, es verlautete, Terenz habe zum Hof des Nero geheimnisvolle, persönliche Beziehungen gehabt.

Terenz selber und seine Leute, seine Frau Caja und der Leibeigene Knops, schwiegen sich über seine römische Vergangenheit aus. Höchstens wenn Terenz in gehobener Stimmung war, nach einer geglückten Rede etwa oder nach einer wohlgelungenen Darbietung der Zunft, deutete er an, wie geringfügig ihm ein solcher Erfolg vorkomme, wenn er zurückdenke an jene Zeit, da er noch in der kaiserlichen Residenz ein und aus gegangen sei; doch mehr als eine solche vage Andeutung war nicht aus ihm herauszuholen.

Was sich aber mit dem Töpfer Terenz in Rom ereignet hatte, war dies:

Sein Vater war noch Leibeigener gewesen in der Familie des Varro. Der alte Varro hatte den anstelligen Mann freigelassen und ihm eine Töpferwerkstatt eingerichtet. Der Sohn Terenz aber hatte am Töpfergewerbe wenig Spaß, er interessierte sich für höhere Dinge, für Theater und Politik. Wenn er über öffentliche Angelegenheiten oder über Kunst sprach, dann rühmten seine Freunde sein Verständnis und seinen tiefen Blick und fanden, er sei zu gut zum Töpfermeister. Terenz kümmerte sich also schon zu Lebzeiten des Vaters wenig und nach dessen Tode gar nicht um die Werkstatt. Die ging denn auch schnell zurück. Sowie sein Vermögen sich verflüchtigte, verloren seine Freunde ihren früheren Enthusiasmus, und niemand mehr wollte ihm für seine gewandten Reden und langen Zitate Ehre oder gar Geld geben. Kein Wunder, daß er, der mit zweiundzwanzig Jahren satt, robust und nicht eben bedeutend ausgesehen hatte, jetzt, nah an den Dreißig, ein schwammiges, mißmutiges, durch Bitterkeit geradezu vergeistigtes Gesicht bekam.

Und da stellte sich etwas Merkwürdiges heraus. Kaiser Neros Antlitz nämlich hatte lange Zeit hager aus der Umrahmung eines rötlichen Bartes herausgestochen; allmählich aber war er verfettet, und als er sich mit Achtundzwanzig den Bart abnehmen ließ, erschien sein nacktes Gesicht verändert: schwammig, blasiert und fast immer verdrießlich. Eines Tages nun, wie Terenz dem Senator Varro seine allmorgendliche Aufwartung als »Schutzbefohlener« machte, nahm Varro verblüfft wahr, daß der vergrämte Töpfer auf einmal dem verfetteten, mißmutigen Kaiser zum Verwechseln ähnlich sah. Genau so zog Nero die Brauen über den kurzsichtigen Augen zusammen, genau so schob er die starke Unterlippe vor. Dem Senator Varro kam eine Idee. Man mußte für den anspruchsvollen Nero immer neue Zerstreuungen ersinnen: er beschied den Töpfer auf den Palatin, um ihn dem Kaiser vorzuführen.

Diese Vorführung war für Terenz eine gefährliche Sache. Wenn der Kaiser schlecht aufgelegt war, dann konnte er den Doppelgänger das merkwürdige Naturspiel recht bitter entgelten lassen.

Allein das Experiment glückte. Zwar wünschte Nero nicht, daß andere wahrnähmen, daß das kaiserliche Antlitz zweimal in der Welt sei, und er ordnete an, daß Terenz die Frisur zu ändern und, niemandem sichtbar, auf dem Palatin zu bleiben habe, bis ihm ein Bart gewachsen sei. Doch im übrigen fand er Spaß an der seltsamen Ähnlichkeit. Ja, er begnügte sich nicht mit der einen Vorführung. Er beschied den Töpfer ein zweites Mal und dann oft und abermals auf den Palatin. Dort wurde ihm der Bart wieder abrasiert, Neros Friseur machte ihn zurecht, und der Kaiser ergötzte sich daran, wie Terenz seinen

Gang, seine Gesten, seinen Tonfall nachmachte. Er korrigierte, wenn ihm etwas nicht zu stimmen schien. Mehrmals auch ließ er seinen Lieblingsaffen herbeibringen, daß der an dem Spiel teilnehme, und wenn der Töpfer und der Affe ihn imitierten, hallte der Saal vom Lachen des Kaisers wider.

Den Terenz rührten diese Begegnungen mit Nero tief auf. Oft jetzt lächelte er verschmitzt, beglückt. Er hatte immer gewußt, daß die bösartige Laune des Schicksals, die ihn trotz seiner Begabung nicht hochsteigen ließ, vorübergehen mußte. Er dachte häufig an einen Traum, den seine Mutter geträumt hatte, als sie ihn in ihrem Schoß trug. In diesem Traum hatte sie einen hohen Berg zu ersteigen. Es war ein harter Weg, sie spürte die Wehen kommen und wollte sich hinlegen. Aber eine Stimme befahl: »Steig höher!« Sie gehorchte, doch dann erlahmte sie abermals und wollte sich ausruhen, aber da war wieder die Stimme, und erst unmittelbar unterm Gipfel durfte sie ihn gebären. Der Wahrsager aber deutete den Traum, das Kind, das sie trage, werde sehr hoch hinaufgelangen. Deshalb auch hatte man ihm den prätentiösen Namen Maximus gegeben.

Auf dem Palatin hatte man ihm eingeschärft, er habe über seine Zusammenkünfte mit dem Kaiser bei Strafe des Todes Stillschweigen zu bewahren. Es war trotzdem wahrscheinlich, daß der Leibeigene Knops etwas ahnte oder wußte; nicht nur mußten ihm die mehrwöchigen, geheimnisvollen Abwesenheiten seines Herrn auffallen, sondern auch die Aufträge, die der Palatin plötzlich der kleinen, heruntergekommenen Fabrik erteilte. Vor seiner resoluten, intelligenten Frau Caja gar das Geheimnis zu wahren, war dem Terenz einfach unmöglich. Ihr eröffnete er denn auch auf ihr Drängen, was auf dem Palatin mit ihm geschah. Doch sogar mit ihr sprach er nur selten darüber, ungern, geheimnisvoll und nie ganz offen. Niemals gestand er ihr, und selten nur sich selber, daß ihm die Berufung in die Residenz des Kaisers gelegen kam; vielmehr stimmte er ihr durch dunkles Schweigen zu, wenn sie bitter auf die Verletzung seiner Menschenwürde durch das Gesindel dort oben schimpfte. In Wahrheit aber wurde ihm das Spiel auf dem Palatin mehr und mehr zum Bedürfnis. Seine Ähnlichkeit mit dem Kaiser beglückte ihn, er verwuchs in seinem Innern immer tiefer mit seiner Rolle.

Bis dann ein jäher Umschwung kam. An jenem trüben Tag, da die Garde meuterte, war der Kaiser in eine gefährliche Lethargie versunken, und seine Vertrauten hatten, um ihn aufzumuntern, den Töpfer Terenz auf den Palatin berufen. Den hatte der Friseur rasiert und auf die übliche Art hergerichtet, als sich der Kaiser plötzlich entschloß, das Palais zu verlassen und in den Servilianischen Park zu übersiedeln. An den Töpfer Terenz, der in einem Dienerzimmer wartete, dachte kein Mensch; man vergaß ihn in dem verödeten Palast. Spät in der Nacht, da niemand sich um ihn kümmerte, drückte sich der verängstigte Mann aus der Residenz fort, um sich nach Hause zu schleichen. Die Straßen waren leer, niemand wagte sich aus Furcht vor bösen Ereignissen heraus. Plötzlich klirrte es in der Nähe. Terenz drückte sich in den Schatten, doch es war zu spät, schon hatten Bewaffnete ihn gepackt, Truppen des Senats, eine Streifschar, die auf den flüchtigen Nero fahndete. Jämmerlich beteuerte er, er sei nicht der Kaiser Nero, sondern der Töpfer Terenz. Aber die Soldaten wollten es nicht glauben; ergrimmt über die feige Haltung des Mannes, dem sie so lange göttliche Verehrung bezeigt, machten sie sich über ihn her und hätten ihn um ein Haar totgeschlagen. Nur mit Mühe brachte er sie dahin, daß sie ihn in sein Haus führten. Dort identifizierte Caja den Schlotternden, Halbtoten.

Ihr waren die Audienzen auf dem Palatin immer unheimlich gewesen. Jetzt, voll Angst vor den Maßnahmen, die der Senat gegen die Günstlinge des Nero treffen würde, bewog sie ihren Terenz, der noch bis in die Knochen erschreckt war von den Ereignissen, sogleich zu fliehen. Im grauenden Morgen stahlen sie sich zum Haus des Varro, ihres Gönners. Der Senator war noch in der Nacht aus der Stadt geflohen, nach dem Osten, sagte man ihnen. Gehetzt eilten sie ihm nach, gelangten mit ihm über die östliche Grenze.

Jetzt lag dies alles weit zurück, und man lebte gesichert, in einem gewissen Wohlstand, in dieser weißen und bunten Stadt Edessa. Frau Caja war stolz darauf, daß sie damals ihren Terenz so energisch zusammengepackt und aus dem gefährlichen Rom wegbefördert hatte. Sie selber freilich fühlte sich hier unter den Barbaren nicht gerade wohl. Die Burnusse und schmutzigweißen Kleider dieses äffischen und zu einem guten Teil tiefbraunen Volkes mißfielen ihr, das Essen schmeckte ihr nicht, sie fand die Syrer und die Griechen betrügerisch, die Araber und die Juden stinkend und abergläubisch, die Perser verrückt. Nie wird sie das Gewelsch dieser Barbaren, das hurtige Gelispel der Syrer, das gaumig gutturale Gelalle der Araber erlernen, nie sich an diese ganze barbarische Umwelt gewöhnen, an die Farbigen, die heiligen Fische, den Altar der Tarate und seine unanständigen Symbole, nie an die Affen und an die Kamele, nie an die Steppe, die sich unheimlich im Süden dehnt.

Terenz hingegen schien sich im Osten schnell und gut einzuleben. Um das Geschäft kümmerte er sich noch weniger als in Rom, das besorgten Caja und der Leibeigene Knops. Er selber ging bedeutend und geheimnisvoll herum, organisierte die Veranstaltungen der Zunft, hielt politische Reden. Man legte hier wenig Gewicht auf seine unsichere Aussprache des Buchstabens Th, er hatte ein dankbares, aufmerksames Publikum. Zwar schimpfte er vor Caja gern über den verfluchten Osten, aber wenn sie sah, wie er stattlich durch die hügeligen Straßen von Edessa schritt, von vielen Leuten begrüßt, dann hatte sie trotz seines hochmütig unbefriedigten Aussehens den Eindruck, er fühle sich wohl wie ein Fisch im Heiligen Teich der Göttin Tarate, und sie vergaß über seinem Wohlbefinden das Unbehagen, das der Osten ihr selber verursachte.

Es stak aber hinter seinem mürrischen Wesen mehr echter Verdruß, als sie ahnte. Terenz fühlte sich alt werden, ohne daß seine großen Gaben nach Verdienst gewürdigt worden wären. Was war das schon, hier unter den Barbaren vor ein paar schmutzigen, ungebildeten Handwerkern der große Mann zu sein? Ach, seine Blütezeit war damals in Rom gewesen. Mit heißer Sehnsucht dachte er zurück an die Stunden auf dem Palatin. Vor allem *ein* Erlebnis aus jener Zeit verklärte sich ihm immer mehr. Eines Tages nämlich hatte sich Nero den Spaß gemacht, an seiner Statt den Töpfer Terenz eine Botschaft an den Senat verlesen zu lassen. Da war also dieser Töpfer Terenz vor den »Berufenen Vätern« gestanden im kaiserlichen Purpur und hatte den Lautlosen, in Demut und Unterwerfung Erstarrten die kaiserliche Botschaft verkündet. Jetzt in Edessa schien ihm sein damaliges Auftreten vor dem Senat die Krönung seines Lebens. Er vergaß, daß er, zuerst wenigstens, jämmerliche Angst gehabt hatte, weiche Knie, hohlen Magen und Bauchgrimmen. Er wußte nur mehr, wie im Verlauf der Rede immer stärkere Zuversicht in ihm hochgestiegen war. Er sah vor sich die ehrfurchtsvollen Gesichter der Senatoren, alle hatten sie ihn für den wahren Nero genommen, und mit Recht: er war wirklich Nero gewesen.

Es war ihm schwergefallen, das ungeheure Erlebnis für sich allein zu bewahren, aber er hatte sich überwunden, er hatte es nicht einmal Caja anvertraut. Nicht nur deshalb, weil solche Redseligkeit den Tod hätte zur Folge haben können, sondern vor allem, weil er fürchtete, die große Stunde könnte, wenn er einem so banalen Menschen wie seiner Frau davon mitteilte, ihren Glanz verlieren und besudelt werden. Caja hätte sicher in seinem Erlebnis nichts anderes erblickt als einen frechen Spaß, den der Kaiser sich mit seinem Senat erlaubte, und die Gefahr für ihn, das armselige Werkzeug dieses Spaßes. Sie hätte nur den Affen des Nero in ihm gesehen und niemals begriffen, daß in dieser Stunde vor dem Senat er der wirkliche Nero gewesen war. Er gab also der Lockung nicht nach, er erzählte Caja nichts, er schwieg standhaft.

Auch in Edessa schwieg er. Manchmal aber bedrängte ihn die Sehnsucht nach dem Verlorenen allzu schmerzlich. Dann zog es ihn in die Einsamkeit, und er spielte sich selber sein Auftreten vor dem Senat noch einmal vor. Am meisten liebte er das Labyrinth, jene gewaltige Grotte im Fels am Ufer des Skirtos mit den zahllosen verschlungenen Gängen, mit dem Wirrsal von Treppen, Stollen und Kammern. Dreitausend solcher Kammern, sagte man, zähle das Labyrinth, und in seiner letzten, heimlichsten habe in der Urzeit der mißgestaltete Sohn des Stiergottes Labyr gehaust, halb Gott, halb Stier auch er, sich nährend von den Knaben und Mädchen, die er dem Volk abzwang. Später hatten die gewaltigen Gewölbe den alten Königen als Grabstätte gedient, und ihre Schatten hausten noch dort. Geheimnis und Schauer war um das Labyrinth, und wer sich unvorsichtig, ohne sein verwickeltes System zu kennen, zu tief hineinwagte, mochte wohl wirklich nicht mehr herausfinden und dort umkommen. Terenz liebte den Ort, er stieg immer tiefer hinab, es wehte Größe und Geheimnis in dieser Tiefe, und allmählich fand er sich in der Wirrnis besser zurecht als die meisten andern. Hier, wo die Schatten der alten, großen Könige umgingen, wagte er es, wieder Nero zu sein, hielt Reden an einen unsichtbaren Senat, und wenn seine Worte dumpf und hohl zurückkamen, spürte er die Nähe der Götter.

Einmal hatten spielende Knaben sich weiter als sonst in die Höhle vorgewagt. Sie hörten die dumpfe Stimme tief aus dem Innern und flohen entsetzt zurück. Am Eingang warteten sie voll Furcht und Spannung. Aber als sie den Töpfer Terenz aus der Höhle kommen sahen, löste sich ihre ängstliche Erwartung in Gelächter, sie machten ihn nach, seine großspurige Haltung, seinen majestätischen Gang, liefen ihm voran, verspotteten ihn mit künstlich tiefen Stimmen. Da packten den Terenz Scham, Ekel und das Gefühl der Leere und Aussichtslosigkeit seines jetzigen Lebens derart, daß er am liebsten in die Höhle zurückgeflohen und dort gestorben wäre.

Diese Erfahrung hinter sich, beschloß er, den Palatin für immer zu vergessen. Er lernte mit doppelter Beflissenheit Klassiker auswendig, betrieb mit verbissener Energie die Geschäfte der Zunft und brachte es so weit, daß die Erinnerung an Rom nur selten mehr in ihm hochstieg. [...]

Es wurden aber in der Stadt Edessa immer mehr Gerüchte laut, vom römischen Regierungsgebäude in Antiochien her wehe jetzt ein neuer, böser Wind. Es erregte Sorge und Ärgernis, daß Varro, dieser angesehenste Bürger des Staates Edessa, genötigt worden war, doppelte Steuern zu zahlen. Was sollte aus dem Handel Edessas mit der Provinz Syrien werden, wenn man solche Doppelbesteuerung zum Prinzip machte? Auch erzählte man sich, der neue Gouverneur wolle die römischen Garnisonen in Edessa, Samosata, Carrhä, Palmyra verstärken und so die Souveränität der kleinen Staaten Mesopotamiens, um die es ohnehin nicht gut bestellt war, weiter verringern.

Unter diesen Umständen brauchten die »Schutzbefohlenen« und sonstigen Agenten Varros sich nicht sehr anzustrengen, um die Bevölkerung des Zwischenstromlandes zu bitteren Vergleichen anzuregen zwischen den jetzigen Herren, dem Kaiser Titus und seinen Beamten, und dem guten, noch immer betrauerten Kaiser Nero. Wie hatte dieser selige Kaiser den Osten begünstigt, wie hatte er durch Stiftungen und Privilegien die kulturellen und die Handelsbeziehungen zwischen Mesopotamien und Syrien gefördert. Er war ein wirklicher Kaiser gewesen, und schon um des Prunkes willen, den er, seine Minister, Generale, Gouverneure entfalteten, hatte man ihn geliebt. Der Luxus seiner Spiele, die Tatsache, daß er persönlich vor allem Volk auf der Bühne auftrat, hatte ihm auch im Zwischenstromland ungeheure Sympathien erworben, und bis ins Partherreich hinein war man entzückt gewesen, als er versprach, daß er einmal auch dem Osten seine Kunst zeigen wolle. In ihm hatte man in Wahrheit einen zweiten Alexander gesehen, der nicht kam, um den Osten zu unterjochen, sondern um Morgen- und Abendland zu verschmelzen. Die neuen Herren hingegen, die flavischen Kaiser, hatten von Anfang an nicht verborgen, daß die Orientalen für sie Barbaren waren, gerade gut genug, um auf jede Art ausgebeutet zu werden. Daß Rom jetzt diesen widerwärtigen Cejon nach Syrien schickte, bewies abermals den bösen Willen der Regierung. Von neuem lebte die Sehnsucht nach dem verschwundenen Kaiser auf. »Ja, Nero, wenn er noch lebte«, seufzten träumerisch diejenigen, die sich abends um die Brunnen und in der frühen Nacht in den Schenken versammelten.

Während sich solches Gerede zwischen Euphrat und Tigris immer mehr verbreitete, lud Senator Varro den Terenz ein zweites Mal zu Tisch. Diesmal waren sie allein. Varro war schweigsam, in Gedanken, beschäftigt. Behandelte den Terenz mit großer Auszeichnung, fast wie einen Höhergestellten. Ließ im Gespräch lange, bedrückende Pausen entstehen. Obwohl Terenz Sinn für Feierlichkeit hatte und sich geschmeichelt fühlte, konnte er sich nachgerade der Betretenheit nicht erwehren.

Nach der Mahlzeit, beim Wein, sagte Varro unvermittelt, mit scheuem, schlau vertraulichem Lächeln: »Ich sehe, daß Sie noch immer Ihre Mischung jedem andern

Wein vorziehen.« Er hatte aber den Wein in jener Weise mischen lassen, die Kaiser Nero erfunden hatte; diese Mischung und ihr Name war eines der wenigen Überbleibsel des Kaisers, das seine Nachfolger nach seinem Sturz nicht angetastet hatten, und jedermann, auch Terenz natürlich, kannte das Getränk und seinen Namen. Er sah hoch, verständnislos. Die sonderbaren Worte des mächtigen Herrn und der unterwürfig freundschaftliche Ton, in dem sie vorgebracht wurden, machten ihn verlegen, ja blöde. Varro aber fuhr im gleichen ergebenen Ton fort: »Vielleicht nehme ich mir eine zu große Intimität heraus, aber ich muß endlich aussprechen, was mich seit Wochen drückt und erhebt, und was mir jetzt Sicherheit geworden ist: daß ich nämlich weiß, wer sich damals nach dem angeblichen Tod des Kaisers Nero zu mir und in meinen Schutz geflüchtet hat.«

Es bedurfte, um den Hintersinn dieses unvermuteten Satzes zu begreifen, eines Mannes von rascher, scharfer Intelligenz, und ein solcher Mann war der Töpfer Terenz nicht. Allein die Worte Varros rührten an das Tiefste, Heimlichste in seiner Seele, an seinen brennenden Ehrgeiz, an seine Sehnsucht zurück nach seiner großen Zeit auf dem Palatin. Es stieg also, während Varro sprach, in Terenz sogleich die gewaltsam hinuntergedrückte Erinnerung hoch an sein erhabenes Auftreten vor dem Senat, und es schwoll in ihm die irrsinnige Hoffnung, jene große Zeit könnte wiederkehren. Er begriff deshalb die dunkeln Sätze des Senators viel schneller, als der erwartet hatte, er nahm sie mit allen Fasern seiner Seele auf, kostete bis zur Neige ihren beglückenden Sinn. Einer hatte ihn erkannt, einer begriff: wer soviel von Neros Fleisch und Blut hatte, mußte wirklich Nero sein.

Während er aber noch geschwellt war von der ungeheuern Seligkeit der Sekunde, war in ihm schon seine ganze eingeborene Schlauheit erwacht und sagte ihm, es sei besser, wenn er sich verstellte und sein rechtes Ich erst sehr spät zu erkennen gäbe. Er tat also ferner blöde, meinte, er begreife nicht, worauf sein großer Gönner hinauswolle, und trieb es schließlich so weit, daß Varro schon fürchtete, er werde nicht zum Ziel kommen. Einen letzten Versuch noch machte der Senator. Er bitte demütig um Entschuldigung, sagte er, wenn er seinem Gast zu nahe getreten sei. Falls der glaube, es sei noch verfrüht, den Römern seinen ganzen Glanz zu zeigen, oder wenn er gar die Welt, die ihn verkannt, wegen dieses Frevels für immer im Stich lassen wolle, so bitte er, Varro, um Verzeihung für die Kühnheit, mit der er an seiner Verhüllung gezerrt habe.

Jetzt aber fürchtete Terenz, wenn er nicht endlich zupacke, könnte es zu spät werden, und es könnte ihm diese einzige Gelegenheit für immer entschwinden. Er war also mit einemmal nicht mehr blöde, sondern lächelte jungenhaft, gutmütig, listig, wie er es manchmal am Kaiser Nero gesehen hatte, er schritt mit dem Schritt Neros auf den Senator zu, er klopfte ihm mit der Geste Neros die Schulter und sagte in dem einmaligen, unverkennbaren, lässig hochmütigen Tonfall Neros: »Warum, mein Varro, sollte ich dir nicht verzeihen?«

Nun hätte, das wußte Varro, der echte Nero in dieser Situation niemals so gesprochen. Der hätte eher ein griechisches Zitat gebraucht und dazu eine bestimmte, wegwerfende, wegwischende Handbewegung gemacht. Es kam aber die Äußerung des Mannes so überraschend, und der tote Nero, seine Stimme, sein Tonfall, sein Schritt war plötzlich so überwältigend leibhaft im Zimmer, daß Varro erschrak und daß ihm bangte, seine Idee sei vielleicht eine zu gute Idee und von unabsehbaren Folgen. Er riß sich zusammen und sagte, jählings ernüchtert, abschließend: »Ja, lieber Terenz, das also wäre das.« Für den ganzen Rest des Abends dann war er der große Herr von früher und sprach zu ihm als zu seinem »Schutzbefohlenen«, leutselig, sachlich.

Der Töpfer Terenz aber hatte gesehen, was er gesehen, und gehört, was er gehört hatte. Er war seiner Sache so sicher, daß die plötzliche Rückwandlung des Varro seinem Glück nichts mehr anhaben konnte.

Als Senator Varro die Sache so weit vorgetrieben hatte, fand er es an der Zeit, ernstlich zu prüfen, ob er denn wirklich seinen Plan ausführen solle. Es galt zunächst zu überdenken, wie weit sein Nero Aussichten hatte, sich durchzusetzen.

Er hatte Aussichten. Das Volk hatte nie geglaubt, daß Nero wirklich umgekommen sei. Es hielt den Kaiser für zu klug, als daß es ihm nicht geglückt sein sollte, seinen Gegnern zu entkommen. Vor allem im Osten war man überzeugt, Nero halte sich nur verborgen, um eines Tages glorreich von neuem zu erscheinen. Wenn jetzt, in dieser günstigen Situation, ein Mann sich zeigt, vom Fleisch des Nero, gelenkt von einem andern, der den Geist des Nero so genau kennt wie er selber, wenn dieser Mann auf unabhängigem Boden erscheint, dem Zugriff Roms schwer faßbar, dann wird ein solcher Nero sich bestimmt lange halten können und dem Gouverneur der Grenzprovinz, vielleicht sogar dem Palatin selber, schwer zu schaffen machen.

Es war gegen Morgen, als Varro dies bedachte, er lag im Bett, räkelte sich, lächelte, schloß wieder die Augen.

Wenn sein Nero jenseits des Euphrat sichtbar wird, was dann kann Streckmännchen gegen ihn unternehmen? Selbstverständlich wird Nero gescheit genug sein, sich möglichst selten innerhalb der syrischen Grenzen blicken zu lassen. Er wird Unruhe in die Provinz hineintragen, aber rechtzeitig wieder ins unabhängige Gebiet zurückkehren, wo man ihn heimlich oder wahrscheinlich sogar offen unterstützen wird. Was kann Antiochien gegen ihn ausrichten? Wird man Militär ins fremde Gebiet vorschicken? Das wird sich selbst Streckmännchen zweimal überlegen. Man hat seinerzeit hart gefeilscht um jeden einzelnen römischen und parthischen Soldaten, der das Recht haben soll, sich auf dem Gebiet dieser Pufferstaaten zu zeigen. Vom Euphrat zum Tigris ist es nicht weit. Wenn Rom Truppen über den Euphrat schickt, dann laufen sie Gefahr, Truppen zu begegnen, die von jenseits des Tigris kommen.

Varro stand auf. Mit bloßen Füßen ging er zur Wand, holte den Schrein hervor, den er dort verwahrt hielt. Entnahm ihm jenes Schriftstück. Las mit zärtlicher Stimme, zum hundertstenmal: »L. Cejon, Gouverneur der kaiserlichen Provinz Syrien, bestätigt, von L. T. Varro sechstausend Sesterzien Inspektionsteuer erhalten zu haben.« Streichelte das Schriftstück, lächelte, verschloß es wieder, verwahrte den Schrein, ging zurück in sein Bett.

Soll er sich den Spaß leisten? Es ist ein guter, tiefer, aussichtsvoller Spaß, aber verdammt gefährlich. Es ist kein Spaß. Geht es denn um diese Quittung? Geht es denn um Streckmännchen? Es geht nicht einmal um ihn selber. Worum es geht, das ist der Osten, dieser großartige, zuchtlose, weisheitsvolle, verworrene Osten, den die brutalen, engstirnigen Feldwebel auf dem Palatin nicht unter ihre Stiefel kriegen sollen.

Varro dachte zurück an die Zeit, da er zum erstenmal nach Syrien gekommen war, als junger Offizier, in der Armee des Feldmarschalls Corbulo. Er war damals ständig in der unmittelbaren Umgebung des berühmten Feldherrn gewesen. Corbulo war ein Flachkopf, alles in allem, er hatte weder den rechten Instinkt noch scharfen Verstand; aber er war tief überzeugt von seiner Begabung, er konnte befehlen wie kein zweiter, besaß die Technik des selbstverständlich herrenhaften Auftretens. Varro hatte viel von ihm gelernt. Im übrigen hatte er diesen Corbulo rasch durchschaut. Hatte erkannt, daß er durch schrankenlose Bewunderung am schnellsten zu gewinnen war. Hatte ihn gewonnen. Bald war es so weit gekommen, daß er, der blutjunge Anfänger, dem berühmten, erfahrenen Feldmarschall seine Ideen suggerierte, daß in Wahrheit er die syrische Politik machte. In jenen Jahren war seine Passion für den Osten entstanden, sein Durst, hier zu herrschen. Es war ihm ein ungeheurer Genuß, mit diesen orientalischen Königen, Priestern, Handelsherren auf ihre blumige, langwierige Art zu verhandeln, ihre krummen Wege durch noch krümmere zu überlisten, so daß sie schließlich in sein Ziel einmündeten. Eigentlich hat seit Corbulo immer er in diesen Ländern geherrscht.

Varro dehnte sich in seinem Bett, zog sich wieder zusammen. Dachte daran, wie vor elf Jahren diese Flavier versucht hatten, ihn zu beseitigen. Weil er einmal im Pfauen-Bordell hinter dem Großen Zirkus in besoffener Laune eine Hure mit dem Purpur und dem hohen Schuh des Senators ausstaffiert hatte, darum, hatte Kaiser Vespasian dekretiert, sei er nicht würdig, länger dem Senat anzugehören. Der läppisch ironische Vorwand war ein Spaß des zu plumpen Scherzen immer aufgelegten bäurischen Vespasian. Nun, die Flavier, der tote Vespasian und sein Sohn Titus, haben für diesen Spaß allerhand zahlen müssen. Sie haben es zu spüren gekriegt, mittlerweile, die Herren, daß ein findiger Mann manchmal von Edessa aus mehr ausrichten kann als von Rom. Jetzt also haben sie ihm diesen Trottel hergeschickt, Streckmännchen, daß der das feine Gefüge seiner östlichen Politik störe. Nun, Streckmännchen kann sich auf allerhand gefaßt machen. Wenn erst sein Nero in Mesopotamien anerkannt ist, wird Streckmännchen merken, daß es vielleicht doch klüger gewesen wäre, dem alten Varro die Sechstausend nicht abzupressen. Streckmännchen wird zugeben müssen, daß in diesem Osten mit »durchgreifen« und »römischer Disziplin« nichts zu machen ist, daß man besser dem alten Varro auf dem Weg der Verständigung folgt.

Wohin verirrt er sich? Geht es denn um Streckmännchen? Nicht ihn, das ganze, freche, neue, dumme Rom will er treffen, wenn er ihm den alten Nero zurückzaubert, dessen Andenken es so gar nicht vertragen kann.

Hier kam ihm plötzlich das Gesicht des Terenz in den Sinn. An den hatte er seltsamerweise die ganze Zeit über nicht gedacht. Er erinnerte sich, wie der Bursche auf ihn zugeschritten war, verwandelt, mit dem Schritte des Nero, und wie er mit dem unverkennbaren, lässig hochmütigen Tonfall des Nero zu ihm gesagt hatte: »Warum, mein Varro, sollte ich dir nicht verzeihen?« Von neuem beschlich ihn jenes Unbehagen, das er damals verspürt hatte, als in diesem armseligen Kleinbürger auf einmal Nero im Zimmer war. Doch es fiel ihm ein, daß Nero sicher selber seinen Spaß hätte an dem Streich, den er seinem Feind, dem Titus, mit dem unterschobenen Nero spielen will, und sein Unbehagen zerschmolz.

Er räkelte sich ein letztes Mal, befriedigt. Befahl seinen Sekretär zu sich. Gab Weisung, man solle eine Zusammenkunft zwischen ihm, König Mallukh und Erzpriester Scharbil vereinbaren.

# La Fermosa

Der König mittlerweile, in Burgos, im Dunstkreis Doña Leonors, vergaß Toledo und was damit zusammenhing. Er genoß die Ruhe und Zuversicht, von der sein Kastell in Burgos erfüllt war. Er hatte den Sohn und Erben. Er war tief befriedigt.

Schließlich aber, da er seiner Hauptstadt Wochen und Monate ferngeblieben war, drängten seine Räte, er müsse zurückkehren.

Und kaum hatte er die Mauern von Burgos hinter sich, war die frühere Unrast wieder da und peinigte ihn der Fluch, der auf ihm lag: daß er warten und warten mußte, und daß es ihm verwehrt war, sein Reich zu mehren. Der Sechste und der Siebente Alfonso hatten die Kaiserkrone getragen, von ihren großen Taten sangen die Sänger; von dem, was er erreicht hatte, plärrten ein paar schäbige Romanzen.

Als der Felsen, auf dem Toledo lag, in Sicht kam, überfiel ihn seine Ungeduld mit ganzer Wut, und schon am ersten Tage befahl er seinen Escrivano vor sich, diesen Menschen, mit dem er darum feilschen mußte, daß er seine ritterliche Pflicht tun und in den Krieg reiten dürfe.

Jehuda seinesteils hatte begierig auf die Rückkehr des Königs gewartet. Sobald es irgend anging, wollte er ihm sein großes Projekt vortragen und ein Edikt erwirken, das fränkische Juden in Kastilien zuließ. Er hatte sich gute Gründe zurechtgelegt. Überall im Lande regte sich's und wuchs es, man brauchte neue Hände, man mußte wie in den Zeiten des Sechsten und des Siebenten Alfonso neue Menschen ansiedeln.

Da stand er endlich vor dem König und hielt Vortrag. Er hatte wiederum von großen Erfolgen zu erzählen, von erfreulich hohen Einkünften, von weiteren drei Städten, die widerspenstigen Granden entrissen und unter Alfonsos Botmäßigkeit gebracht worden waren. Neue, vielversprechende Unternehmungen waren überall im Lande entstanden, auch in Toledo selbst und in der unmittelbaren Umgebung. Da war die Glashütte, die große Lederwerkstätte, die Töpferwerkstatt, die Papierfabrik, ganz zu schweigen von der Erweiterung der Münze und des königlichen Gestüts.

Während Jehuda so in fliegender Rede berichtete, überlegte er, ob er schon in dieser ersten Stunde dem König mit seinem großen Anliegen kommen solle. Allein Don Alfonso schwieg, und seiner Miene war nichts abzulesen.

Jehuda sprach weiter. Ehrerbietig fragte er, ob der Herr König auf der Rückreise in der Gegend von Avila die großen Herden bemerkt habe; es sei ja jetzt die Viehzucht einheitlich geregelt, so daß das Weideland vernünftig ausgenützt werden könne. Und ob Don Alfonso auf der Rückreise Zeit gefunden habe, die neuen Maulbeerpflanzungen zu besichtigen für die Seidenmanufaktur.

Endlich tat der König den Mund auf. Ja, sagte er, er habe die Maulbeerpflanzungen gesehen, und auch die Herden, und mancherlei mehr, was von der Emsigkeit seines Escrivanos Zeugnis ablege. »Also langweile mich nicht länger damit«, sagte er unwirsch, mit jähem Übergang. »Deine Dienste sind bekannt und anerkannt. Mich interessiert jetzt nur eines: wann werde ich endlich die Schande abtun und eintreten können in den Heiligen Krieg?«

Daß die Gnade des Königs so schnell wieder in Feindseligkeit umschlagen werde, hatte Jehuda nicht vermutet. Bitter und bekümmert sah er, daß er die Unterredung über die Ansiedlung der vertriebenen Juden aufschieben müsse. Doch nicht versagen konnte er sich's, Alfonsos törichten Vorwurf zurückzuweisen. »Der Zeitpunkt, da du in den Krieg eintreten kannst, Herr König«, sagte er, »hängt nicht allein von den Finanzen deines Landes ab. Die sind in Ordnung.« Und streitbar erklärte er: »Sowie die andern Fürsten Hispaniens, insbesondere Aragon, willens sind, in Gemeinschaft mit dir gegen den Kalifen ein einheitlich geleitetes Heer aufzustellen, wirst du, Herr König, mehr als deinen Anteil beisteuern können. Und wenn das schon morgen sein sollte. Des sei du sicher.«

Alfonso furchte die Stirn. Immer speiste der Jude ihn mit einem frechen, höhnischen Wenn ab. Er ließ ihn stehen, ging auf und nieder.

Dann, unvermittelt, über die Schulter, fragte er: »Sage, wie steht es eigentlich um die Galiana? Der Umbau sollte jetzt bald fertig sein.« – »Er ist fertig«, antwortete stolz Jehuda, »und es ist erstaunlich, was mein Ibn Omar aus dem alten Gebäu gemacht hat. Wenn du willst, Herr König, kannst du in zehn Tagen oder spätestens in drei Wochen dort wohnen.«

»Vielleicht werde ich wollen«, sagte leichthin Alfonso. »Auf alle Fälle möchte ich mir anschauen, was ihr gemacht habt. Donnerstag will ich mir's anschauen, vielleicht noch früher. Ich werde dir Bescheid sagen lassen. Und du begleitest mich und erklärst mir. Und bring auch wieder Doña Raquel mit«, schloß er mit erzwungener Beiläufigkeit.

Jehuda erschrak ins Innerste. Ihn bedrängten Besorgnisse wie damals nach der ungewöhnlichen Einladung Don Alfonsos.

»Wie du befiehlst, Herr König«, sagte er.

Zur festgesetzten Stunde erwarteten Jehuda und Raquel den König am Tor der Huerta del Rey. Don Alfonso kam pünktlich. Er neigte sich tief und förmlich vor Raquel und begrüßte freundlich den Escrivano. »Also zeig mir, was ihr gemacht habt«, sagte er mit etwas künstlicher Munterkeit.

Langsam gingen sie durch den Park. Da waren nun keine Gemüsebeete mehr, sondern bunte Zierpflanzen, Bäume und Boskette, anmutig geordnet. Einen kleinen Wald hatte man gelassen, wie er war. Dem stillen Teich aber hatte man einen Abfluß geschaffen, so daß jetzt, mehrmals von Brücken überspannt, ein schmaler Bach zum Flusse Tajo führte. Orangenbäume waren da, auch Bäume, die kunstvoll gezüchtete, übergroße Zitronen trugen, die man bisher in den Ländern der Christen nicht gekannt hatte. Nicht ohne Stolz wies Jehuda dem König diese Früchte; »Früchte Adams« nannten sie die Moslems, denn um von dieser Frucht zu kosten, hatte Adam das Verbot des Herrn übertreten.

Auf breitem Kiesweg gingen sie dem Schlosse zu. Auch hier grüßte es vom Tor in arabischen Lettern: Alafia, Heil, Segen. Sie beschauten das Innere. Diwans liefen die Wände entlang, Gobelins hingen von kleineren Galerien, schöne Teppiche deckten die Böden, überall sorgten fließende Wasser für Kühle. Die Mosaikarbeiten der Friese und Decken waren noch nicht fertig. »Wir wagten es nicht«, erläuterte Don Jehuda, »Verse und Sprüche ohne deine Weisung zu wählen. Wir erwarten deine Befehle, Herr König.«

Don Alfonso, obwohl sichtlich beeindruckt, war einsilbig. Gemeinhin kümmerte er sich nicht viel um das Aussehen einer Burg oder eines Hauses. Dieses Mal sah er mit besser wissendem Blick. Die Jüdin hatte recht: sein Kastell von Burgos war grimmig finster, die neue Galiana schön und bequem. Trotzdem sagte ihm das Kastell von Burgos besser zu; er fühlte sich nicht wohl inmitten dieses weichen Prunkes. Er sprach höflich anerkennende, gezwungene Sätze, seine Gedanken wanderten, seine Worte wurden spärlicher. Auch Doña Raquel sprach wenig, und allmählich wurde auch Don Jehuda schweigsam.

Der Patio war mehr Garten als Hof. Auch hier war ein großes Wasserbassin mit einem Springbrunnen. Arkaden liefen ringsum, matte Spiegel machten, daß sich der Garten ins endlos Weite dehnte. Mit unwilliger Anerkennung bestaunte der König, was diese Leute in so kurzer Frist zustande gebracht hatten.

»Bist du nie hier gewesen, Dame«, wandte er sich mit einemmal an Raquel, »während man hier baute?« – »Nein, Herr König«, antwortete das Mädchen. »Das war nicht freundlich«, meinte Alfonso, »da ich um deinen Rat gebeten hatte.« – »Mein Vater und Ibn Omar«, entgegnete Raquel, »verstehen sehr viel mehr als ich von der Kunst des Bauens und Einrichtens.« – »Und gefällt dir die Galiana, so wie sie jetzt dasteht?« fragte Don Alfonso. »Sie haben dir ein herrliches Schloß gebaut«, antwortete voll ehrlichen Entzückens Raquel. »Es steht da wie einer der zauberhaften Paläste aus unsern Märchen.« Aus unsern Märchen, sagt sie, dachte der König. Immer ist sie die Fremde, und immer gibt sie mir zu verstehen, daß, wo sie ist, ich der Fremde bin. »Und ist alles so, wie du dir's gedacht hast?« fragte er. »Dies oder jenes wirst du doch wohl auszusetzen haben. Willst du mir gar keinen Rat geben, nicht den kleinsten?« Leicht verwundert, doch unverlegen beschaute Raquel den ungeduldigen Mann. »Da du es befiehlst, Herr König«, sagte sie, »spreche ich. Mir gefallen die Spiegel nicht in diesen Wandelgängen. Es ist mir nicht lieb, mein Bild zu sehen und immer wieder mein Bild, und es ist ein wenig unheimlich, dich und den Vater und die Bäume und den Springbrunnen wirklich zu sehen und gleichzeitig im Bilde.« – »Nehmen wir also die Spiegel weg«, entschied der König. Ein etwas unbehagliches Schweigen war.

Sie saßen auf einer Steinbank. Don Alfonso schaute Raquel nicht an, aber er sah sie im Spiegelwerk der Arkaden. Er sah und prüfte. Er sah sie das erstemal. Sie war keck und nachdenklich, wissend und naiv, viel jünger als er und viel älter. Wenn man ihn vor zwei Wochen gefragt hätte, ob er während all der Zeit in Burgos an sie gedacht habe, hätte er's ehrlichen Gewissens verneint. Es wäre eine Lüge gewesen; sein Inneres hatte sich nicht von ihr befreit.

Sein Blick prüfte sie weiter im Spiegel. Ihr fleischloses Gesicht mit den großen, blaugrauen Augen unter dem schwarzen Haar sah freimütig aus, kindlich, aber sicher ging hinter der nicht hohen Stirn allerlei Verfängliches vor. Es war nicht gut, daß seine Seele nicht einmal in Burgos frei von ihr geblieben war. Alafia, Heil, Segen, grüßte es vom Tor seines neuen Schlosses, aber es war nicht gut, daß er dieses Schloß hatte errichten lassen. Don Martín hatte ihn zu Recht getadelt: die moslemische Pracht stand einem christlichen Ritter nicht an, schon gar nicht in dieser Zeit des Kreuzzugs.

Don Martín hatte ihm einmal erklärt, es sei eine läßliche Sünde, mit einem Weibsbild vom Troß zu liegen, weniger läßlich mit einer moslemischen Gefangenen, wieder weniger läßlich mit einer Dame von Adel. Mit einer Jüdin zu liegen, war sicherlich schwerste Sünde.

Doña Raquel, um das ungute Schweigen zu brechen, sagte, und sie versuchte, munter zu sein: »Ich bin neugierig, Herr König, welche Verse du für die Friese bestimmst. Sie erst werden dem Haus den rechten Sinn geben. Und wirst du lateinische Lettern befehlen oder arabische?«

Don Alfonso dachte: Wie frech und unverlegen sie ist, diese da, hochmütig, stolz auf ihre Klugheit und ihren Geschmack. Aber ich werde sie übermannen. Mag Don Martín sagen, was er will. Ich werde zuletzt ja doch in den Heiligen Krieg ziehen, und meine Sünden werden vergeben sein.

Er sagte: »Ich glaube, ich werde keine Verse auswählen, Dame, und werde nicht bestimmen, ob es lateinische Lettern sein sollen oder arabische oder hebräische.« Er wandte sich an Jehuda: »Laß mich zu dir so ehrlich sein, mein Escrivano, wie es Doña Raquel zu mir in Burgos gewesen ist. Was ihr da gemacht habt, ist sehr schön, und die Künstler und Kenner werden es loben.

Aber mir gefällt es nicht. Das soll kein Vorwurf sein, beileibe nicht. Im Gegenteil, ich staune, wie gut und schnell ihr alles gemacht habt. Und wenn du mir vorhältst: so hast du mir's aufgetragen, ich habe nur gehorcht, dann bist du im Recht. Ich sage es dir, wie es ist: damals, als ich dir die Weisung gab, stand mir der Sinn nach genau diesem. Aber inzwischen bin ich in Burgos gewesen, in meinem alten, strengen Schloß, in dem sich unsere Doña Raquel so unbehaglich fühlt. Nun, jetzt fühle ich mich hier unbehaglich, und ich glaube: auch wenn die Spiegel weg sind und wenn die schönsten Verse von den Wänden leuchten, werde ich mich nicht behaglich fühlen.«

»Das tut mir leid, Herr König«, sagte mit künstlichem Gleichmut Don Jehuda. »Es steckt viel Mühe und viel Geld in diesem Bau, und es bekümmert mich, daß ein gedankenloses Wort meiner Tochter dich verleitet hat, ein Haus zu bauen, welches dir mißfällt.«

Es war eine Anmaßung, dachte der König, daß Don Martín mir verbieten wollte, ein islamisches Schloß zu bauen. Und er soll mir's auch nicht verbieten, mit der Jüdin zu schlafen.

»Du bist schnell gekränkt, Don Jehuda Ibn Esra«, sagte er, »du bist ein stolzer Mann, bestreit es nicht. Als ich dir damals das Castillo de Castro zum Alboroque geben wollte, hast du mir's abgeschlagen. Und unser Handel war doch ein großer Handel und verlangte eine große Zugabe. Du hast etwas gutzumachen, mein Escrivano. Dieses Schloß – die Schuld liegt bei mir allein, ich sagte es schon – ist für mich nicht das Rechte, es ist zu bequem für einen Soldaten. Aber euch gefällt es. Erlaube mir, daß ich's euch schenke.«

Jehuda war erblaßt, noch tiefer erblaßt war Doña Raquel. »Ich weiß schon«, fuhr der König fort, »du hast ein Haus, wie du dir's besser nicht wünschen kannst. Aber vielleicht ist dieses hier für deine Tochter geeignet. War nicht La Galiana seinerzeit der Palacio einer moslemischen Prinzessin? Hier wird sich deine Tochter wohl fühlen, es ist das rechte Haus für sie.« Die Worte klangen höflich, aber sie kamen aus einem finstern Gesicht; die Stirn war tief verfurcht, die strahlendhellen Augen schauten geradezu feindselig auf Doña Raquel.

Er riß den Blick von ihr weg, trat ganz nahe an Don Jehuda heran und sagte ihm ins Gesicht, leise, doch hart und jedes Wort betonend, so daß Raquel es hören mußte: »Verstehe mich, ich *will*, daß deine Tochter hier wohnt.«

Don Jehuda stand vor ihm, höflich, demütig, aber er senkte nicht die Augen vor ihm, und es waren Augen voll von Zorn, Stolz und Haß. Es war Alfonso nicht gegeben, tiefe Blicke in die Seele eines andern zu tun. Dieses Mal aber, da er Aug in Aug mit seinem Escrivano stand, ahnte er, wie wild es in dessen innerer Landschaft aussah, und für den Bruchteil einer Sekunde bereute er's, daß er den Mann herausgefordert hatte.

Ein tiefes Schweigen war, die drei fast leibhaft umschließend. Dann, mit Anstrengung, sagte Jehuda: »Du hast mir viel Gnade erwiesen, Herr König. Begrabe mich nicht in zu viel Gnade.« – »Ich habe dir's damals verziehen«, antwortete Don Alfonso, »daß du mein Alboroque zurückgewiesen hast. Ärgere mich nicht ein zweites Mal. Ich will dir und deiner Tochter dieses Schloß schenken. Sic volo«, sagte er hart, die Worte trennend, und kastilisch wiederholte er's: »Ich will es!«

Und jäh, mit herausfordernder Höflichkeit, wandte er sich an das Mädchen: »Sagst du mir nicht danke, Doña Raquel?«

Raquel erwiderte: »Hier steht Don Jehuda Ibn Esra. Er ist dein treuer Diener, und er ist mein Vater. Erlaube mir, daß ich ihn bitte, dir zu antworten.«

Der König, wild, hilflos und drängend, schaute von Jehuda auf Doña Raquel, von Doña Raquel auf Jehuda. Was erdreisteten sich diese beiden? Stand er nicht hier wie ein lästig Bittender?

Aber da sagte schon Don Jehuda: »Vergönne uns Zeit, Herr König, daß wir die Worte finden für gebührende Antwort und ehrerbietigen Dank.«

Raquel, auf dem Heimweg, war in der Sänfte, Jehuda ritt neben ihr. Sie wartete darauf, daß der Vater ihr ausdeute, was sie erlebt hatten. Was er sagt und beschließt, wird das Rechte sein.

Es hatte sie damals im Castillo Ibn Esra verstört, als der König sie auf so »ungewöhnliche« Art einlud. Es hatte sie beruhigt, daß dann nichts weiter geschah; ein wenig freilich auch enttäuscht. Die neue Einladung Don Alfonsos hatte sie mit neuer Erwartung erfüllt, mit einer nicht unangenehmen Beklemmung. Was sich aber jetzt ereignete, seine dreiste, ungestüme, herrische Forderung, kam ihr als ein Schlag. Da war nichts mehr von Courtoisie. Dieser Mann wollte sie umarmen, sie mit seinem frechen, nackten Munde küssen, ihr beiliegen. Und er bat nicht, er herrschte sie an: sic volo!

In Sevilla hatten des öfteren moslemische Ritter und Dichter mit Raquel galante Gespräche geführt; sowie sich aber die Worte ins Verfängliche wagten, war Raquel scheu geworden und hatte sich zugesperrt. Auch wenn die Damen unter sich von den Arten der Liebe und der Wollust schwatzten, hatte sie nur verlegen und mit Unlust zugehört; sogar mit ihrer Freundin Layla hatte sie von solchen Dingen nur in halben Worten geredet. Anders war es, wenn Verse der Dichter davon kündeten, wie Männer und Frauen durch die Leidenschaft der Liebe ihres Verstandes beraubt wurden, oder wenn Märchenerzähler geschlossenen Auges und verzückter Miene davon erzählten; dann wohl hatte Raquel in ihrem Innern brennende, verwirrende Bilder gesehen.

Auch die christlichen Ritter sprachen viel von der Liebe, von der »Minne«. Aber das waren leere, übertriebene Reden, es war Courtoisie, und ihre Liebesverse hatten etwas Steifes, Gefrorenes, Unwirkliches. Manchmal kam ihr wohl die Vorstellung, wie es wäre, wenn einer dieser in Eisen oder in schweren Brokat gekleideten Herren die Umhüllung abwürfe und einen umarmte. Es war eine Vorstellung, die ihr das Atmen schwer machte, aber gleich wieder erschien ihr alles lächerlich, und in diesem Lächerlichen verschwand das kitzelnd Verfängliche.

Und da war nun dieser König. Sie sah seinen nackten rasierten Mund inmitten des rotblonden Bartes, sie sah seine hellen, wilden Augen. Sie hörte, wie er sagte, nicht laut und trotzdem so, daß einem Ohr und Herz dröhnten: Ich will es! Sie war nicht feig, doch seine Stimme hatte ihr Furcht gemacht. Aber nicht nur Furcht. Sie ging einem durch und durch, seine Stimme. Er befahl, und das war seine Art von Courtoisie, und wenn es keine zarte, edle Art war, so war sie doch sehr männlich und bestimmt nicht lächerlich.

Und nun hatte er ihr befohlen: Liebe mich, und sie war erschüttert bis ins Herz ihres Herzens. Sie war der Dritte Bruder, da er vor der Höhle stand und nicht wußte, ob er aus dem hellen, sichern Tag in das mattgoldene Dämmer gehen sollte; in der Höhle war der Fürst der guten Geister, aber es war dort auch der Tod, der Vernichter aller Dinge, und wen wird der Dritte Bruder dort finden?

Ihr Vater ritt neben ihr, gelassenen Gesichtes. Wie gut, daß sie ihren Vater hatte. Das Wort des Königs machte, daß sie nun ihr Leben ein zweites Mal von Grund auf wird ändern müssen. Der zu entscheiden hatte, war der Vater. Seine körperliche Nähe, sein freundlich aufmerksames Auge gab ihr Sicherheit.

Don Jehuda aber, trotz seines ruhigen Gesichtes, war selber in einem Wirbel streitender Gedanken und Spürungen.

Raquel, seine Raquel, seine Tochter Raquel, die zarte, kluge, blumenhafte, die sollte er diesem Menschen preisgeben!

Don Jehuda war in islamischem Land groß geworden, wo Brauch und Gesetz es dem Manne gestatteten, mehrere Frauen zu haben. Die Nebenfrau genoß viele Rechte, eines großen Herrn Nebenfrau genoß wohl auch Ansehen. Aber niemand wäre auf den Einfall gekommen, ein Mann vom Range des Kaufmanns Ibrahim könnte seine Tochter irgendwem zur Nebenfrau geben, und sei es dem Emir.

Don Jehuda selber hatte niemals eine Frau geliebt außer Raquels Mutter, die ein Unglücksfall, ein dummer Zufall, getötet hatte, sehr bald nachdem sie den Knaben Alazar gebar. Aber Don Jehuda war ein begehrlicher

Mann, er hatte noch zu ihren Lebzeiten andere Frauen gehabt, und nach ihrem Tode viele; Raquel indes und Alazar hatte er diesen Frauen ferngehalten. Er hatte sich ergötzt mit Tänzerinnen aus Kairo und aus Bagdad, mit Huren aus Cádiz, die berühmt waren um ihrer Künste willen; oft aber hernach hatte er Überdruß gespürt, und immer hatte er in fließendem Wasser gebadet, ehe er wieder vor das reine Gesicht seiner Tochter trat. Er konnte seine Raquel nicht dem rohen, rothaarigen Barbaren ausliefern, daß er sie beschlafe.

Der Ruhm der Ibn Esras war, daß sie mehr zum Heil ihres Volkes getan hatten als irgendein anderes Geschlecht der sephardischen Juden, und wenn es um das Heil Israels ging, dann hatten diese Stolzen auch Demütigungen auf sich genommen. Aber es war ein anderes, sich selber, ein anderes, die Tochter zu erniedrigen.

Jehuda wußte, dieser Alfonso duldete keinen Widerspruch. Er hatte nur die Wahl, ihm seine Tochter auszuliefern oder zu fliehen. Sehr weit fort zu fliehen, fort aus allen Ländern der Christenheit; denn überall würde die Leidenschaft des Alfonso ihn und sein Kind erreichen. Er mußte in ein fernes, östliches, moslemisches Land gehen, wo unterm Schutz des Saladin die Juden noch sicher saßen. Er mußte seine Kinder nehmen und fliehen, nackt und bloß, überdeckt nur mit Schulden; denn was er besaß, war festgelegt in den Ländern des Alfonso. Flüchtig und elend, so wie dieser Rabbi Tobia zu ihm kam, wird dann er nach Kassr-esch-Schama kommen, zu den reichen und mächtigen Juden Kairos.

Aber selbst wenn er seinen Stolz aus dem Herzen riß und sein Inneres bereitete, Zusammenbruch, Armut und Exil auf sich zu nehmen: durfte er's? Wenn er sein Kind vor der schimpflichen Vermischung rettete, dann wird sich Alfonsos Zorn gegen alle Juden kehren. Die Juden von Toledo werden den Brüdern in Francien nicht, sie werden sich selber nicht helfen können. Alfonso wird den Saladins-Zehnten dem Erzbischof übertragen und der Aljama ihre Rechte nehmen. Und sie werden sprechen: »Jehuda, dieser Meschummad, hat uns zugrunde gerichtet.« Und sie werden sprechen: »Ein Ibn Esra hat uns errettet, dieser Ibn Esra hat uns zugrunde gerichtet.«

Was sollte er tun?

Und Raquel wartete. Er spürte leibhaft, wie das Mädchen in der Sänfte neben ihm wartete. In seinem Herzen betete er das Gebet des großen Elends: O Allah, ich suche deine Hilfe in Not und Verzweiflung. Errette mich aus meiner Schwäche und Unschlüssigkeit. Hilf mir aus meiner eigenen Feigheit und Gemeinheit. Hilf mir aus der Unterdrückung der Menschen.

Dann sagte er: »Es ist uns eine schwere Entscheidung auferlegt, meine Tochter. Ich muß mit mir selber beraten, bevor ich mit dir rede.«

Raquel antwortete: »Wie du befiehlst, mein Vater.« Und in ihrem Innern sagte sie: Es wird gut sein, wenn du beschließest zu gehen, und es wird gut sein, wenn du beschließest zu bleiben.

In früher Nacht saß Don Jehuda allein in seiner Bibliothek im milden Lampenlicht und las in der Heiligen Schrift.

Las die Geschichte von der Opferung Isaaks. Gott rief: Abraham, und er antwortete: Hier bin ich, und bereitete sich, seinen einzigen geliebten Sohn zum Opfer zu schlachten.

Jehuda bedachte, wie ihm sein Sohn Alazar mehr und mehr entfremdet wurde. Diesen nämlich zog das ritterliche Wesen in der Königsburg übermächtig an, und er wandte sich ab von jüdischer und arabischer Weisheit und Sitte. Wohl ließen die andern Edelknaben den Judenjungen spüren, daß er ein Eindringling sei; doch es schien, als ob sein Verlangen, sich ihnen anzugleichen, durch ihren Widerstand nur wachse, und er fühlte sich gestützt durch die offenbare Gunst des Königs.

Es war genug, daß dieser Mann Alfonso ihm den Sohn wegnahm. Er sollte ihm nicht auch die Tochter wegnehmen. Jehuda konnte sich sein Haus nicht vorstellen ohne die kluge, heitere Gegenwart Raquels.

Und er rollte ein anderes Buch der Schrift auf und las von Jefta, welcher der Sohn eines Buhlweibes war und ein Räuber, den aber in ihrer Not die Kinder Israels zu ihrem Obersten und Richter machten. Und bevor er auszog gegen die Feinde, die Söhne Ammons, tat er ein Gelübde und sprach: Wenn du die Söhne Ammons in meine Hand gibst, Adonai, so soll dasjenige, was mir aus den Türen meines Hauses entgegenkommt, wenn ich heil zurückkehre, dir gehören, und ich will es darbringen als Opfer. Und als er gesiegt hatte über die Söhne Ammons, kam er zurück in sein Haus, und siehe, seine Tochter kam heraus ihm entgegen mit Pauken und im Reigen, und er hatte außer ihr keinen Sohn noch Tochter. Und es geschah, wie er sie sah, zerriß er seine Kleider und sprach: Ach meine Tochter, wie beugst du mich ins Unglück und bist unter meinen Verderbern. Und er tat nach seinem Gelübde, das er gelobt hatte.

Und Jehuda sah vor sich das dünne, blasse, düstere, erloschene Gesicht des Rabbi Tobia, und er hörte seine marklose und doch so eindringliche Stimme erzählen, wie da in fränkischen Gemeinden Vater den Sohn und Bräutigam die Braut geopfert hatte um des erhabenen Namens willen.

Was von ihm verlangt wurde, war ein anderes. Es war leichter und es war schwerer, die Tochter der Wollust dieses Christenkönigs preiszugeben.

Am nächsten Morgen ging Don Jehuda zu seinem Freunde Musa und sagte ihm ohne Umschweife: »Dieser Christenkönig will meine Tochter haben, um mit ihr zu schlafen. Er möchte ihr das Lustschloß La Galiana schenken, das er sich von mir hat bauen lassen. Ich muß fliehen, oder ich muß sie ihm ausliefern. Wenn ich fliehe, bedrängt er alle Juden, die in seiner Macht sind, und verloren ist die Zuflucht der vielen, die da verfolgt werden in den Ländern des Königs von Francien.«

Musa sah das Gesicht des andern und sah, daß er verstört war; denn vor seinem Freunde ließ Jehuda die Maske fallen. Und Musa sagte sich: Er hat recht. Wenn er sich nicht fügt, dann sind nicht nur er und sein Kind bedroht, auch ich bin es, und die Juden von Toledo sind es, und dieser fromme und weise und merkwürdig närrische Rabbi Tobia ist es, und alle diejenigen sind es, für welche Tobia spricht, und es sind sehr viele. Auch wird wohl wirklich, wenn Jehuda nicht mehr unter den Räten des Königs ist, der große Krieg früher ausbrechen.

Und Musa sagte sich: Er liebt seine Tochter und möchte ihr keinen Rat geben, der ihr nicht zum Heil ist, und schon gar nicht möchte er sie zwingen. Aber er will, daß sie bleibt und sich dem Manne fügt. Er macht sich vor, er stehe vor einer schweren Wahl, aber er hat sich längst entschieden, er will bleiben, er will nicht hinaus in

Armut und Elend. Wenn er nicht bleiben wollte, dann hätte er sogleich gesagt: Wir müssen fliehen. Auch ich möchte bleiben, auch ich möchte sehr ungern ein zweites Mal hinaus in Armut und Exil.

Musa teilte die Anschauungen der Moslems über Liebe und Lust. Die verfeinerte, vergeistigte »Minne« der christlichen Ritter und Sänger schien ihm Einbildung, Wahn; die Liebe der arabischen Dichter war greifbar, wesenhaft. Auch ihre jungen Männer starben vor Liebe, und ihre Mädchen schwanden hin vor Sehnsucht nach dem Geliebten; aber es war kein Unglück, wenn der Mann auch eine andere Frau beschlief. Liebe war eine Angelegenheit der Sinne, nicht des Geistes. Groß waren die Freuden der Liebe, aber es waren dumpfe Freuden, nicht vergleichbar der hellen Seligkeit der Forschung und Erkenntnis.

In seinem Innersten wußte wohl auch sein Freund Jehuda, daß das Opfer, welches von Raquel verlangt wurde, so ungeheuerlich nicht war. Aber wenn Musa ihm nicht klug zuredete, dann wird er, um vor sich selber und vor den andern mit seiner Seele und seiner Sendung zu prahlen, schließlich doch das Falsche tun und sich aus Toledo fortmachen zum »Heil« seiner Tochter. Wahrscheinlich aber ihr keineswegs zum Heil. Denn was erwartete sie, wenn sie nicht dieses Königs Nebenfrau wird? Wenn es gut ging, verheiratete sie Jehuda dem Sohn irgendeines Steuerpächters oder reichen Mannes. War es da nicht besser, sie hatte starke Freuden und Schmerzen, ein großes Schicksal statt eines mittelmäßig blassen? Von der Wand mahnte der arabische Spruch: »Such nicht das Abenteuer, doch geh ihm nicht aus dem Wege.« Raquel war ihres Vaters Kind; wenn sie zu wählen hatte zwischen einem braven, blassen Schicksal und einem ungewissen, verfänglichen, leuchtenden, dann wählte sie das verfängliche.

Er sagte: »Frage sie, Jehuda. Frage dein Kind.« Jehuda sagte ungläubig: »Ich soll die Entscheidung dem Mädchen zuschieben? Sie ist klug, aber was weiß sie von der Welt? Und sie soll entscheiden über das Schicksal von Tausenden und aber Tausenden?«

Musa antwortete klar und sachlich: »Frage sie, ob ihr dieser Mann ein Abscheu ist. Wenn nicht, dann bleibe. Du selber hast gesagt, wenn du mit ihr fliehst, dann kommt Böses über sehr viele.«

Jehuda, zornig und finster, erwiderte: »Und ich soll die Wohlfahrt der vielen bezahlen mit der Hurerei meiner Tochter?«

Musa sagte sich: Da steht er, ehrlich entrüstet, und will, daß ich ihm seine Entrüstung ausrede und seine Moral widerlege. In der Seele ist er entschlossen, zu bleiben. Er muß tun, es treibt ihn, zu tun, es ist ihm nicht wohl, wenn er nicht tut. Und sich regen, so wie er's will, kann er nur, wenn er Macht hat. Und Macht hat er nur, wenn er bleibt. Vielleicht sogar, aber er gesteht sich's nicht ein, hält er's für ein Glück, daß dieser König das Mädchen begehrt, und träumt schon davon, wie er aus der Geilheit des Mannes großen Segen zieht und Blüte für Kastilien und für seine Juden und Macht für sich selber. Musa betrachtete den Freund bitter amüsiert.

»Wie du stürmst«, antwortete er. »Von Hurerei sprichst du. Wenn dieser König unsere Raquel zu seiner Hure machen wollte, käme er heimlich mit ihr zusammen. Statt dessen setzt er sie nach La Galiana, er, der christliche König, die Jüdin, jetzt, im Heiligen Krieg.«

Die Worte des Freundes rührten Jehuda an. Als er Aug in Aug mit dem König gestanden war, hatte er Haß und Zorn gespürt vor der Wildheit und Roheit des Mannes, aber auch eine feindselige Achtung vor seinem Stolz und seinem riesenstarken Willen. Musa hatte recht: solch erschreckend starker Wille war mehr als geiles Gelüst.

»Nebenfrauen zu haben, ist in diesem Lande nicht der Brauch«, sagte ohne Schwung Jehuda.

»So wird der König den Brauch eben einführen«, antwortete Musa.

»Meine Tochter soll keines Mannes Nebenfrau sein, auch nicht eines Königs«, sagte Jehuda.

Musa gab zu bedenken: »Nebenfrauen der Urväter wurden zu Müttern eurer Stämme. Und wie ist es mit Hagar, der Nebenfrau Abrahams? Sie gebar einen Sohn, der zum Stammvater des mächtigsten Volkes der Welt wurde, und sein Name war Ismael.« Und da Jehuda schwieg, riet er nochmals und dringlich: »Frage dein Kind, ob ihr dieser Mann ein Abscheu ist.«

Jehuda dankte dem Freund und verließ ihn.

Und ging hin und rief seine Tochter und sprach: »Prüfe dein Herz, mein Kind, und rede offen zu mir. Wird dir dieser König, wenn er in La Galiana zu dir kommt, ein Abscheu sein? Wenn du sagst: ›Dieser Mann ist mir ein Abscheu‹, dann nehme ich dich bei der Hand und rufe deinen Bruder Alazar, und wir machen uns fort und ziehen über die nördlichen Berge ins Land des Grafen von Toulouse und von da weiter durch viele Länder in das Reich des Sultans Saladin. Mag dann der Mann hier wüten, und mag dann Unglück kommen über Tausende.«

Raquel fühlte in ihrem Innern stolze Demut und wilde Neugier. Sie war glücklich, auserwählt zu sein wie ihr Vater, ein Instrument Allahs, und sie war voll von einer fast unerträglichen Erwartung.

Sie sagte: »Dieser König ist mir kein Abscheu, mein Vater.«

Jehuda mahnte: »Bedenke es gut, meine Tochter. Vielleicht kommt viel Dunkles auf dein Haupt aus deinen Worten.« Doña Raquel aber wiederholte: »Nein, mein Vater, dieser König ist mir kein Abscheu.« Nachdem sie aber so gesprochen hatte, fiel sie um, in Ohnmacht.

Jehuda erschrak tief. Er sagte ihr Koranverse ins Ohr, er rief die Amme Sa'ad und die Zofe Fátima, sie ins Bett zu bringen, er rief Musa, den Arzt.

Als aber Musa kam, sie zu betreuen, lag sie in stillem, tiefem, sichtlich gesundem Schlaf.

Nachdem der Entschluß einmal gefaßt war, wichen die Zweifel von Jehuda, und er verspürte Zuversicht, er werde nun alle seine Pläne durchführen können. Eine so heitere Kühnheit strahlte von seinem Gesicht, daß Rabbi Tobia mit Augen des Vorwurfs und Kummers auf ihn sah. Wie konnte ein Sohn Israels so fröhlich sein in dieser Zeit des Leidens! Jehuda aber sagte zu ihm: »Stärke dein Herz, mein Lehrer und Herr, es wird nicht mehr lange dauern, und ich werde dir frohe Botschaft sagen für unsere Brüder.«

Doña Raquel ihresteils ging herum bald leuchtenden Gesichtes, bald tief nachdenklich und zugesperrt, immer in Erwartung. Die Amme Sa'ad drängte in sie, ihr zu sagen, was es gebe, aber sie sagte ihr nichts, und die

Alte war gekränkt. Raquel schlief gut in dieser Zeit, doch dauerte es lange, ehe sie einschlafen konnte, und wenn sie auf den Schlaf wartete, dann hörte sie wohl ihre Freundin Layla, wie sie sagte: Du Arme, und sie hörte Don Alfonso, wie er befahl: Ich will es. Aber Layla war ein dummes kleines Mädchen, und Don Alfonso war ein weitberühmter Fürst und Herr.

Am dritten Tage sagte Don Jehuda: »Ich werde jetzt dem König unsere Antwort melden, meine Tochter.« – »Darf ich meinem Vater einen Wunsch aussprechen?« fragte Raquel. »Sage deinen Wunsch«, erwiderte Don Jehuda. »Dann wünsche ich mir«, sagte Raquel, »daß, bevor ich nach La Galiana gehe, an den Wänden Inschriften angebracht werden, die mich zur rechten Zeit an das Rechte mahnen. Und ich bitte dich, mein Vater, die Inschriften auszuwählen.« Raquels Wunsch bewegte Jehuda. »Aber«, gab er zu bedenken, »es wird einen Monat dauern, ehe die Friese mit den Inschriften fertig sind.« Doña Raquel, mit einem trüb und fröhlichen Lächeln, antwortete: »Gerade das habe ich bedacht, mein Vater. Gönne mir, bitte, diese Zeit, noch bei dir zu bleiben.«

Don Jehuda nahm sie in die Arme, er drückte ihr Gesicht an seine Brust, daß er's von oben sehen konnte, und siehe, es war voll von der gleichen verzweifelten und beglückten Spannung, die ihn selber füllte.

Ein feierlicher Zug, geführt von Don Jehudas Sekretär Ibn Omar, verließ das Castillo Ibn Esra. Männer und Maultiere trugen Schätze aller Art, wunderbare Teppiche, kostbare Vasen, herrlich gearbeitete Schwerter und Dolche, edelstes Gewürz; auch zwei Vollblutpferde waren in dem Zug, und drei Krüge wurden mitgeführt, gefüllt mit Goldmaravedí. Der Zug ging über den Marktplatz, den Zocodovér, hinauf zur Königsburg. Die Leute gafften und begriffen: es war eine Geschenk-Karawane.

In der Burg meldete der diensttuende Kämmerer dem König: »Die Sendung ist da.« Alfonso, verblüfft, fragte: »Was für eine Sendung?« Fast töricht vor Staunen schaute er zu, wie die Schätze ins Innere getragen wurden. Die Geschenke des Ibn Esra sollten offenbar die Antwort auf sein Verlangen sein; der Jude gab sie ihm, wie die Ungläubigen es liebten, in einem Gleichnis. Aber der Jude blieb dunkel wie so oft, sein Gleichnis war zu fein, Don Alfonso verstand es nicht.

Er ließ den Ibn Esra rufen. »Wozu schickst du mir den goldenen Plunder?« herrschte er ihn an. »Willst du mich bestechen für deine Beschnittenen? Willst du mir den Heiligen Krieg abkaufen? Oder was sonst für einen tückischen Verrat mutest du mir zu? Es ist eine höllische Frechheit!«

»Verzeih deinem Diener, Don Alfonso«, antwortete unbewegt Jehuda, »wenn er deinen Zorn nicht begreift. Du hast mir Unwürdigem und meiner Tochter ein überreiches Geschenk geboten. Es ist bei uns Sitte, Gabe mit Gabe zu erwidern. Ich habe mich bemüht, aus meinem Besitz das Schönste auszusuchen, daß es Gnade finde vor deinen Augen.« Alfonso erwiderte ungeduldig: »Warum sprichst du so umwegig, Mensch? Sag es so, daß ein Christ und Ritter es versteht: Kommt deine Tochter nach La Galiana?«

Er stand dem Juden ganz nahe und warf ihm seine Worte ins Gesicht. Würgend lag um Jehuda die Schmach. Aussprechen soll ich es auch noch, dachte er, mit dürren

Worten zustimmen soll ich, daß sich mein Kind zu diesem Menschen ins Bett legt, während seine Königin fern und unerreichbar hoch in ihrem kalten Burgos wohnt. Mit eigenen Lippen soll ich die Worte des Schmutzes und der Erniedrigung heraussagen, ich, Jehuda Ibn Esra. Aber er soll's mir zahlen, dieser Zügellose. Mit guten Werken gegen seinen Willen soll er's zahlen!

In Alfonso dachte es: Ich brenne. Ich vergehe. Wann wird er endlich sprechen, der Hund? Wie er mich anschaut! Man könnte Angst bekommen, wie er einen anschaut.

Da neigte sich schon Jehuda. Er neigte sich tief, er berührte mit einer Hand den Boden und sagte: »Meine Tochter wird in La Galiana wohnen, Herr König, da du es so wünschest.«

Don Alfonso vergaß alle Wut. Ein großes, jungenhaftes Entzücken ging über sein breites Gesicht und machte es ganz hell. »Das ist herrlich, Don Jehuda!« rief er. »Das ist ein wunderbarer Tag!« So kindhaft aufrichtig war seine Freude, daß sie Jehuda fast versöhnte.

Er sagte: »Nur eine Bitte hat meine Tochter: daß die Friese des Hauses La Galiana die rechten Inschriften tragen, bevor sie es von neuem betritt.«

Don Alfonso, sogleich wieder mißtrauisch, fragte: »Was soll das nun wieder? Wollt ihr mich betrügen mit schlauen Vorwänden?«

Don Jehuda dachte bitter an den Stammvater Jakob, der sieben Jahre um Rahel hatte dienen müssen, und nochmals sieben Jahre, und dieser Mensch wollte keine sieben Wochen warten. Er sagte ehrlich und voll Schmerz: »Listen und Ränke sind meinem Kinde fern, Don Alfonso. Wolle es, bitte, begreifen, daß Doña Raquel danach verlangt, noch eine kleine Weile in der Hut ihres Vaters zu bleiben, ehe sie die neue Straße geht. Wolle es, bitte, begreifen, daß sie danach verlangt, Worte vertrauter Weisheit zu finden an der neuen, nicht unverfänglichen Stätte.«

Alfonso, mit heiserer Stimme, fragte: »Wie lange wird das dauern mit den Inschriften?« Jehuda antwortete: »In weniger als zwei Monaten wird meine Tochter in La Galiana sein.« [...]

Alfonso schlug die Augen auf und war sogleich hell wach. Er brauchte nirgends und niemals einen Übergang aus Schlaf und Traum in die Wirklichkeit. Er fand sich auch jetzt in dem ungewohnten arabischen Zimmer, in welches durch den dunkeln Vorhang des kleinen Fensters nur gedämpftes Morgenlicht drang, sofort zurecht.

Nackt, schlank, weißhäutig, rotblond lag er auf dem üppigen Bett, faul, tief zufrieden.

Er hatte allein geschlafen. Raquel hatte ihn nach wenigen Stunden weggeschickt; so hatte sie's auch in den drei Nächten vorher gehalten. Sie wollte allein aufwachen. Sie pflegte des Abends und des Morgens, ehe sie sich zeigte, lange Vorbereitungen zu treffen, sie badete in Rosenwasser und zog sich sorgfältig an.

Er stand auf, räkelte sich, ging nackt hin und her in dem nicht großen, mit Teppichen belegten Raum. Er summte vor sich hin, und da ringsum alles so leise und gedämpft war, summte er lauter, sang, sang lauter, ein kriegerisches Lied, schmetterte es aus voller, vergnügter Brust.

Er hatte, seitdem er in der Galiana war, außer dem Gärtner Belardo keine Christenseele gesehen; nicht einmal seinen Freund Garcerán, der jeden Morgen kam, nach seinen Wünschen und Befehlen zu fragen, hatte er vorgelassen. Früher war jede Stunde gefüllt mit Menschen und mit Tätigkeit oder doch mit Geschäftigkeit und Rede; jetzt zum erstenmal war er müßig und allein. Versunken waren Toledo, Burgos, der Heilige Krieg, das ganze Hispanien, nichts war da, nur er und Raquel. Erstaunt genoß er dieses völlig Neue. Wie er hier lebte, das war Leben; alles vorher war Halbschlaf gewesen.

Er hörte auf zu singen, dehnte sich, gähnte mächtig, lachte ohne Grund.

Dann war er mit Raquel zusammen. Sie frühstückten, er Hühnerbrühe mit Fleischpastete, sie ein Ei, Konfekt, Obst; er trank stark gewässerten Würzwein, sie Zitronensaft mit viel Zucker. Er beschaute sie stolz und froh. Sie war eingehüllt in ein Kleid von leichter Seide; auch einen kleinen Halbschleier trug sie, wie sich das für eine verheiratete Frau ziemte. Aber mochte sie sich nach Belieben verhüllen und verstecken, er kannte jeden Zoll an ihr.

Sie schwatzten angeregt. Sie mußte erklären und erzählen; so vieles, was sie anging, war ihm fremd, und alles wollte er wissen, und er verstand sie, ob sie arabisch sprach, lateinisch oder kastilisch. Auch ihm selber fiel immer Neues ein, was sie sicher interessierte und was er ihr sogleich mitteilen mußte. Jedes Wort, das einer von ihnen sagte, war wichtig, und wenn es noch so bedeutungslos und verspielt klang, und waren sie dann allein, so riefen sie sich einer des andern Worte zurück und bedachten sie und lächelten. Herrlich war es, daß man einander so gut verstand, wiewohl doch der eine vom andern so verschieden war. Im innersten Gefühl war man gleich, da spürte man genau, was der andere spürte: ein uferloses Glück.

O der Seligkeit, wenn man ineinander verschwamm. Man spürte dieses Verschwimmen herannahen, es war ganz nahe. Nun dauerte es nur mehr den kürzesten Teil eines Augenblicks und es war da, und man sehnte sich danach und man suchte es hinauszuzögern, denn die Sehnsucht war so herrlich wie die Erfüllung.

# Eine Kinderhochzeit

Die zwölfjährige Margarete, Prinzessin von Kärnten und Tirol, reiste von ihrem Stammschloß bei Meran nach Innsbruck zur Hochzeit mit dem zehnjährigen Prinzen Johann von Böhmen. Ihr Vater, König Heinrich, hatte ihr vorgeschlagen, sie solle die nahe Straße über den Jaufenpaß nehmen. Aber sie zog den riesigen Umweg über Bozen und Brixen vor, denn sie wollte sich weiden an den Huldigungen der menschenvollen Siedlungen an dieser Straße.

Sie reiste mit großem Gefolg. Die Herren ritten langsam, die schöngeschmückten, kostbaren Planwagen der Damen knarrten holpernd die bergigen Straßen hinauf, hinab, stießen erbärmlich. Viele Damen zogen Maultiere vor, trotzdem sich das eigentlich nicht schickte, oder sie ließen sich auch für eine kurze Strecke von den Herren aufs Pferd nehmen.

Die kleine Prinzessin saß in einer prunkvollen Roßsänfte mit ihrer Hofmeisterin, einer Frau von Lodrone, und ihrem Kammerfräulein Hildegard von Rottenburg, einem dürren, unansehnlichen, ungeheuer dienstwilligen Geschöpf. Die beiden Damen seufzten und lamentierten immerzu über den Staub der schlechten Straße, den Gestank der Pferde, das endlose Geschaukel; aber die Prinzessin ertrug die Strapazen ohne leiseste Klage.

Still und ernsthaft saß sie, aufgeputzt, pomphaft. Die Taille war so eng, daß sie sie schnürte; die Ärmel aus schwerem, grünem Atlas hingen übertrieben modisch zum Boden; ein Eilkurier hatte ihr aus Flandern eines der neuartigen, kostbaren Haarnetze bringen müssen, wie sie eben dort aufgekommen waren. Eine schwere Halskette prahlte über dem Ausschnitt, große Ringe an den Fingern. So saß sie, ernsthaft, schwitzend, überladen, prunkvoll zwischen den verdrießlichen, ewig jammernden Frauen.

Sie sah älter aus als ihre zwölf Jahre. Über einem dicklichen Körper mit kurzen Gliedmaßen saß ein großer, unförmiger Kopf. Wohl war die Stirne klar und rein, und die Augen schauten klug, rasch, urteilend, spürend; aber unter einer kleinen, breiten, platten Nase sprang der Mund äffisch vor mit ungeheuren Kiefern, wulstiger Unterlippe. Das kupferfarbene Haar war hart, spröde, stumpf, ohne Glanz, die Haut kalkig grau, bläßlich, unrein, lappig.

So fuhr das Kind von Kärnten durchs Land unter einem strahlenden Septemberhimmel. Wo sie hinkam, grüßten Zinken und Trompeten, Glocken läuteten, Fahnen wehten. In Brixen holten Bischof und Kapitel feierlich die Tochter und Erbin ihres Schirmvogts ein. Die großen Feudalaristokraten empfingen sie an den Grenzen ihrer Lehensherrschaften. Am Weichbild der Städte erwarteten sie mit festlichem Gruß die Behörden.

In klarer, kluger, lateinischer Rede, herrisch und sehr erwachsen erwiderte Margarete die unterwürfigen Worte der Huldigenden. Ehrfürchtig starrte das Volk sie an, grüßte sie wie das Sanktissimum, hob die Kinder hoch, daß sie ihre künftige Fürstin sähen.

War sie vorbei, schaute man sich an, feixte. »Das überworfene Maul! Wie eine Äffin!« höhnten Frauen, die unansehnlich waren und dürftig von Gestalt. Schöne hatten Mitleid. »Die Arme! Wie sie häßlich ist!«

So zog das Kind durch das Land, kalkig, blaß, dicklich, ernsthaft, schwer von Pomp wie ein Götzenbild.

In dem großen Empfangszelt der leinenen Stadt vor Wilten prunkten die kostbaren Gobelins und Teppiche, rauschten feierlich die Banner, standen gravitätisch die Wappen von Luxemburg, Kärnten, Krain, Görz, Tirol. Der zehnjährige Prinz Johann erwartete die Braut, die ihm vermählt werden sollte. Mager, knochig, sehr groß für seine Jahre, stand der Prinz, der dünne, lange Kopf leidlich hübsch, doch versteckten sich tief in den Höhlen bösartige, kleine Augen. Unbehaglich rieb er sich in seinen engen, modischen Kleidern, die schmale Brust peinlich zerstoßen in einer rein dekorativen Halbrüstung, die er bei diesem Anlaß zum erstenmal trug. So drückte er sich, schwitzend, sonderbar unsicher, zwischen den fünfzehn böhmischen und luxemburgischen Herren herum, die ihm das Geleite gegeben.

Trompeten, sich senkende Fahnen. Die Prinzessin kam. Der Erzbischof von Olmütz trat vor, begrüßte sie im Namen des Prinzen mit tönenden, geübten Worten. Dann standen sich die beiden Kinder gegenüber, der geschmückte Knabe in seiner Zierrüstung und das prunkschwere Mädchen. Prüfend beschauten sie sich. Unbehaglich blinzelte, scheu und trotzig aus kleinen, bösartigen Augen, Johann nach seiner häßlichen Braut; kühl, fast verächtlich sah Margarete auf den langen, stakigen, unsicheren Knaben. Dann, zögernd, zeremoniös, reichten sie sich die Hände.

Die Väter kamen. Bewundernd sah Margarete den riesigen, strahlenden König Johann. Welch ein Mann!

Und der Luxemburger, der ein sehr geübter Politiker war, überwand sich. Zuckte nicht zurück. Hoch hob er in seinen starken Armen das häßliche, dickliche, prunkende Kind, das seinem Sohn Kärnten, Krain, Tirol, Görz zubrachte, und vor aller Augen küßte er die Zitternde, ihm dringlich in die Augen Starrende, glückselig Erschlaffende auf den breiten, äffisch vorgebauten Mund. Der alternde König Heinrich stand froh und gerührt, die hellen Augen noch wässeriger als sonst. Mit seiner fleischigen, immer etwas zitternden Lebemannshand schüttelte er die kalt schwitzende, kraftlose, knochige seines kleinen Schwiegersohns, redete zu ihm wie zu einem Erwachsenen.

Und es klangen die Hörner, dröhnten die Pauken, das Festmahl begann. In Scharlach und Gold glänzte das Zelt, in dem die Kinder Galatafel hielten. Drei strotzende Tische bogen sich unter den Schaugerichten. Die Bistümer Trient und Brixen hatten ihr kostbares Tischzeug geliehen, die Städte Bozen, Meran, Sterzing, Innsbruck, Hall ihr Prunkgeschirr. Schwer zu Häupten des Brautpaars prahlten die Standarten mit den ungefügen Wappentieren. Hoch auf ihren wuchtigen, geschmückten Streitrossen trugen die ersten Herren Böhmens, Kärntens, Tirols die Speisen herbei für die fürstlichen Kinder, unter Vortritt der Musik. Ritter reichten Wasser, Handtücher nach jedem Gang, schenkten Wein, schnitten Speisen vor. Ernsthaft unter Scharlach und Gold mit alten Gesichtern thronten die Kinder.

Der gute König Heinrich schwamm in Glück. Er ging hinüber zu seiner neuen Gemahlin, der jungen, schüchternen, bleichsüchtigen, immer fröstelnden Beatrix von Savoyen, die am Tisch der fürstlichen Damen präsidierte, tätschelte ihre Hand, trank ihr zu. Schlenderte wieder zurück zu dem Luxemburger, dem ersten Ritter, dem galantesten Weltmann der Christenheit. Es tat wohl, sich Seite an Seite mit diesem zu fühlen, eins mit ihm. Der war anders als der ernsthafte, fade Bayer, der Kaiser Ludwig, der immer nur von Politik sprach und von Militär. Der gehörte zu ihm, war von seiner Art. Er, Heinrich, lebte und liebte herum auf seinen Schlössern Zenoberg, Gries, Trient, auf den Burgen seiner Edelleute, und ihre Damen waren geehrt und erfreut, wenn sie ihrem Fürsten ihre Ergebenheit zeigen konnten. Auch auf Reisen ging er keinem Erlebnis aus dem Weg, sah es gern, wenn etwa der Magistrat einer Stadt ihn feierlich einlud, das Frauenhaus zu besuchen. Doch dieser Johann war ihm – Sakrament und neungeschwänzter Teufel! – noch über. Es gab keine Stadt von der spanischen Grenze bis tief ins Ungarische, von Sizilien bis ins Schwedische, wo der nicht sein Wesen getrieben hätte. Durch die Straßen, nachts, strich er, verkleidet, lüstern wie ein Kater, scharmutzierte mit den Bürgersfrauen, prügelte sich herum mit gekränkten Liebhabern. Ganz Europa war voll von seinen merkwürdigen, frechen, süßen, glänzenden Abenteuern. Selig, schon sehr stark unter Wein, rückte Heinrich ganz nahe an den Luxemburger; er war ihm ehrlich zugetan, ganz ohne Neid. Gewiß, er war etwas älter, ein wenig reifer; aber alles in allem erblickte er in diesem Johann nur sein eigenes Widerspiel, so etwas wie einen gleichgearteten jüngeren Bruder. In fröhlicher Ahnungslosigkeit glaubte er, die Welt müsse in ihm selber das gleiche sehen wie er in jenem.

Er trank stark, gluckste, stieß mit schwimmenden Augen, in kichernder Kollegialität, den Luxemburger in die Seite, lallte ihm flüsternd anstößige Geheimnisse zu. Der kluge, glänzende Johann ging freundlich auf die greisenhaft geschwätzige Vertraulichkeit des Kärntners ein, ließ durch keine leiseste Geste merken, daß er ihn für einen alten Trottel hielt. Die beiden Könige steckten die Köpfe zusammen, legten sich die Arme um die Schultern, wisperten Lebemännisches, pruschten heraus.

Auch die übrigen Herren belebten sich, röteten sich. Die Böhmen, die Luxemburger, die Tiroler verstanden einander nur schwer oder überhaupt nicht. Das war Anlaß mancherlei Spaßes. Immer wieder vor allem hörte man das dröhnende Gelächter der beiden natürlichen Brüder des Königs, Heinrichs von Eschenloh und Albrechts von Camian.

Das Kind Margarete schaute mit großen, klugen Augen zu ihren lustigen Oheimen hinüber. Ihre Damen, die Frau von Lodrone, das Fräulein von Rottenburg, baten verschämt, die Herren möchten ihre gefährlichen Historien vor den Kindern nicht so laut erzählen. Die beiden welkenden Hofdamen hatten von dem süßen Wein getrunken, sie hatten fleckige Backen, lächelten säuerlich, angeregt, gelockt.

An der Tafel der Damen saß auch die jüngere Schwester Margaretes, die kränkliche, verkrüppelte Adelheid. Das menschenscheue Kind wäre viel lieber im Kloster geblieben bei den Nonnen von Frauenchiemsee. Doch Margarete hatte darauf bestanden, daß die Schwester bei ihrer Hochzeit erscheine. Da saß sie denn in dem festlichen Lärm zwischen den dröhnenden Rittern unter den Bannern und Schaugerichten, die Enkelin der kraftvollen Eroberer des Landes, fahl, verwachsen, leidend, den Hofzwergen sehr ähnlich, die vor ihr herumzappelten, krampfige, grobe Späße machten. Die sanfte Beatrix von Savoyen, ihre Stiefmutter, lächelte ihr zu, streichelte ihre Hand.

Der kleine Prinz Johann, der Bräutigam, saß finster, steif, beengt auf seinem Ehrenplatz. Die Kinder hatten noch fast nichts miteinander gesprochen. Zuweilen, mit einem schrägen Blick, streifte er seine Braut, die ganz sicher und ohne Scheu dasaß. Um sich über seine Verlegenheit hinwegzuhelfen, aß er viel und hastig durcheinander, trank auch von dem gewürzten Wein. Schließlich befiel ihn Übelkeit; er machte zunächst ein grimmiges Gesicht, verbiß es, aber zuletzt konnte er es nicht mehr. Der Erzbischof von Olmütz mußte ihn hinausführen. Man lächelte ringsum, wohlwollend, freute sich, machte gutmütige Scherze. Margarete schaute kühl, verächtlich geradeaus.

Als er zurückkam, hatte er die Rüstung abgelegt, fühlte sich leichter. Düsteren, trotzigen Gesichts machte er sich über die Pistazien, Feigen, Lebkuchen, Latwerge, Bonbons her. Diese Reise, das häßliche, stolze Mädchen, seine Braut, das Fest, sein Vater, der alte, dicke Mann, der jetzt sein Schwiegervater war – alles war ihm tief zuwider. Er hätte in dem schmutzigen böhmischen Dorf sein mögen, das zum Schloß seiner Mutter gehörte, hätte sich herumraufen mögen mit den Bauernkindern, den Wenzeslaus, Bogislaw, Prokop. Er war lang, kräftig und feig. Er pflegte seine Spielkameraden rücksichtslos zu hauen, zu beißen. Wehrten sie sich, so nahm er es zunächst hin. Drohten sie aber, ihn zu überwältigen, so kehrte er plötzlich den Königssohn heraus, schäumte, verklagte, ließ hart bestrafen. Er war bei seiner Mutter erzogen, der böhmischen Elisabeth, die dem Luxemburger das Königreich zugebracht hatte. Sie war eine hysterische Dame, grell verliebt in ihren strahlenden Gemahl, wild eifersüchtig auf seine zahllosen Frauen. Vor allem haßte sie glühend die Witwe des verstorbenen Königs Rudolf, die Grazer Königin, deren anstößige Beziehungen zu Johann das Land in Bürgerkrieg stürzten und verelendeten. In solchen jäh wechselnden Gefühlen, ihrem Gatten bald ekstatisch anhangend, bald ihn wild hassend und verfluchend, erzog sie auch den kleinen Johann. Er konnte sich mit seinem Vater kaum verständigen; der sprach kein Böhmisch, er kein Französisch; sie mußten Deutsch miteinander reden, das sie beide nur schlecht beherrschten. Auch sah der Knabe den Vater nur selten, wenn der für eine kurze Zeit rauschender Feste in sein Königreich zurückbrauste, das er nicht leiden mochte, dem er nur Geld ausquetschte, dem er sein Luxemburg, seine schönen rheinischen Besitzungen weit vorzog. Die Mutter zwang ihn dann, dem Vater je nach ihrer Laune Haß oder Liebe vorzuheucheln. So wurde das Kind sehr früh hinterhältig, verdrückt, trotzig, scheu.

Das helle, bergige Land Tirol, in dem alles so klar und scharf im Licht stand, war ihm unangenehm. Er sehnte sich zurück in sein wolkiges, dunstiges Böhmen. Er blinzelte, er fühlte sich satt. Der Wein regte ihn auf, er wollte jetzt etwas tun, befehlen, quälen.

Sein Kämmerling stand hinter ihm, goß ihm aus goldenem Krug Wasser über die Hände. Johann herrschte ihn an, er solle besser achthaben, er gieße ihm das Wasser über die Ärmel. Der Kämmerling rötete sich, zuckte mit den kurzen Lippen, wollte erwidern, bezwang sich, schwieg.

Margarete wandte den Kopf, ließ ihre klugen, raschen Augen über den Kämmerling gehen. Der Knabe war drei, vier Jahre älter als Johann, schlank, kühnes, mageres, gebräuntes Gesicht mit starker Nase und kurzen, vollen Lippen; langes, unbekümmertes, kastanienfarbenes Haar.

»Wie heißt Ihr Knabe Kämmerling, Liebden?« sagte sie mit ihrer warmen, klaren Stimme.

Johann sah schräg zu ihr herüber, mißtrauisch. »Chretien de Laferte«, erwiderte er mürrisch.

Chretien war ihm seit etwa einem Jahr vom Hof seines Vaters beigegeben worden als älterer Spielgefährte und Kamerad, der ihm höfische Dienste leisten und vornehmlich französische und burgundische Sitte beibringen sollte.

»Geben Sie mir von dem Konfekt, Chretien!« sagte langsam, gleichmütig Margarete und sah ihn an.

Chretien, beflissen, reichte ihr die Schale mit Süßigkeiten. Sie brach mit großer Selbstverständlichkeit ein Stück in drei Teile, behielt den einen, reichte Johann den zweiten, den dritten dem befangenen Chretien.

Am Tisch der Herren beobachtete man den Vorgang, scherzte über die kindliche Nachahmung erwachsener Galanterie. Allmählich wurden die Scherze bösartiger. Man spöttelte über die ungewöhnliche Häßlichkeit der Braut. »Armer Junge!« sagte einer der Böhmen. »Der muß sich seine Länder sauer verdienen.« – »Da erobere ich lieber mit dem Schwert als so«, sagte ein anderer. – »Bis so ein Maul einem schmackhaft wird«, sagte ein dritter, »muß es dick geschmiert sein.« Die tirolischen Barone hielten sich zuerst zurück; aber schließlich, halb widerwillig, stimmten auch sie ein. Das Kind Margarete schaute herüber. Sie konnte unmöglich gehört haben; doch ihre großen, ernsthaften Augen schienen so wissend, daß die Herren fast betreten abbrachen.

Jakob von Schenna saß unter ihnen, der jüngste unter den Räten und Vertrauten König Heinrichs. Er war oft zu Gast auf den Schlössern des Königs. Das Kind Margarete sah ihn häufig. Er war der einzige, den sie mochte, dem sie vertraute. Er sprach nicht zu ihr mit jener törichten Herablassung, mit jener krampfigen Kindlichkeit, die sonst wohl Erwachsene annahmen, wenn sie mit ihr sprachen, und die sie bitter verdroß. Er nahm sie und behandelte sie wie eine Große.

Er sah, wie sie prunkvoll feierlich dasaß, er sah den kleinen rohen, bösen böhmischen Prinzen, von dem kein Weg zu ihr führte, er sah, wie sie mit dem Kämmerling Chretien anzuknüpfen versuchte. Er hörte die schlimmen, verständnislosen Witzeleien über ihren armen Körper. Da stand er auf, schlenderte hinüber, stand vor ihr in seiner schlechten, nachlässigen Haltung, schaute sie höflich an aus seinen grauen, wohlwollenden, sehr alten Augen, machte gelassene, ernsthafte Konversation mit ihr. Wie ihr Herr Schwiegervater, die böhmische Majestät, glänzend aussehe, und wie man ihm die vielen Strapazen so gar nicht anmerke. Und daß der geplante Aufenthalt des Königs in Südtirol ihr selber, Margarete, wohl auch viele Mühe machen werde; denn der König werde wohl alle ihre Schlösser mit Gefolge und Mannschaft belegen. Und wieviel Geld ein allenfallsiger lombardischer Feldzug kosten werde. Der kleine Johann schielte herüber, verblüfft, wie gescheit Margarete redete.

Bald darauf wurde die Tafel aufgehoben. Margarete führte noch ein kleines, formvolles Abschiedsgespräch mit ihrem Gemahl, bevor sie sich zurückzog. Sie fragte ihn nach den Eindrücken, die er von Tirol, von dem Hof ihres Vaters habe; ob er sich auf das bevorstehende Turnier freue; wünschte ihm, er möge sich bald heimisch fühlen. Ungeschickt, blöde erwiderte der Knabe, Widerwillen und eine gewisse trotzige Stumpfheit auf seinem nicht unschönen Gesicht. Als sie ging, stand der Kämmerling Chretien an ihrem Wege, riß die Zeltvorhänge auf vor ihr. Sie dankte gemessen, kühl, fremd, fürstlich.

Dann ließ sie sich in ihr Zelt tragen; sie war nun doch herzlich müde. Ihre Frauen kleideten sie aus, viel schwatzend, kichernd, einzelne Teilnehmer, einzelne Begebenheiten des Festmahls breitkauend. Sie lag bereits in ihrem Bett, die Frauen schwatzten noch immer. Endlich gingen sie. Sie streckte sich, die Glieder erlöst aus dem schweren, engen Prunk. Nun wird sie aber gut schlafen. Sie hat es sich verdient. Sie war mit sich zufrieden. Sie hat sich gut gehalten, durchaus als Erwachsene, sehr fürstlich, hat sich vor den luxemburgischen und böhmischen Herren keine Blöße gegeben. Mit dem Johann freilich war nicht viel Staat zu machen.

»Mit euerm Prinzen ist aber auch nicht viel Staat zu machen«, bemerkte draußen mit grober, kichernder, mühsam gedämpfter Stimme die zusammenräumende Magd.

»Gegen eure Prinzessin«, höhnte der böhmische Knecht zurück, der ihr half und mit ihr sponsierte, »ist er immer noch ein lichter Engel. So was! Das Maul! Die Zähne! Bei uns würde man so was gleich nach der Geburt ersäufen wie eine Katze.«

Der König Heinrich unterdes bezahlte die Zeche der Hochzeit. Es war eine sehr schöne Hochzeit. Es war begreiflich, daß sie viel kostete; er war kein Knauser. Bereitwillig streckten seine Herren ihm die großen Summen vor, bereitwillig, in fröhlichster Gebelaune, entlohnte er diese Gefälligkeit mit der Verpfändung von reichen Dörfern, Pflegen, Herrschaften, Zöllen und Gefällen. Warum sollte er seinem lieben Burggrafen Volkmar nicht Visiaun und Möltern überlassen? Er gab ihm noch Rattenberg dazu. Und es war nicht mehr als billig, daß der Abt von Wilten, der so lange für die schöne, leinene Hochzeitsstadt hatte sorgen müssen, den See zwischen Igls und Vill erhielt. Dann aber mußte man auch dem Kloster Viktring etwas geben. Denn wenn nur Wilten was erhielt, war sein guter Sekretär Johannes mit Recht gekränkt. Also bekam auch Viktring etliche Höfe und Gülten. »Keine schönere Freude, als guten Freunden zu spenden«, zitierte dankend der beredte Abt einen antiken Klassiker.

Der Luxemburger war dabei, als König Heinrich, sorglos, formlos, gnädig, fröhlich und stark unter Wein, diese riesigen Schenkungen und Verpfändungen unterzeichnete. Auch er war freigebig; aber so bieder unverschämt hätten ihm seine Barone nicht kommen dürfen. Es wird gut sein, wenn man da dem alten, fröhlichen Herrn ein bißchen den Riegel vorschiebt. Sonst verschenkt er das ganze Land, sagt noch merci, wenn man es annimmt, und zum Schluß hat sein kleiner Sohn nur die Prinzessinbraut und kann Sonntag davon machen! Auch die blasse, sanfte Beatrix, König Heinrichs junge Frau, sah erschreckt und verängstigt zu, wie ihr Gatte mit den reichen Besitzungen um sich warf. Sie war von Haus aus an enges, ängstliches Wirtschaften gewöhnt; auf die Art Heinrichs, fürchtete sie, würden bald selbst die Hemden ihrer Mägde verpfändet sein. Sie beschloß, die Finanzen selber in die Hand zu nehmen; ihr blasses, scheues Gesicht bekam auf einmal etwas Verbissenes.

Für die nächsten Tage war Turnier angesagt. Bei diesem Anlaß sollten mehrere junge Herren zu Rittern geschlagen werden. Margarete ersuchte unvermittelt ihren kleinen Gemahl, er solle dabei auch seinen Kämmerling Chretien de Laferte zum Ritter machen lassen. Die Augen Johanns wurden noch kleiner, trotziger; er knurrte irgendwas. Margarete wiederholte ihren Wunsch herrischer, dringlicher. Prinz Johann sagte verdrückt, bissig, er wolle nicht. Er knuffte den Kämmerling in die Seite mit aller Kraft seiner kleinen, knochigen Faust. »Da hat er seinen Ritterschlag!« höhnte er, verzog hämisch sein langes Gesicht.

»Ich danke Euer Hoheit tausendmal für die Gnade«, sagte Chretien blutrot zu der Prinzessin; »aber wenn er doch nicht will.«

»*Ich* will, *ich* will!« sagte Margarete heftig mit ihrer vollen, dunklen Stimme. Sie lief zu ihrem Vater, zu dem König Johann. Lachend sagte man ihr zu. Chretien dankte der Prinzessin, hin und her gerissen. Schon hatten ihn die Kameraden derb gehänselt wegen seines ziervollen Liebchens.

Am vorgesehenen Tag fand dann das glänzende Turnier statt, auf das ganz Tirol sich schon seit Jahren freute. Es war eine große Lustbarkeit. Vier Ritter wurden erstochen, sieben tödlich verletzt. Alle Welt fand, es sei das bestgeglückte Vergnügen seit langer Zeit.

Auch König Johann nahm an dem Stechen teil. Da er aber hatte erfahren müssen, daß man häufig aus Furcht, ihn, den König, zu besiegen, nur zum Schein mit ihm focht, ritt er unter dem Wappen eines gewissen Schilthart von Rechberg. Es hatte nun zwischen den Alpenländlern und den Fremden schon mancherlei Eifersüchteleien gegeben; auch fürchteten die tirolischen und kärntnischen Herren, der Einfluß der Luxemburger könnte ihre finanzielle Stellung bei dem guten König Heinrich gefährden. Unter dem fröhlichen Spiel stak also eine sehr ernsthafte, grimmige Eifersucht, und man sah es durchaus nicht ungern, brach von den Gegnern der eine oder andere die Rippen. Sei es nun Zufall, sei es, daß man sein Deckwappen verraten hatte – jedenfalls sah sich Johann bald im Kampf mit dem wuchtigsten und gefährlichsten aller tirolischen Ritter, dem ungeschlachten Burggrafen Volkmar. Sie rannten sich wild und rücksichtslos an, schließlich fiel der König, der eine bewegte Nacht hinter sich hatte, vom Pferd, wurde im Kot herumgewälzt, übel getreten und arg zerschunden aus dem Haufen herausgezogen. Er mußte sein Pferd um sechzig Mark Veroneser Silbers von dem Burggrafen lösen. Er verbiß den Ärger, daß gerade dieser plumpe, habgierige, widerwärtige Mann ihn abgestochen hatte, trug lachend, lässig, mit Haltung Lahmheit und Verdruß, rühmte mit vielen liebenswürdigen, sachkundigen Worten, wie gut vorbereitet und in jeder Hinsicht geglückt diese Tiroler sportlichen Spiele seien.

König Heinrich saß des Abends müde in seinem Zelt. Die Freude über das schöne Fest wurde geschwärzt; Rechnungen kamen, Rechnungen über Rechnungen. Die Fleischhauer von Bozen wollten Geld, die Bürger von Innsbruck präsentierten große Forderungen, der gute, gelehrte Abt von Marienberg wußte sich nicht mehr zu helfen vor seinen Gläubigern, die er mühelos hätte befriedigen können, zahlte ihm der König nur einen Teil dessen zurück, was er ihm geliehen. Heinrich hätte, wie gern, gezahlt und gezahlt; aber seine Kassen waren leer. Der König Johann schuldete ihm freilich die vierzigtausend Mark Veroneser Silbers Heiratsgut; mit der ungeheueren Summe hätte er alle seine Verpflichtungen decken können. Aber es ging doch nicht an, den König zu mahnen. Heute schon gar nicht. Spürte er doch am eigenen Leib, wie peinlich ein Fest durch so etwas gestört wurde.

So saß er denn in dicker Verlegenheit. Da stellten seine Herren vor ihn drei schmächtige, schattenhafte Männer. Sie waren sehr still, sehr demütig, sehr unscheinbar. Hatten rasche Augen, die aber sehr ergeben blicken konnten. Schauten einander sehr ähnlich. Der König erinnerte sich, sie gesehen zu haben, wußte aber nicht mehr, wo er sie hintun sollte. Das war natürlich. Sie waren ja so klein, so gering. Sie verneigten sich viele Male, sprachen mit leiser Stimme.

Es waren Messer Artese aus Florenz, der Pächter der Münze von Meran, und seine beiden Brüder. Die Herren waren auch diesmal gern bereit, einem so gütigen christlichen König mit ihrem bißchen Kapital beispringen zu dürfen. Sie hatten eine einzige kleine Bedingnis: die Majestät solle ihnen die Einkünfte des Salzwerks von Hall überlassen. Das nette, kleine Salzbergwerk.

König Heinrich schrak zurück. Das Salzamt von Hall! Die erste Einnahmequelle des Landes! Das war ein teures Hochzeitsfest, das er da seiner Tochter gerüstet hatte. Selbst seine leichtherzigen Räte machten, als sie von dieser Bedingung hörten, bedenkliche Gesichter. Schickten schließlich seine junge Frau vor, die erwirkte, daß das

Bergwerk wenigstens nur für zwei Jahre verpachtet wurde. Die Florentiner verneigten sich viele Male. Zahlten das Geld, nahmen die Dokumente an sich. Glitten fort, schattenhaft, grau, unscheinbar, einer dem andern sehr ähnlich.

Zu Herrn von Schenna sagte Margarete: »Glauben Sie, daß Chretien de Laferte Schlechtes von mir spricht? Sagen Sie ehrlich, Herr von Schenna, glauben Sie, daß er mit den andern lacht, weil ich häßlich bin?«

Jakob von Schenna hatte mit eigenen Ohren gehört, wie der junge Chretien, von den andern gehänselt als Ritter der häßlichsten Dame der Christenheit, erst an sich hielt, dann die Kameraden überbot an übeln Schmähungen Margaretes. Jakob von Schenna sah die großen, erfüllten Augen des Kindes in dringlichem, angstvollem Fragen auf sich. »Ich weiß es nicht, Prinzessin Margarete«, erwiderte er. »Ich kenne den jungen Chretien zuwenig. Aber ich halte es für unwahrscheinlich, daß er übel von Ihnen redet.« Und er legte ihr seine große, dünne, kraftlose Hand auf den Kopf wie einem Kind, und sie litt es gern, daß er diesmal zu ihr war wie zu einem Kind. [...]

Das Kind Margarete wuchs heran auf den Schlössern Zenoberg, Gries, Tirol. Lernte gern und viel. Fragte den klugen, redseligen, betulichen Abt Johannes von Viktring bei allem, was sie sah und hörte, warum, wieso. Trieb mit den Äbtissinnen der Klöster Stams und Sonnenberg Theologie. Der Prunk, die feierliche Ordnung der Liturgie zwangen ihr Bewunderung ab. Sie sprach und schrieb fließend Latein und Welsch. Interessierte sich brennend für politische und nationalökonomische

Dinge. Hörte aufmerksam den historischen Vorträgen des gelehrten Abtes zu, und während die anderen seine begrifflichen politischen Theorien gelangweilt belächelten, konnte sie nicht genug davon kriegen. Gründlich unterrichtete sie sich bei den vielen fremden Gästen ihres Vaters über die Verhältnisse der andern Höfe und Länder. Verächtlich schnupperte sie, als sie hörte, Ludwig von Wittelsbach, der Bayer, erwählter Römischer Kaiser, der vierte seines Namens, spreche nicht Latein.

Sie streifte durch das Land. Zu Wagen, in der Pferdesänfte. Die Passer hinauf, hinab, durch die Rebenterrassen, Obstgärten. Ging mit wachen, klugen Augen durch die farbigen Städte Meran, Bozen. Beschaute die Bürger, ihre steinernen Häuser. Rathaus, Markt, Mauern, Pranger, Stock, Herbergen, Badehäuser, die Leichen der Gerichteten vor den Toren. Hielt rasche, herrische Einkehr in den Höfen der Bauern, den Wachhütten der Winzer.

Der gutmütige König Heinrich kümmerte sich wenig um sie. Er ließ sie treiben, was sie wollte. Erkundigte sich zuweilen zärtlich, ob sie denn mit ihren Kleidern hinausreiche, ob sie nicht mehr Schmuck, Pferde, Dienerschaft brauche. Fragte allenfalls, was sie von dem neuen flandrischen Koch halte, oder wie der genuesische Mantel stehe, den er sich eben habe machen lassen. Er ging ganz auf in Kleidersorgen, Stiftungen für Klöster, Festlichkeiten, Gastereien, Turnieren, Frauen. Wenn sie sich mit seinem klugen Sekretär unterhielt, dem Abt von Viktring, dann schaute er wohl gerührt auf sie, sagte zu Beatrix, seiner Frau, zu seinen Gästen: »Mein gutes Kind! Wie gescheit sie ist!«

Von den Klosterfrauen lernte sie singen. Es war erstaunlich, wenn unter der platten, breiten Nase aus dem äffisch sich vorwulstenden Mund die Stimme herausdrang, schön, warm, erfüllt. Während sie sonst mit ihren Kenntnissen nicht zurückhielt und ohne Scheu redete, sang sie fast nie vor Fremden. Des Abends, unter Obstbäumen, allein, sang sie ihre Lieder, kunstvolle aus Italien, aus der Provence oder auch einfache deutsche, wie sie sie rings vom Volk hörte. Manchmal, selbst wenn sie allein war, brach sie mitteninne ab. Die Zwerge konnten sie hören. Die Zwerge wohnten in allen Berghöhlen. Sie aßen und tranken, spielten und tanzten mit den Menschen. Aber unsichtbar. Nur der regierende Fürst kann sie sehen, der zu Recht das Land beherrscht, in dem sie gerade verweilen. Ihr Vater hat die Zwerge gesehen, auch der Bischof von Brixen, in dessen Gebiet sie zuweilen kamen. Jakob von Schenna hat ihr Genaues von den Zwergen erzählt. Sie schrieben Briefe, bildeten unter sich einen Staat, hatten Gesetze und einen Fürsten, bekannten den katholischen Glauben, kamen heimlich in die Wohnungen der Menschen, waren ihnen hold. Sie führten Edelsteine mit sich, mit denen sie sich unsichtbar machen konnten. Sie fragte Herrn von Schenna, warum sie sich unsichtbar machten. Herr von Schenna wich aus. Durch Zufall, von einer Magd, erfuhr sie den Grund. Weil sie sich ihrer Häßlichkeit schämten. Sie ward noch fahler als sonst. Schluckte.

Mit peinlichster Sorge pflegte sie ihren Körper. Sie nahm täglich ein Dampfbad, wusch sich mit Kleienwasser, französischer Seife. Sie wickelte das Zahnpulver in frisch geschorene Wolle, ehe sie ihre großen, schräg vorstehenden Zähne reinigte. Sie pflegte ihre Haut mit Weinsteinöl, gebrauchte rote Schminke aus Brasilholz, weiße aus gepulverten Zyklamenknollen. Des Nachts legte sie eine Wachsmaske auf, ihren unreinen Teint zu bessern. Sorglich, mit Opfern, gehorchte sie jeder neuen Modevorschrift.

Mußte sie dann sehen, wie gleichwohl jeder drallen, ungewaschenen Bäuerin mehr wohlgefällige Männerblicke folgten als ihr, dann wandte sie mit einem Ruck ihre Gedanken von diesen Dingen, stürzte sich mit hitziger Energie in Studium und Politik. Wog zum hundertstenmal Macht, Möglichkeiten, Einflußkreise der Habsburger, Wittelsbacher, Luxemburger gegeneinander ab. Habsburg, Luxemburg, Wittelsbach, das waren keine kahlen, politischen Begriffe für sie. Die Menschen, die diese Namen trugen, ihre Farben, ihre Länder, die Tiere ihrer Wappen, ihre Berge, Flüsse, Kirchen mischten sich ihr zu geheimnisvollen Einheiten. Albrecht von Habsburg etwa war verteufelt klug, energisch, bitter, aber er lahmte. Mit ihm lahmten seine Länder, die Donau, die Stadt Wien, die Pranke seines Wappenlöwen. König Johann, der Luxemburger, das war nicht nur ein weltläufiger, galanter Herr. Seine Füße waren Toskana und die Lombardei, Rhein und Elbe seine Adern, das helle Luxemburg sein Herz. Und Bayern konnte sie sich nicht vorstellen ohne die lange, bedächtige Nase Kaiser Ludwigs und ohne seine riesigen, sonderbar toten blauen Augen. Wenn die drei Fürsten sich belauerten, sich umschlichen, sich vertrugen, sich bekriegten, bekriegte und verhöhnte sich die Welt in ihnen, und in den Wolken führten die Tiere ihrer Banner einen mystisch gewaltigen Kampf.

Ihren Gemahl, den Prinzen Johann, sah sie nicht sehr oft. Trotz seiner Länge und Aufgeschossenheit wirkte er hinter seinen Jahren zurückgeblieben. Sein mageres

Gesicht, an sich nicht unschön, schien immer roher, stumpfer und, durch die kleinen, versteckten Augen, bösartiger. Er haßte die Bücher, lernte nur notdürftig schreiben. Gern trieb er körperliche Übungen. Schlug sich mit den Jungen herum, mit denen der Bedienten lieber als mit seinen adeligen Kameraden, jagte, ritt. Betätigte sich als Vogelsteller, trieb, nicht ohne Geschick, Falkenbeize, fing Wild in Schlingen. Quälte Tiere. Spielte den Bauern üble Streiche. Ein Bauernbursch, der ihn nicht kannte, verprügelte ihn. Wurde gefangen, in den Stock gesetzt, gepeitscht. Der Prinz schaute gierig zu, hetzte die Büttel.

Margarete lachte er aus wegen ihrer blöden, pfäffischen Gelehrsamkeit, riß ihr gelegentlich ihre Schriften weg, zerraufte ihre Frisur. Sie trug es. Es war notwendig, daß ihr Mann ein Luxemburger war. Seine Roheit mußte hingenommen werden. Aber schweigend stapelte sie Wut und Verachtung.

# Königliches Gruppenbild

In Aranjuez angelangt, wurde Goya sogleich zu König Carlos geführt.

Der Monarch war in Gesellschaft seiner beiden jüngsten Kinder, des Infanten Francisco de Paula und der Infantin María Isabel, und vergnügte sich damit, ein Spielzeugschiff auf dem Kanal La Ría schwimmen zu lassen. Sichtlich hatte der König selber an dem Spielzeug größere Freude als die Kinder. »Sehen Sie her, Don Francisco«, rief er dem Maler entgegen, »es ist eine genaue Nachahmung meiner Fregatte Santísima Trinidad. Die Fregatte selber müßte jetzt im Südchinesischen Meer kreuzen, bei meinen Philippinischen Inseln. Gewißheit freilich hat man keine mehr, wie die Dinge heute liegen; diese Engländer haben sich mit dem Teufel selber verbündet. Aber mit unserer Fregatte hier ist alles gut gegangen. Wir haben sie um die ganze Isla herumgesteuert, durch den Tajo und den Kanal. Bleiben Sie und spielen Sie mit«, forderte er Goya auf.

Nachdem er die Kinder endlich zurückgeschickt hatte, spazierte er mit seinem Maler in den Gärten. Schwer stapfte der feiste Mann dahin, Francisco einen halben Schritt hinter ihm. Die Alleen waren unabsehbar lang, die Zweige der hohen Bäume formten ein weites, gewölbtes Laubdach, ein wenig Sonne sprenkelte hindurch. »Passen Sie auf, mein Lieber«, setzte ihm der König auseinander, »was ich mit Ihnen vorhabe. Es trifft sich, daß in diesem schönen Monat Mai alle meine Lieben hier in Aranjuez beisammen sind. Und da ist mir eine Idee gekommen. Sie müssen uns malen, Don Francisco, alle zusammen, auf *einem* Bild.«

Goya hörte gut an diesem Tag, und die Majestät hatte eine laute Stimme. Trotzdem glaubte er, er habe sich verhört. Denn was da aus den Worten des Königs vor ihm aufstieg, war ein einmaliges, märchenhaftes Glück, und er fürchtete, es könnte, wenn er zu hastig danach greife, sich in Luft auflösen.

Selten hatte ein König Lust, zusammen mit seiner ganzen Familie einem Maler zu sitzen. Personen von Geblüt hatten wenig Geduld, und hatte der eine Muße, dann war der andere beschäftigt. Nur überaus hochgeschätzte Meister hatten solche Gruppenbilder ausführen dürfen, keiner seit Miguel van Loo.

»Ich hab mir's folgendermaßen gedacht«, sprach Don Carlos weiter. »Sie machen was Hübsches, Gemütliches und doch Würdiges, so wie auf dem Bild des Vierten Philipp, wo die kleine Infantin das Glas Wasser kriegt und der eine Bursche dem Hund einen Tritt gibt. Oder wie auf dem Bild meines Großvaters, des Fünften Philipp, wo sie alle so bequem herumsitzen. Ich könnte zum Beispiel meine Uhren vergleichen, oder ich spiele Violine. Die Königin liest, meine Jüngsten spielen Haschen. Alle sind angenehm beschäftigt, und doch ist eine gewisse Würde da. Sie verstehen, Don Francisco.«

Don Francisco verstand. Aber so stellte er sich's nicht vor. Ein Genre-Bild, niemals. Aber er war vorsichtig, er wollte sich die wunderbare Chance nicht verderben. Er danke dem König für sein Vertrauen, antwortete er ehrerbietig, und für die außerordentliche Auszeichnung. Er bitte um ein oder zwei Tage Zeit, dann wolle er der Majestät Vorschläge machen. »Genehmigt, mein Lieber«, antwortete Carlos. »Ich bin niemals eilig, und schon gar nicht in Aranjuez. Wenn Ihnen was eingefallen ist, lassen Sie es Doña María Luisa und mich wissen.«

An diesem Tage und auch am folgenden vermied der gesellige Goya Gesellschaft. Versunken in sich selber, beinahe benommen von seinem Glück, Anrufe nicht hörend oder nicht hören wollend, ging er durch das helle, feierlich heitere Schloß von Aranjuez, schlenderte er herum in den wunderbaren Gärten, unter den gewölbten Laubdächern der Calle de Alhambra und der Calle de los Embajadores, vorbei an Brücken und Brücklein, an Grotten und Wasserkünsten.

Etwas »Gemütliches«, nein, davon wird die Majestät wohl absehen müssen. Die »Familie Philipps des Fünften« des van Loo mit der kunstvoll natürlichen Gruppierung war albernes Theater, ein läppisches Machwerk, zu dergleichen wird er nicht hinuntersteigen. Und die »Hofdamen« des Velázquez, die »Meninas« – gewiß, die spanische Malerei hatte Höheres nicht erreicht, und er bewunderte das Bild. Aber es blieb ihm fremd mit seiner gefrorenen Heiterkeit. Wie immer, er wollte mit keinem wetteifern, mit dem großen Velázquez sowenig wie mit dem kleinen van Loo. Er wollte wetteifern nur mit sich selber; sein Bild sollte von Francisco Goya sein, von niemand sonst.

Am zweiten Tage sah er unklar und sehr ferne, was er machen wollte. Aber er wagte sich nicht näher heran, damit es ihm nicht verschwinde. Das Vage, Fernschwebende sehend, denkend, träumend ging er zu Bett, schlief er ein.

Als er andern Morgens erwachte, wußte er deutlich, was er machen werde.

Er ließ sich bei den Majestäten melden. Setzte seine Idee auseinander, mehr zu Doña María Luisa sprechend als zu Don Carlos. Ihm glücke, meinte er bescheiden, die Wiedergabe der Katholischen Könige am besten, wenn er das Repräsentative betonen dürfe, das ungemein Würdige, welches von Höchstihnen ausstrahle. Er habe Angst vor einer gewissen gesuchten Ungezwungenheit, die wirken könnte, als handle es sich um nur adelige oder gar bürgerliche Personen. Er möchte deshalb den Majestäten ehrerbietig nahelegen, ihm zu befehlen, das geplante Familienbild repräsentativ zu halten. Die Mitglieder der königlichen Familie sollten dastehen als diejenigen, wozu die Gnade Gottes sie gemacht, als Könige und Infanten. Einfach dastehen sollten sie in ihrem ganzen Glanz.

Don Carlos war enttäuscht. Er verzichtete ungern auf die Idee, sich auf der Leinwand zu sehen mit seinen Uhren in der Hand und seiner Geige auf dem Tisch. Vielleicht war es nicht ganz königlich, wenn er sich so gemütlich malen ließ, aber man konnte es rechtfertigen, daß sich ein Monarch im Kreise der Familie als Privatmann gab. Andernteils ließ der Vorschlag seines Hofmalers in ihm neu und stärker eine Vorstellung aufsteigen, die sein Inneres in den letzten Wochen mehrmals beschäftigt hatte. Aus Paris waren vertrauliche Meldungen gekommen, daß sich dort eine royalistische Verschwörung vorbereite, und Manuel hatte angedeutet, es könnte vielleicht, wenn man diese Bewegung geschickt unterstütze, das französische Volk ihm, Don Carlos, als dem Haupte der Bourbonen auch die Krone Frankreichs anbieten. Yo el Rey de las Españas y de Francia, dachte er. Wenn er dastehen wird in der Mitte der Seinen, in stolzer Uniform, mit funkelnden Bändern und Orden, mit seinem starken Körper und seinem würdevollen Kopf, und wenn er sich eifrig denkt: Yo el Rey, dann wird dieser Hofmaler sicher imstande sein, einen Abglanz davon auf seine Leinwand zu bringen. »Ihre Idee scheint mir nicht ohne«, verkündete er. Goya atmete auf.

Der Königin hatten die Worte ihres Hofmalers sofort eingeleuchtet. Sie war repräsentativ, so hatte sie Goya des öftern gemalt, und in der Mitte der Ihren wird sie bestimmt doppelt repräsentativ wirken. Aber machte sich's Goya nicht ein wenig zu einfach? »Wie stellen Sie sich das vor, Don Francisco?« fragte sie, nicht ungnädig, doch noch zweifelnd. »Alle in einer Reihe? Ist das nicht ein wenig eintönig?« – »Wenn Sie mir die Gnade erweisen wollen, Señora«, erwiderte Goya, »es auf den Versuch ankommen zu lassen, dann, glaube ich, werde ich Sie zufriedenstellen.«

Man kam überein, der König und die Seinen sollten sich morgen in der Grünen Galerie versammeln, alle in Gala, dann werde man endgültig festlegen, wie Don Francisco »Die Familie Carlos' des Vierten« malen werde.

Andern Tages stellten sich denn auch die spanischen Bourbonen allesamt, alte und junge, in der Grünen Galerie ein; ja, eine Hofdame hielt steif und behutsam einen prinzlichen Säugling, der offenbar auch auf das Gemälde sollte. Die Herrschaften saßen und standen in der strahlenden Sonne des großfenstrigen Saales. Die beiden jüngsten Infanten, die zwölfjährige Isabel und der sechsjährige Francisco de Paula, jagten sich herum. Alle trugen sie Gala, das wirkte seltsam in der Helle des

Vormittags. Die Wände entlang drückte sich viel Gefolge. Es war Lärm und gleichzeitig Verlegenheit. Eine Veranstaltung wie diese war im Zeremonienbuch nicht vorgesehen.

Doña María Luisa nahm die Sache in die Hand. »Da haben Sie uns, Don Francisco«, sagte sie, »und nun machen Sie aus uns was Schönes.«

Goya ging zu Werk. In die Mitte stellte er zwischen ihre beiden Jüngsten, die Zwölfjährige und den Sechsjährigen, die Königin; zu ihrer Linken, sehr im Vordergrund, pflanzte er den massigen Don Carlos hin. Diese Gruppe ergab sich von selbst. Auch die zweite Gruppe zu bilden war einfach. Da war die unauffällig hübsche Infantin María Luisa mit ihrem Säugling, den die Hofdame tief knicksend überreicht hatte, und zu ihrer Rechten ihr Mann, der Erbprinz von Parma, ein langer Herr, seinen Platz gut füllend. Die Verbindung zwischen dieser Gruppe und der Mitte stellte friedlich der alte Infant Don Antonio Pascual her, des Königs Bruder, der ihm lächerlich ähnlich sah, die drei noch übrigen Bourbonen füllten gut die vom Beschauer linke Seite des Bildes: der Thronfolger Don Fernando, ein sechzehnjähriger Junge mit nichtssagendem, leidlich hübschem Gesicht, sein jüngerer Bruder Don Carlos und ihre Tante, des Königs älteste Schwester, die unsäglich häßliche Doña María Josefa. Das war eine kindlich einfache Komposition, und Goya sah voraus, man werde sie unbeholfen schelten; doch war sie gerade so für seine Zwecke die rechte.

Aber: »Halt, halt!« befahl der König. »Da sind noch zwei Infantinnen, die nicht da sind«, und er erläuterte dem erstaunten Goya: »Meine Älteste, die regierende

Prinzessin von Portugal, und die Napolitanerin, die künftige Gemahlin meines Erbprinzen.« – »Befehlen Eure Majestät«, fragte Goya, »daß ich diese Königlichen Hoheiten nach Bildern male oder nach Beschreibungen?« – »Machen Sie das, wie Sie wollen«, sagte der König. »Das Wichtigste ist: drauf müssen sie.«

Nun aber meldete sich Don Fernando, der Prinz von Asturien, der Kronprinz. »Ich weiß nicht«, erklärte er böse mit seiner rauhen, mutierenden Stimme, »ob es angebracht ist, daß ich in der Ecke stehe. Schließlich bin ich der Prinz von Asturien. Warum soll der Kleine« – und er wies auf den Sechsjährigen – »in der Mitte stehen und ich in der Ecke?« Goya, geduldig, sich entschuldigend, mehr zum König gewandt als zu dem Prinzen, antwortete: »Ich dachte, es sei künstlerisch wünschenswert, daß zwischen Ihrer Majestät und Seiner Majestät kein großer Infant steht, sondern ein kleiner, damit die Gestalt Seiner Majestät voll zur Geltung kommt.« – »Ich sehe nicht ein«, grollte Don Fernando, »warum meine Würde nicht gewahrt werden kann.« Der König erklärte: »Weil du so lang bist«, und María Luisa befahl: »Sie schweigen, Don Fernando.«

Goya trat ein wenig zurück und betrachtete die in loser Reihe stehenden Bourbonen. »Dürfte ich die Majestäten und Königlichen Hoheiten bitten«, sagte er nach einer Weile, »sich in einen andern Saal zu begeben? Ich brauche Licht von links«, erläuterte er, »sehr viel Licht, das von links oben nach rechts hinunter fällt.« María Luisa begriff sofort. »Gehen wir in den ›Saal der Ariadne‹«, schlug sie vor. »Dort, glaube ich, finden Sie, was Sie brauchen, Don Francisco.«

Mit Lärm und Getrampel machte sich die glänzende

Schar auf und zog durch das Schloß, der massige König und die geputzte Königin voran, die häßlichen alten Infanten und die netten jungen dahinter, den Beschluß bildeten die Herren und Damen des Gefolges. So zogen sie durch Säle und Korridore in den »Saal der Ariadne«. Dort ließ sich ohne weiteres das Licht tönen, von links aus der Höhe kam schräg die Lichtbahn, wie Goya sie brauchte, und an den Wänden die riesigen Gemälde, mythologische Szenen darstellend, verschwanden im Dämmer.

Da standen der König, die Königin und die Prinzen, und vor ihnen Goya. Er beschaute sie, seine Augen nahmen sie auf, rissen sie an sich, in sich, mit ungezügelter Gier. Er schaute kritisch, scharf, genau, er starrte lange, Schweigen war im Saal, und das Gefolge fand, was da geschah, daß nämlich ein Untertan seinen König und dessen Familie so anstarrte, sei unziemlich, frech, aufrührerisch, und es dürfe nicht sein. Überdies hatte Goya – er hätte selber nicht sagen können, warum – diesmal gegen den Brauch und gegen seine eigene Gewohnheit seinen Arbeitskittel an.

Und nun sagte er gar: »Ich hätte noch zwei Bitten. Wenn Seine Königliche Hoheit der kleine Infant ein leuchtendes Rot tragen könnte, würde es Ihre Majestäten sowohl wie Seine Königliche Hoheit selber besser zur Geltung bringen. Sodann wäre es im Interesse des Bildes, wenn Seine Königliche Hoheit der Herr Kronprinz nicht Rot trügen, sondern ein helles Blau.« – »Dieses Rot ist das gleiche wie das meiner Generalsuniform«, begehrte Don Fernando auf, »es ist meine Lieblingsfarbe.« – »Du trägst Blau«, sagte trocken die Königin. Don Carlos meinte versöhnlich: »Dafür kannst du, wenn Don Francisco nichts dagegen hat, mehr Orden und Bänder tragen, auch das Goldene Vlies.« – »Seine Königliche Hoheit der Herr Kronprinz«, sagte beschwichtigend Francisco, »werden ganz im Lichte stehen. Orden und Bänder werden an ihm besonders glänzend leuchten.«

In schneller Arbeit riß er die Skizze aufs Brett. Dann erklärte er, die einzelnen Herrschaften allein oder in kleinen Gruppen werde er noch um ein paar Sitzungen bitten müssen. Sie alle zusammen brauche er nurmehr ein einziges Mal, für eine letzte, große Farbenskizze. »Genehmigt«, sagte der König.

Auch in dieser Nacht schlief Goya nicht gut. Nein, er wird keine vertrackte Anekdote malen wie van Loo, und niemand soll sagen dürfen, was dem Velázquez erlaubt sei, sei dem Goya nicht erlaubt. Velázquez ist groß und tot, dachte er, beinahe triumphierend, und es ist eine andere Zeit, und ich bin nicht klein, und ich bin lebendig. Und in der Dunkelheit, mit innerm Jubel, sah er deutlich, was er malen wollte, die widerstrebenden Farben, die er zwingen wird, eins zu sein, den ganzen schillernden, glitzernden Einklang, und inmitten des phantastischen Gefunkels hart, nackt und klar die Gesichter.

Noch bevor er an die Einzelskizzen ging, wurde er zum Intendanten des Königs gerufen, dem Kämmerer Marqués de Ariza. Dieser empfing ihn in Gegenwart des Schatzmeisters Don Rodrigo Soler. »Ich habe dem Herrn Hofmaler einige Eröffnungen zu machen«, erklärte der Marqués; er sprach höflich, doch vor sich hin ins Leere, ohne Francisco anzuschauen. »Wiewohl man füglich Ihre Hoheit Doña María Antonia, Kronprinzessin von Neapel, als die Verlobte Seiner Königlichen Hoheit des Kronprinzen Don Fernando betrachten darf, sind die Verhandlungen zwischen den hohen vertragschließenden Parteien nicht völlig abgeschlossen, so daß Änderungen noch im Bereich des Möglichen liegen. Es dürfte sich daher empfehlen, daß der Herr Hofmaler der hohen Verlobten etwas unbestimmte, gewissermaßen anonyme Gesichtszüge gibt, so daß im Fall anderer Dispositionen die vom Herrn Hofmaler dargestellte Figur eine andere hohe Frau verkörpern könnte. Bin ich von dem Herrn Hofmaler verstanden?« – »Ja, Exzellenz«, erwiderte Goya. »Man hat weiterhin darauf aufmerksam gemacht«, fuhr der Marqués de Ariza fort, »daß die Zahl der darzustellenden fürstlichen Persönlichkeiten, wenn der zukünftige Erbprinz von Parma, ich meine den Säugling, sowie die hohen abwesenden Infantinnen mit eingerechnet werden, dreizehn beträgt. Nun sind natürlich die darzustellenden hohen Persönlichkeiten erhaben über jeden Aberglauben, nicht aber alle potentiellen Beschauer. Infolgedessen hat man den Vorschlag gemacht, es könnte sich der Herr Hofmaler, wie dies auf früheren Gemälden ähnlicher Art geschehen ist, selber auf dem Bilde anbringen, natürlich in unaufdringlicher Weise. Bin ich von dem Herrn Hofmaler verstanden?« Goya, trocken, antwortete: »Ich denke, ja, Exzellenz. Man hat angeordnet, ich soll mit auf das Bild, im Schatten malend.« – »Man dankt dem Herrn Hofmaler«, erwiderte der Marqués, »der Herr Hofmaler hat verstanden.«

In Goya arbeitete es. Er dachte daran, wie sich Velázquez dargestellt hatte auf seinem Bild der »Königlichen Familie«, groß, selbstverständlich, ohne Anmaßung, keineswegs im Schatten, und dann hatte König Philipp mit eigener Hand dem gemalten Velázquez das Santiago-Kreuz auf die Brust gemalt. Er selber, Francisco, wird sich in den Schatten malen, aber er wird auch dann sehr sichtbar bleiben, und auch sein König wird ihn belohnen, mit weniger Charme vielleicht als Don Felipe den Velázquez, aber zum Ersten Maler wird er ihn ernennen, endlich; nachdem er ihm diesen großen, schweren Auftrag gegeben hat, ist des kein Zweifel.

»Es bliebe noch die Frage des Honorars zu erledigen«, sagte höflich Don Rodrigo Soler, der Schatzmeister, und sogleich überkam Francisco seine ganze bäuerliche Rechenhaftigkeit, und er beschloß, sehr gut zu hören. Manchmal nämlich bot man in ähnlichen Fällen ein niedriges Honorar, annehmend, der Maler werde sich durch die Ehre des Auftrags entschädigt fühlen. »Ich dachte ursprünglich«, erklärte behutsam Francisco, »die vorbereitende Arbeit könnte sich auf flüchtige Herstellung von Skizzen der einzelnen hohen Persönlichkeiten beschränken; es hat sich aber ergeben, daß ich auch die Einzelporträts bis ins kleinste werde ausführen müssen. Es werden etwa vier kleinere Porträtgruppen werden und zehn Einzelporträts.«

Der Marqués de Ariza stand stumm da, voll hochmütiger Abwehr. »Es wurde beschlossen«, sagte der Schatzmeister Soler, »Ihrer Honorierung nicht die aufgewandte Zeit zugrunde zu legen. Vielmehr wird Ihr Gemälde gemäß der Zahl der hohen darzustellenden Persönlichkeiten honoriert werden. Wir werden Ihnen für die Köpfe der Majestäten und Hochdero Kinder je 2000 Realen bezahlen, für die Köpfe der andern Mitglieder der Königlichen Familie je 1000.« Goya überlegte, ob wohl auch die Köpfe der abwesenden Infantinnen, der des Säuglings und sein eigener honoriert werden würden; allein er fragte nicht.

Im stillen lächelte er. Schlecht war die Honorierung

keinesfalls. Er pflegte seine Preise zu erhöhen, wenn der Besteller die Hände mitgemalt haben wollte. Diesmal war von Händen nicht die Rede gewesen, und es war von vornherein in seinem Plan gelegen, nur ganz wenige Hände mitzumalen, höchstens vier bis sechs. Nein, die Honorierung war nicht unanständig, selbst wenn man nur zehn Köpfe honorieren sollte.

Noch am gleichen Tage, in dem provisorischen Atelier, das man ihm im »Saale der Ariadne« einrichtete, begann er zu arbeiten.

Hier konnte er jedes einzelne Modell in genau das Licht stellen, in welchem es in dem Familienbild stehen wird, und er führte die Skizzen aus bis ins letzte Detail. Er malte Don Luis, den Erbprinzen von Parma, würdig, jung, leidlich hübsch, ein wenig dümmlich. Er malte die freundliche, nette unansehnliche Infantin María Luisa mit ihrem Säugling. Er malte die alte Infantin Doña María Josefa. Wiewohl entschlossen, ihr Gesicht nur hervorlugen zu lassen zwischen den Vollfiguren des Kronprinzen und seiner anonymen hohen Braut, verwandte er auf die Skizze zwei volle Vormittage; die abschreckende Häßlichkeit der alten Infantin faszinierte ihn.

Ein überaus williges Modell war der König selber. Er hielt sich sehr aufrecht und drückte Brust und Bauch heraus. Darauf schimmerte das weißblaue Band des Carlos-Ordens, strahlte das rote Band des Christus-Ordens von Portugal, flimmerte das Goldene Vlies; matt leuchtete über dem kastanienbraunen Samt des Rockes der graue Besatz, blitzte der Griff des Degens. Der Träger all dieser Pracht aber stand da, stramm, beharrlich, bedeutend, stolz darauf, wie gut er trotz seiner Gicht das lange Stehen aushielt.

War es dem König eine Lust, so dazustehen und zu posieren, so machten ihm die Pausen keine kleinere Freude. Dann legte er wohl den Degen ab, zuweilen auch den gewaltigen Samtrock mit all den Orden und Bändern, räkelte sich im Sessel, verglich liebevoll seine Uhren und unterhielt sich über Jagd, Landwirtschaft, Kinder und Fragen des Alltags. »Sie kommen ja auch auf das Bild, Don Francisco«, meinte er eines Tages wohlwollend. Er musterte seinen Maler und schätzte ihn ab. »Sie machen eine ganz stattliche Figur«, fand er, und: »Wie wäre es mit einem kleinen Ringkampf?« schlug er vor, unvermutet, belebt. »Ich bin viel größer als Sie, zugegeben, und wohl auch viel kräftiger gebaut, aber ich habe meine Jahre und meine Gicht. Lassen Sie mal Ihren Bizeps fühlen«, befahl er, und Goya mußte seinen Arm frei machen. »Nicht übel«, begutachtete er. »Aber betasten Sie den meinen.« Goya tat es. »Allerhand, Majestät«, anerkannte er. Plötzlich fiel Don Carlos über ihn her. Goya, überrascht, wehrte sich heftig. Er hatte in der Manolería mit so manchem Majo Ringkämpfe aufgeführt, in Scherz und Ernst. Carlos, schnaufend, nahm seine Zuflucht zu unerlaubten Griffen. Goya, darob verdrossen, vergaß, daß er Erster Maler werden wollte, und kniff mittels eines richtigen Majo-Griffes den König auf schmerzhafte Art in die Innenseite des Schenkels. »Au«, sagte heftig Don Carlos. Francisco, sich kontrollierend, auch seinesteils schnaufend, sagte: »Ich bitte untertänigst um Verzeihung.« Immerhin dauerte es noch eine Weile, ehe er sich von Carlos das Knie auf die Brust setzen ließ. »Sie sind mir einer«, sagte Carlos.

Im übrigen bezeigte er Francisco auf jede Art seine Gnade. Immer in Aranjuez fühlte er sich besonders wohl; oft da zitierte er den alten Spruch: »Wenn Gott nicht Gott wäre, möchte er der König von Spanien sein mit einem französischen Koch.« Sehr wohlgelaunt also fühlte sich Don Carlos, und er wollte seine gute Laune auch auf Francisco übertragen, dadurch den Fortgang der Arbeit störend. Er führte ihn herum in der halbfertigen »Casa de labrador«, in seinem »Bauernhaus«, dem prächtigen Nebenpalast, den er im Park errichten ließ, und er versprach Goya, daß auch auf ihn dort Arbeit warte. Mehrmals nahm er ihn mit auf die Jagd. Ein anderes Mal hieß er ihn in den großen Musiksalon kommen, und hier, massig inmitten der zierlichen chinesischen Einrichtung, spielte er ihm auf der Geige vor. »Finden Sie nicht, ich habe Fortschritte gemacht?« fragte er. »Es gibt sicher bessere Geiger in meiner Kapelle, aber unter meinen Granden bin jetzt, da unser guter Alba so früh hat dahingehen müssen, ich wohl der beste Musikant.«

Es war unter Goyas Modellen ein einziges, das sich widerspenstisch zeigte: der Kronprinz, Don Fernando. Goya behandelte den Sechzehnjährigen mit besonderer Ehrerbietung und tat sein Bestes, ihn für sich zu gewinnen. Doch der gewalttätige, eingebildete Fernando blieb störrisch. Er wußte, Goya war ein Freund des Príncipe de la Paz, und den haßte er. Von Mägden, Gouvernanten, Hofdamen frühzeitig in die Genüsse des Geschlechtes eingeführt, hatte der kleine Prinz sehr bald erfahren, daß Don Manuel der Liebhaber seiner Mutter war, und er hatte ihn mit Neugier, Neid und Eifersucht betrachtet; dann gar hatte, als einmal der elfjährige Fernando mit dem kleinen Degen seiner Oberstenuniform nicht fertig geworden war, Don Manuel ihm Rat gegeben, herablassend erwachsen, keineswegs untertänig. Jetzt also mußte er dem Freunde dieses Don Manuel Modell stehen in einem Rock, dessen Farbe er nicht mochte, und der Maler erdreistete sich obendrein, vor ihm, dem Thronfolger, seinen Arbeitskittel zu tragen.

Dafür war Doña María Luisa ein besonders gefügiges Modell. Wie Goya es wünschte, posierte sie bald allein, bald mit den beiden Kindern, bald ließ sie jedes der beiden Kinder allein für sich posieren.

Endlich war es soweit, daß er die Herrschaften untertänigst bitten konnte, ihm noch einmal in Gesamtheit und in Gala im »Saale der Ariadne« Modell zu stehen für die große Farbenskizze.

Da standen sie, und Goya beschaute sie und sah beglückt: der Einklang zwiespältiger Farben, wie er ihn geträumt hatte, war da, reich, neu und bedeutend. Das Einzelne war untergeordnet dem Ganzen, und das Ganze war in jedem Einzelnen. Die widerstrebenden Farben waren *ein* Geleucht, rot und golden die rechte Seite, die linke blau und silbern, in jedem Licht war Schatten, nur eben verschieden gestuft, und in jedem Schatten war Licht, und in all dem Geleucht standen nackt, hart und genau die Gesichter, das Gemeine im Ungemeinen. Er dachte das nicht, er hätte das nicht ausdrücken können: er spürte es.

Er schaute, er starrte, scharf, lange, unehrerbietig, und dieses Mal war das Gefolge ernstlich schockiert. Da stand dieser Mensch, dieser geringe Untertan in seinem schäbigen Kittel, und vor ihm die Könige und Prinzen in ihrer ganzen Pracht, und er beschaute sie gleich einem General, der Parade abhält. Das war schlechthin

Aufruhr, so was wäre vor der Französischen Revolution nicht möglich gewesen, und warum ließen sich's die Bourbonen gefallen?

Francisco begann zu malen, hastig, lange. Die alte Infantin María Josefa klagte, sie könne nun nicht länger stehen, und Carlos wies sie zurecht, dieses bißchen Beharrlichkeit sei das Wenigste, was man von einer Infantin verlangen könne. Goya aber hörte nicht, er hörte in Wahrheit nicht, er war hingegeben an seine Arbeit.

Dann endlich machte er eine Pause, und alle räkelten sich und wollten gehen. Aber: »Zwanzig Minuten noch!« bat er, und da er die unwilligen Gesichter sah, flehte er sie an, beschwor er sie: »Nur zwanzig Minuten noch! Dann brauche ich Sie nicht mehr zu bemühen, kein einziges Mal mehr.« Sie fügten sich. Er malte. Stille war, man hörte eine große Fliege gegen eines der Fenster summen. Endlich sagte Goya: »Danke, Majestät. Danke, Majestät. Danke, Königliche Hoheiten.«

Als er allein war, saß er eine lange Weile erschöpft, glücklich. Nun war, was er gesehen hatte, Gestalt geworden, er konnte es nicht mehr verlieren. […]

In Aranjuez, im »Saale der Ariadne«, schaute Agustín mit wissender Bewunderung zu, wie nun unter des Freundes kundiger Hand, was dieser in seinem Innern gesichtet hatte, allen sichtbar wurde.

Und noch eines erkannte jetzt mit tiefer Freude Agustín: daß nämlich »Die Familie Carlos' des Vierten« ein politisches Bild wurde. Allein er hütete sich, diese Erkenntnis laut werden zu lassen. Denn natürlich dachte Francisco nicht daran, »Politik« zu malen. Er glaubte an das absolute Königtum, er spürte Sympathie für diesen gutmütigen, von seiner Würde erfüllten Monarchen und für diese Doña María Luisa, die sich aus dem Kuchen Welt mit unersättlichem Appetit ihr ungeheures Teil herausschnitt. Aber die wüsten Ereignisse, die Spanien heimsuchten, die zerschlagenen Schiffe, der ausgeplünderte Staatsschatz, die Schwäche und Arroganz der Königin, das Elend des Volkes, das alles war, während er malte, in Goyas Hirn, ob er's wollte oder nicht. Und gerade weil er keinen Haß malte, sprang aus dem stolzen Leuchten der Uniformen, Orden und Juwelen, aus dem Gefunkel all dieser Attribute des gottbegnadeten Königtums, die armselige Menschlichkeit der Träger dieses Königtums einem jeden mit nackter, brutaler Sachlichkeit ins Auge.

Noch nie hatten die beiden so gut zusammengearbeitet. Verzog Agustín das treue, mürrische Gesicht auch nur um ein winziges, dann wußte Francisco, etwas stimmte nicht. »Was meinst du zu dem Mund der Königin?« fragte etwa Goya. Agustín kratzte sich nachdenklich den Schädel, und schon gab Francisco der María Luisa der »Familie« verpreßte Lippen statt der dicklächelnden der Porträtskizze. »Eigentlich sieht der Infant Antonio dem König verdammt ähnlich«, meinte Agustín, und schon ähnelte, um die krampfig majestätische Miene des Don Carlos zu unterstreichen, Francisco ihr die pedantisch würdige des unmittelbar hinter ihm stehenden Infantenbruders noch mehr an.

Goya arbeitete mit beharrlichstem Fleiße. Wie damals, als er nach dem Autodafé die fünf Bilder um die Inquisition gemalt hatte, arbeitete er auch jetzt tief in die Nacht hinein beim Schein von Kerzen, die er in listiger Anordnung, so daß sie ihm jedes gewünschte Licht gaben, auf dem Metallschild des niedrigen, zylinderförmigen Hutes befestigt hatte.

Er malte überaus gewissenhaft, doch mit souveräner Verachtung des Nebensächlichen. Man hatte ihn angewiesen, er solle das Gesicht der hohen Braut des Thronfolgers, deren Wahl noch nicht feststand, »anonym« halten: er ließ die prunkvoll geschmückte, unbekannte Infantin einfach den Kopf wegdrehen. Des Königs älteste Tochter gar, die abwesende Prinzessin-Regentin von Portugal, hatte er bis ganz zuletzt vergessen. Agustín erinnerte ihn. Francisco winkte ab: »Laß nur, die hab ich in zwei Minuten«, und er malte weiter an dem dicken, verdrossen würdigen Kopfe des Infanten Don Antonio Pascual. Man rief ihn zum Essen, er arbeitete weiter. Der Kopf war fertig, man rief ihn ein zweites Mal. »Setz du dich nur hin«, sagte er zu Agustín, »ich komme sofort, ich male nur noch rasch die Prinzessin-Regentin.« Und wirklich war die Suppe noch warm, als schon, gleichgültig und ausgeprägt-nichtssagend, das fertige Gesicht der Infantin zwischen dem Infanten Antonio und dem langen Erbprinzen Luis hervorlugte.

Auch sich selber in das Bild zu malen, brauchte er weniger als eine Stunde. Vergnügt und verschmitzt dann nickte der lebende Goya dem gemalten zu, der aus dem Dunkel herausschaute, ein bißchen schattenhaft, wie gewünscht, aber sehr kenntlich und gar nicht bescheiden.

Überhaupt war Goya gegen Agustíns Erwartung die ganze Zeit über von gleichmäßig guter Laune. König und Königin taten auch dieses Mal ihr Bestes, ihm die Arbeit zu erleichtern. Sie schickten ihm die Galakleider und einzelne Orden, die er benötigte, und Goya hängte wohl lachend Agustín Band und Kreuz des Goldenen Vlieses um den Hals, oder er steckte zur grimmigen Freude Agustíns einen dicken Lakaien in den Königsrock des Carlos und hieß ihn würdig dastehen gleich Carlos.

Es kam ein Tag, da setzte er die letzten Lichter auf. Und dann fragte er sich und den Freund: »Ist es fertig?«

Agustín schaute. Da waren die dreizehn Bourbonen. Da war die harte, grausame Wahrheit der kläglichen Gesichter und die zauberhafte, betäubende Farbenfülle ihres angeerbten Königtums. »Ja, es ist fertig«, sagte Agustín. »Gleicht es der ›Familie Philipps‹ des van Loo?« fragte Goya und grinste. »Nein«, sagte Agustín und grinste breiter. »Auch nicht den ›Hofdamen‹ des Velázquez«, sagte er, und sein scholleriges Lachen mischte sich in das helle, glückliche Goyas.

»Vielleicht sollte man es Don Miguel zeigen«, schlug Agustín vor; Señor Bermúdez war in Aranjuez bei Don Manuel, und Agustín freute sich auf das verblüffte Gesicht des großen Kenners.

Don Miguel kam, sah, und sein Urteil stand sogleich fest. Das Bild störte ihm das Innere, es stieß ihn ab, es war mit all seiner Kunst barbarisch. Trotzdem zögerte er zu sprechen. War er nicht auch seiner Sache sicher gewesen, als es um Lucía ging, und hatte nicht schließlich doch Francisco recht gehabt mit seinem zweideutigen Porträt? Vielleicht hatte auch mit diesem Bilde Francisco recht, nicht aus wirklichem Kunstwissen heraus, sondern aus der unheimlichen Tiefe seines Instinktes.

»Ein ungewöhnliches Bild«, sagte zuletzt Miguel. »Sehr anders, sehr eigenartig. Aber –« Er verstummte. Dann indes nahm er einen Anlauf. Es war ausgeschlossen, daß seine in der mühsamen Arbeit von Jahrzehnten erworbene Theorie sich dergestalt sollte täuschen können. Er schuldete es der ästhetischen Weisheit der großen Alten, die sich durch zwei Jahrtausende über den Humanismus fortgeerbt hatte auf ihn, Don Miguel Bermúdez, daß er jetzt den Mund auftat gegen diese Barbarei. »Ich bewundere deine Farbengebung, Francisco«, sagte er. »Sie ist gegen die Regel, aber ich räume ein, dieses Getümmel der Lichter, dieser gebändigte Tumult der Farben ist hohe Kunst. Aber warum setzest du deiner Schönheit so viel Abstoßendes auf? Warum zwingst du den Beschauer, so viel Häßliches und Widerwärtiges in Kauf zu nehmen? Ich bin der letzte, der neue Wirkungen nicht zu schätzen wüßte, auch wenn sie gewagt sind: aber das verstehe ich nicht. Ich verstehe noch anderes nicht auf diesem Bilde. Abweichungen von der Regel, schön und gut, ich nehme sie hin. Aber hier sehe ich nur mehr Abweichungen. Ich freue mich über jeden gesunden Realismus: aber deine Bourbonen sind nicht mehr Porträts, sie sind Karikaturen. Und warum die übersimple, primitive Komposition? Ich wüßte kein Werk, keines der alten Meister und kein zeitgenössisches, auf das du dich berufen könntest. Nimm mir's nicht übel, Francisco, ich bewundere dich, ich bin dein Freund, aber hier kann ich nicht mehr mit.« Und, mit Autorität, schloß er: »Dieses Bild ist mißlungen.«

Agustín bereute, daß man dem gelehrten Esel, der selbst durch den Schmerz um Lucía nicht gescheiter geworden war, das Bild gezeigt hatte. Erbittert stieß er den großen, hügeligen Kopf vor, schickte sich an zu antworten. Doch Goya winkte ihm ab. »Ich nehm dir's nicht übel, mein Alter«, sagte er leichthin zu Miguel.

Der indes setzte von neuem an. »Haben der König und die Königin das Bild gesehen?« fragte er besorgt. »Ich habe Skizzen von den einzelnen gemacht«, antwortete Goya, »die haben sie wohl zu Gesicht bekommen. Das Bild selber habe ich sie während der Arbeit nicht sehen lassen.« – »Entschuldige, Francisco«, sagte Don Miguel. »Ich weiß, Ratgeber sind selten willkommen, aber ich schulde dir Offenheit, und ich kann meinen Rat nicht zurückhalten. Zeige das Bild nicht so, wie es jetzt ist. Ich beschwöre dich.« Und ohne Furcht vor dem Grimm, den er auf Goyas Antlitz aufsteigen sah, fuhr er fort: »Kannst du nicht wenigstens deinen Carlos und deine María Luisa ein bißchen« – er suchte nach dem Wort – »freundlicher machen? Schließlich bist unter uns allen du derjenige, der sie am mildesten sieht.« – »Ich sehe sie nicht mild«, sagte Goya, »und ich sehe sie nicht hart: ich sehe sie, wie sie sind. So sind sie, und so bleiben sie. Für immer.«

Das Gemälde trocknete, es wurde gefirnißt. Señor Julio Dacher, der große französische Rahmenmacher, spannte es in seinen Rahmen. Ein Tag wurde vereinbart, an dem die königliche Familie das Werk besichtigen sollte.

Und dann war Goya ein letztes Mal im »Saal der Ariadne«, lief auf und ab vor seinem vollendeten Werk, wartete.

Die Türen öffneten sich, die Majestäten und Königlichen Hoheiten traten ein. Sie hatten einen Spaziergang in den Gärten gemacht, sie waren einfach gekleidet, mit nur ganz wenig Orden, und in ihrer Begleitung war, auch er sehr schlicht, der Príncipe de la Paz. Ziemlich viel Gefolge, darunter Miguel, kam mit ihnen. Don

Carlos, im Eintreten, kramte unter seinem Rock und seiner Weste zwei Uhren hervor, verglich sie und erklärte: »10 Uhr 22. 14. Juni, 10 Uhr 22. Sie haben das Bild rechtzeitig abgeliefert, Don Francisco.«

Da standen sie, die Bourbonen, nicht geordnet wie auf dem Bilde, sondern wahllos durcheinander, und sie schauten sich, die Bourbonen im Fleische, die gemalten an, ein jeder sich selber und ein jeder alle. Und hinter ihnen, in der Wirklichkeit und auf dem Bilde im Schatten, stand der Maler, der sie so geordnet und so gemalt hatte.

Es glitzerte und funkelte von der Leinwand, höchst königlich, und sie standen auf der Leinwand, lebensgroß, mehr als lebensgroß, lebenswahr, mehr als lebenswahr, unverkennbar für jeden, der sie einmal auch nur flüchtig gesehen hatte.

Sie schauten und schwiegen, etwas verwirrt; es war ein großes Bild, noch nie waren sie auf so viel Leinwand gemalt worden und noch nie der einzelne umgeben von so viel anderer Fürstlichkeit.

Don Carlos stand massig in der Mitte, auf dem Bilde und im Saal. Das Ganze gefiel ihm, er selber gefiel sich. Wie wunderbar ist sein kastanienbrauner Staatsrock gemalt, man sieht, daß er aus Samt ist, und wie genau der Griff des Degens und jeder Ordensstern und jedes Ordensband, und er selber wirkt bedeutend, er steht fest da, unerschütterlich, man erkennt, wieviel Kraft und Schmalz in seinen Knochen ist, trotz seiner Jahre und trotz seiner Gicht. Wie ein Fels, denkt er, Yo el Rey de las Españas y de Francia, denkt er. Ein sehr bedeutendes Bild. Schon schickt er sich an, Goya etwas Freundlich-Scherzhaftes zu sagen, aber er wartet doch lieber erst eine Äußerung seiner Doña María Luisa ab.

Sie, die alternde, häßliche, ungeschmückte María Luisa, steht zwischen ihrem Mann, ihrem Freund und ihren Kindern, und ihre schnellen, scharfen Augen mustern die alternde, häßliche, geschmückte María Luisa des Bildes. Vieles an dieser gemalten Frau mag vielen nicht gefallen: ihr gefällt es, sie sagt ja zu dieser Frau. Die Frau hat ein häßliches Gesicht, aber es ist einmalig, es zwingt einen hinzuschauen, es bleibt einem im Gedächtnis. Ja, so ist sie, María Luisa von Bourbon, Prinzessin von Parma, Königin aller spanischen Reiche, Königin beider Indien, Tochter eines Großherzogs, Gemahlin eines Königs, Mutter künftiger Könige und Königinnen, gewillt und fähig, dem Leben abzugewinnen, was sich ihm abgewinnen läßt, ohne Furcht und ohne Reue, bis man sie hinaustragen wird in den Escorial und hinunter in das Panteón de los Reyes. Wenn sie heute sterben müßte, dürfte sie sich sagen, sie habe aus ihrem Leben gemacht, was sie daraus machen wollte. Und um sie stehen ihre Kinder. Mit Wohlgefallen sieht sie auf den netten, kleinen Infanten, den die gemalte Königin an der Hand hält, und auf die hübsche, kleine Infantin, der sie den Arm um die Schulter legt. Sie hat die Kinder, die sie sich wünscht, lebendige, sehr lebensfähige Kinder, nicht nur von dem dicken, dummen Mann, den sie brauchte, damit ihr und den Kindern der zukommende Rang für immer gewährleistet sei, sondern auch von jenem, den sie mehr als jeden andern begehrt hat, und wenn nicht die ganze Welt zusammenstürzt, dann werden auch diese Kinder einmal auf Thronen Europas sitzen. Ja, es sind schöne, gesunde, gescheite Kinder, ihr Freund hat ihnen seine Wohlgestalt, sie ihnen den eigenen Verstand vererbt. Es ist ein gutes, wahres Bild, nicht süßlich, nicht geschmeichelt, sondern hart und stolz. Und es ist nur schade, daß nicht auch ihr Manuel mit auf dem Bild ist.

Das Schweigen dauerte lange. Goya begann unruhig zu werden. Grimmig schaute er hinüber zu Miguel. Sollte der Unheil herunterbeschworen haben mit seiner grämlichen, sauertöpfischen Voraussagung? Auch Josefa hat Bedenken gehabt. Sollten wirklich die Majestäten finden, er habe sie zu unfreundlich gemalt? Dabei hat er keinen unehrerbietigen Gedanken gedacht, er hat sogar immer etwas wie Achtung gehabt für diesen wohlwollenden König und Sympathie für diese lebenslustige Frau, die eine Königin ist und gleichzeitig eine Maja. Er hat die Wahrheit gemalt. So hat er's bisher immer gehalten, und sie hat allen gefallen, seine Wahrheit, den Majos und den Granden und sogar der Inquisition. Und er hat damit gerechnet, auf dieses Bild hin Erster Maler des Königs zu werden, und soll das auch dieses Mal wieder in die Binsen gehen? Warum machen sie nicht endlich den Mund auf, der Dummkopf und die Hure?

Aber da tat Doña María Luisa den Mund auf. »Das haben Sie gut gemacht, Don Francisco«, sagte sie. »Das ist ein treues, wahres Bild, geeignet, der Nachwelt zu zeigen, wie wir Bourbonen sind.« Und sogleich fiel lärmend Don Carlos ein: »Ein ausgezeichnetes Bild. Ein Familienbild, genau wie Wir es gewünscht haben. Wie groß ist es übrigens, wie hoch und wie breit?« Goya gab Auskunft: »2,80 Meter hoch und 3,36 Meter breit.« – »Ein in jeder Hinsicht großes Bild«, erklärte befriedigt Don Carlos, und schelmisch, als wäre Don Francisco einer seiner zwölf Ersten Granden, sagte er: »Cubríos, bedecken Sie sich, Goya.«

Alle jetzt gratulierten Francisco überschwenglich.

Don Miguel drückte ihm stark die Hand, das Gesicht ungewöhnlich bewegt. Er hatte angstvoll darauf gewartet, was der König äußern werde. Er freute sich herzlich, daß dem Freunde die bedenkliche Sache so gut hinausgegangen war, und fand sich überdies selber bestätigt: es war nicht verwunderlich, daß dem barbarischen König das barbarische Werk zusagte.

Der Príncipe de la Paz mittlerweile flüsterte dem König ins Ohr. Der erwiderte laut: »Eine leise Andeutung können wir ja machen.« Und schallend, mit breitem, scherzhaftem Lächeln, wandte er sich an Goya: »In ein paar Tagen, mein Lieber, werden Sie eine angenehme Überraschung erleben.« Manuel aber bekräftigte: »Ja, Francho, jetzt haben wir es geschafft.«

Seit dem Tode Bayeus hatte sich Francisco nach der Ernennung zum Ersten Maler gesehnt, sie war die große Bestätigung, sie machte ihn auch dem Titel nach zu dem, was er war. Vor zwei Minuten noch hatte er daran gezweifelt, daß es so kommen werde. Nun war die Erfüllung da. Nichts blieb ihm zu wünschen. Er spürte Können, Wachsen und Vollendung, sein Werk war geglückt, Agustín erkannte es, die Kenner erkannten es, und die dummen Mächtigen erkannten es. Und auch die Franzosen werden es erkennen, sogar die Deutschen. Und auch die Späteren. Idioma universal. Da hatte der junge Quintana das rechte Wort gefunden. Und heute hatte er den sichtbaren Erfolg und morgen die wunderbare Geliebte.

Er fuhr zurück nach Madrid. Bereitete seine Reise nach Andalusien vor.

Solange er an der »Familie des Carlos« gearbeitet hatte, war in ihm kaum ein Gedanke an Cayetana gewesen, jetzt brannte ihn Sehnsucht, stach ihn Ungeduld.

Er konnte nicht arbeiten; der Geruch der Farben, der bloße Anblick der Leinwand war ihm zuwider. Allein er wagte sich nicht fort von Madrid, ehe er das Dokument der Ernennung in Händen hielt. Er glaubte nicht daran, solange er's nicht verbrieft und besiegelt hatte. Es stand vieles zwischen einem Wort und seiner Erfüllung, und er fürchtete die Dämonen, die immer lauernden. Darum auch, um die Dämonen nicht herbeizuziehen, ließ er niemand wissen von dem Versprechen des Königs, nicht Agustín, nicht Josefa. Er verzehrte sich in Erwartung und wagte sich nicht fort.

Der Schatzmeister der Krone, Don Rodrigo Soler, besuchte ihn. »Was Ihre Honorierung anlangt, Don Francisco«, eröffnete er ihm, »so gehen wir wohl darin einig, daß es sich um 6 hohe Köpfe à 2000 Realen und um 5 hohe Köpfe à 1000 Realen handelt. Wie Sie sehen, habe ich den Kopf Seiner Hoheit des Erbprinzen-Säuglings mit in Rechnung gestellt. Andernteils werden Sie wohl einverstanden sein, daß die Köpfe 12 und 13, die Köpfe der abwesenden Hohen Infantinnen, nicht honoriert werden. Desgleichen kommt wohl auch Kopf 14, der Ihre, nicht in Betracht.« Goya fand die Rechnung nicht generös, aber auch nicht schäbig.

Wieder verging ein Tag, ein zweiter, ein dritter. Eine Ernennung trat in Kraft erst, nachdem sie alle beteiligten Ämter durchlaufen hatte, so daß lässige oder mißgünstige Beamte sie nach Belieben hinziehen konnten. Es war also nur natürlich, daß Goya zu warten hatte. Aber seine Ungeduld wurde krankhaft, sein Hörvermögen verschlechterte sich. Immer häufiger kam ihm der Gedanke, sogleich nach Andalusien zu reisen, zu Cayetana, was immer daraus erwachsen möge.

Da, am vierten Tage nach dem Besuch des Schatzmeisters, stellte sich, begleitet von Pepa, Don Manuel ein. Einer seiner Rotbestrumpften, eine große Aktenmappe tragend, hielt sich bescheiden im Hintergrund.

»Man hat mir von Ihrem Bild erzählt, Don Francisco«, plauderte Pepa, »und ich bin mit Erlaubnis Don Manuels, gewissermaßen hinter dem Rücken der Majestäten, nach Aranjuez gefahren und habe mir das Bild angeschaut. Das ist gegen meine Art, aber Sie wissen, wie sehr ich mich für Ihre Kunst interessiere. Es ist wirklich ein gutes Bild, man muß schon sagen: ein Gemälde. Nicht nur das größte, sondern auch das beste, was Sie hervorgebracht haben. Manchmal haben Sie sich's freilich ein bißchen leicht gemacht. Der Erbprinz von Parma zum Beispiel ist zweifellos zu lang. Aber im ganzen ist es ein ausgezeichnetes Bild. Und so bunt.«

Don Manuel sagte: »Ich komme in offizieller Funktion. Ich habe Ihnen eine angenehme Mitteilung zu machen.« Er winkte dem Rotbestrumpften, der überreichte ihm ein Schriftstück mit großem Amtssiegel. »Ich habe selber interveniert«, erklärte er, »sonst hätte es noch drei Wochen gedauert. So kann ich Ihnen das Dokument schon heute überreichen. Soll ich es Ihnen vorlesen?« fragte er gewichtig.

Goya wußte natürlich, worum es ging, und Don Manuel war berechtigt, Dank zu erwarten; trotzdem konnte er leisen Ärger über die großspurige Begönnerung kaum überwinden. »Es steht heute wieder nicht sehr gut um mein Gehör«, antwortete er. »Darf ich das Dokument selber lesen?« – »Wie Sie wollen«, sagte gekränkt der Minister.

Goya las: »Der König Unser Herr wünscht, Ihre hohen Verdienste zu belohnen und Ihnen einen Beweis Höchstseiner Gnade zu geben, der den andern Professoren der Akademie zur Aufmunterung dienen und ihnen zeigen möge, wie hoch Seine Majestät Meisterschaft in der edeln Kunst der Malerei schätzt. Aus diesem Grunde hat der König Unser Herr geruht, Sie zum Ersten Hofmaler zu ernennen, mit einem Jahresgehalt von 50000 Realen, fällig von heute an. Des weiteren ist das Schatzamt angewiesen, Ihnen 500 Dukaten jährlich zu bezahlen für die Spesen Ihres Wagens. Fernerhin wird das Schatzamt mit Ihnen verhandeln über einen angemessenen Zuschuß zu einer repräsentativen Wohnung. Möge Gott Sie uns noch lange Jahre erhalten. Der Erste Minister Don Manuel Príncipe de la Paz.«

Goya, jetzt ehrlich bewegt, sagte heiser: »Ich danke Ihnen, Don Manuel.« – »Nichts zu danken, mein Lieber«, sagte Don Manuel, seine leise Verstimmung war verweht vor der sichtbar tiefen Freude des Malers. Pepa aber schaute Goya mit ihren schönen, grünen, schamlosen Augen voll ins Gesicht und sagte: »Ich wollte die erste sein, dir zu gratulieren, Francho.«

Als Goya allein war, überlas er das Dokument nochmals und abermals. Vor allem der Zuschuß zur Wohnung freute ihn, und mehr noch die fünfhundert Dukaten für den Wagen. Immer hatte er sich Gewissensbisse gemacht wegen dieses Wagens; nun wurde ihm bestätigt, daß er ihn zu Recht angeschafft hatte. Er hatte manchmal den König für filzig gehalten, weil dieser das Gehalt des Ersten Malers so lange hatte einsparen wollen. Er hatte ihm unrecht getan. Don Carlos war generös und wußte die Kunst zu schätzen. Er wird nichts auf ihn kommen lassen, wenn in Zukunft die Freunde auf ihn schimpfen.

Als er Josefa die Ernennung mitteilte, atmete sie tief auf. Ihr in Gott entschlafener Bruder hatte wieder und wieder erklärt, der Maler müsse das Wahre mit dem Schönen verbinden. Francho hatte gegen diese Grundregel verstoßen, und bis zuletzt hatte sie gefürchtet, die Majestäten würden mit seiner Darstellung ihrer geheiligten Personen nicht einverstanden sein. Jetzt zum ersten Mal war sie überzeugt, daß ihr Francho seinen Aufstieg nicht ihrem Bruder und seiner Verbindung mit dem großen Namen Bayeu verdankte, sondern daß er ein Maler war aus eigenem Verdienst und zu eigenem Recht.

Seinem Freunde Martín Zapater schrieb Goya: »Ich habe Dir lange nicht geschrieben, aber ich war überlastet mit Arbeit. Mit guter Arbeit. Ich kann Dir auch heute nicht lange schreiben, ich muß schleunigst nach dem Süden, zu einer gewissen großen Dame, Du ahnst schon, zu wem. Ich bin auch zum Ersten Maler des Königs ernannt worden und werde Dich um Rat fragen müssen, wie ich neues Geld anlegen soll. Ich habe meinen Agustín beauftragt, Dir eine Abschrift meines Diploms zu schicken. Zeig es meiner Mutter und meinen Brüdern und überhaupt allen in Saragossa, vor allem auch unserm alten Fray Joaquín in Fuendetodos, der nie gewußt hat, ob er was von mir halten soll oder nicht. Jetzt bin ich im Begriff, in meinen Wagen zu steigen, den mir übrigens in Zukunft der König zahlt, 500 Dukaten per Jahr, gelobt sei die Jungfrau. Ich bin ganz erschöpft von der getanen Arbeit und von meinem Glück. Kauf ein paar dicke Kerzen für die Virgen del Pilar. Mein Herzensmartín! Der König und die Königin zerreißen sich um

Deinen Freund Francho.«

# Die Nachtwandler

Herr Pfaundler, so mondän und international er im allgemeinen »Die Puderdose« wünschte, legte an gewissen Tagen besonderes Gewicht auf gut bayrische Färbung. So wie man nur in München Bier herstellen konnte, es lag an der Beschaffenheit der Luft, des Wassers, so auch konnte man nur in München, es lag an der Beschaffenheit der Menschen, Feste feiern ohne Krampf und Ziererei, Stimmung herstellen, Gaudi. Solche richtige, anspruchslos derbe Münchner Atelierfeste veranstaltete Herr Pfaundler mehrere. Für die Kostümierung wurde jedesmal eine andere Parole ausgegeben, immer zwanglos, so daß keiner gebunden und jedem alles erlaubt war.

Die Idee dieser kleinen Bälle schlug ein. Die Fremden taten enthusiastisch mit. Für das Dekorative zog Herr Pfaundler den Maler Greiderer zu und den Künstler der Serie »Stierkampf«, die diese Aufgabe mit Beflissenheit und Geschmack lösten. Herr Pfaundler sparte nicht; diese Feste waren ihm Herzenssache. Eigens für sie holte er sich aus München kleine Maler, Kunsthandwerker, allerhand Viecher, junge Leute, die auf gute Art lustig sein konnten. Schaffte sie auf seine Kosten nach Garmisch, hielt sie frei.

Diesmal hieß die Parole: Die Nachtwandler. Eine geschickte Parole. Denn was nicht alles wandelte in der Nacht? Wer es sich leicht machen wollte, konnte einfach, einer beliebten Ballmode jener Jahre folgend, im Pyjama kommen.

Sakrament, was hatten die Herren Künstler aus der »Puderdose« herausgeholt. Wo war das achtzehnte Jahrhundert hingeraten, der vornehme Kachelbelag, der ganze mondäne Krampf? Heute gab es unter einem kunstvollen Sternenhimmel mit rot und grünen Lampions ein astrologisches Laboratorium, einen Hexentanzplatz, Grauen und Schauer erregend mit wilden Teufeln, sogenannten Gangerln, und saftigen Hexen von naiver Obszönität, ein Fegefeuer, aus flatternden gelb und roten Papierschlangen gruselig zurechtgemacht. Den Hades gab es mit dem Flusse Styx und einem kunstvoll schaukelnden Boot (Überfahrt für Einheimische zwanzig Mark, für Ausländer zehn Cent). Der Privatzirkel aber war in eine Mondlandschaft verwandelt, großartig öd, grotesk, romantisch, verziert mit kräftigen bayrischen Sprüchen. Wollte man sich aber von all dem Graus wohlfeil und behaglich erholen, dann brauchte man nur in das Bierstüberl zu gehen, das der Maler Greiderer mit besonderer Liebe ausgestattet hatte. Tücher mit den weißblauen Würfeln des bayrischen Wappens bildeten ein freundliches Zelt. Viel Grün war da, flatternde Wimpel, Fähnchen. Lustige Zeichnungen, zutraulich optimistische Inschriften stärkten die Herzen.

Eine Stunde nach dem angesetzten Beginn war die »Puderdose« bis in den letzten lauschigen Winkel gefüllt. Es war kein schlechtes Bild. Nicht fehlte jene ganz leise Dosis Verruchtheit, die Herr Pfaundler gerne für die Raffinierteren beimischte. Das schwarze, hochgeschlossene, langschleppige Kleid etwa, das den schmächtigen, demütigen Körper der Insarowa eng umschloß, konnte auch dem prüdesten Beobachter nicht anstößig erscheinen und wirkte trotzdem so, daß selbst die Mausaugen in dem wulstigen Schädel des Unternehmers, der seine Tänzerin und ihre Tricks doch allmählich kannte, sich geil und anerkennend entzündeten. Auch die Art, wie dieser von Dellmaier und sein Freund ihre Kostüme leicht anrüchiger Damen trugen, war gerade durch ihre freche Diskretion wirkungsvoll.

Doch solcher Kostüme gab es nur sehr wenige. Grundstimmung blieb das Derbe, Harmlos-Lustige, die bayrische Gaudi.

Trotzdem also erreicht war, was Herr Pfaundler wollte, war er auffallend nervös und grob. Gerade zu seinen Lieblingen. Da war etwa Herr Druckseis, Erfinder von Lärminstrumenten und Juxartikeln, der epochemachende Neuheiten auf seinem Gebiet lanciert hatte, beispielsweise eine Rolle Klosettpapier, die beim Abreißen der Blätter volkstümliche Melodien von sich gab, »Üb immer Treu und Redlichkeit« und »In einem kühlen Grunde«. Herr Pfaundler konnte sich nicht vorstellen, daß man bei einem ernsthaften, auf Qualität fundierten Fest ohne Herrn Druckseis auskommen könnte, und hatte ihn veranlaßt, anläßlich des Balles der Nachtwandler einige besonders sinnreiche, unerwartete Melodien produzierende Apparate zu kreieren. Dennoch ließ er den verdienstvollen Erfinder, als der eine harmlose, berechtigte Frage stellte, mit Wucht abfahren.

Herrn Pfaundler störte, daß, so viele Menschen von Rang und Namen auf seinem Feste waren, einer fehlte. Er war so weit gegangen, diesen einen durch ein persönliches Handschreiben einzuladen, trotzdem ihm das

Schreiben schwerfiel. Aber der Fünfte Evangelist war das letztemal nicht gekommen, er kam auch heute nicht. Das kratzte Herrn Pfaundler. Er ließ den verdutzten Erfinder Druckseis hart an. Schimpfte dann laut vor sich hin, daß der lätschige Herr Hessreiter noch nicht da war und die dicke Frau von Radolny. Diese Bagage, die ihr Leben lang faul auf dem Hintern hocken kann, ist immer am unpünktlichsten.

Als die beiden reichlich verspätet erschienen, stellte sich heraus, daß es für ihre Verzögerung triftige Gründe gab. Sie hatten nämlich gehofft, diesmal den Kronprinzen Maximilian mitbringen zu können. Aber der hatte im letzten Augenblick unvermutet abreisen müssen. »Die politische Lage«, erklärte Herr Hessreiter umständlich, verschwommen, dunkel. Soviel Herr Pfaundler erkannte, hatten die Führer der Linksparteien in geheimer Sitzung beschlossen, einen Volksentscheid herbeizuführen über die Vermögensenteignung der früher regierenden Fürsten, und der Prinz, nach langen Telefongesprächen mit dem Grafen Rothenkamp und mit dem Ökonomen Bichler, war noch am späten Abend nach München gefahren.

Herr Pfaundler hatte Herrn Hessreiter und seine Freundin an ihren Tisch geführt. Er beschaute Frau von Radolny. Bezog sie nicht eine Rente, die unter die zu enteignenden Werte fiel? War sie nicht unmittelbar betroffen von dem Beschluß der Linksparteien? Anmerken ließ sie sich nichts. Sie saß da, gelassen, fürstlich, umgeben von Respekt, das kupferne Haar prangend über dem großen Gesicht, mit vollen, nackten Armen, prachtvoll anzuschauen, in einem schwarzen Kleid, barbarisch mit Edelsteinen und riesigem Schmuck bestickt. Sie stellte heute eine fernöstliche Göttin der Nacht dar. Sie nahm

Anteil am Gespräch, erwiderte ruhevoll freundlich die vielen Grüße aus dem lärmenden, fröhlichen Saal.

Innerlich war sie voll Panik. Das Enteignungsgesetz. Sie hatte die Revolution mit Ruhe überdauert, voll heimlichen Spottes über die einfältigen Aufrührer, die sich mit der Änderung der aufgeklebten Etikette begnügten, ohne, Rindviecher, die sie waren, die wirkliche Macht, den Besitz, anzutasten. Jetzt auf einmal nach so langer Zeit kamen sie darauf. War das möglich? Durfte das sein? Das Eigentum ernstlich umstürzen wollen, die Heiligkeit des Besitzes. In Deutschland. In Bayern! Daß man den Gedanken nur erwog, war schon ausgeschämt, jenseits aller Vorstellungen. Mächtig im Fleische thronte sie, erwiderte respektvolle Grüße, machte gelassene Scherze, aber im Herzen war sie ausgehöhlt, hilflos. Hatte nicht schon einer was gemerkt? Begann man nicht aufzumucken? Sie kannte die Welt. Den Erfolglosen verließen alle, sie fand das natürlich.

Sie beschaute Herrn Hessreiter, der an ihrer Seite saß. Er war ganz in Schwarz, trug schwarzatlassene Kniehosen, lange schwarze Strümpfe, eine schwarz Weste, hoch um den Hals schließend, eine mächtige Perle darin. Er erklärte sich für *Die Nacht* schlechtweg, bemühte sich, eine Gestalt zu sein des vor hundert Jahren verstorbenen deutschen Erzählers E. T. A. Hoffmann, den er sehr schätzte. Sah aus wie ein etwas beleibtes, distinguiertes Gespenst. Er konnte seine Nervosität nicht verstecken. Sie kannte ihn, sie wußte, daß daran nicht die schamlose politische Aktion dieser Trottel schuld war. Er suchte jemanden, den er bisher nicht erspäht hatte. Sie war sonst eine ruhige Dame und gönnte ihm seine Freuden: heute ärgerte sie sich. Es war gemein von ihm, wegen des Enteignungsgesetzes nicht, wohl aber Johanna Krains wegen nervös zu werden. Sie saß da, gelassen, in dem Prunk ihres idolhaften Kostüms. Bedachtsam, während man rings zuschaute, nestelte sie ein störendes Schmuckstück aus dem kupferfarbenen Haar, wandte ihr schönes Gesicht mit dem starken Mund und der fleischigen Nase dem Dr. Pfisterer zu. Der hatte primitiverweise einen Venezianermantel über einen etwas altmodischen Frack gezogen und suchte mit rührender Bemühung seine an Lodenjoppe und krachlederne Hosen gewöhnten Glieder dieser zeremoniellen Tracht anzupassen. »Haben Sie eigentlich Frau Johanna Krain gesehen?« fragte sie ihn. »Wissen Sie, ob sie heut abend kommt?« Alle waren verblüfft. Frau von Radolny und Johanna waren befreundet. Wenn irgend jemand über die heutigen Absichten Johannas unterrichtet war, dann Frau von Radolny. Herr Hessreiter wußte zudem, daß sie mit Johanna über ihr Kostüm gesprochen hatte. Was also sollte die bösartige Frage?

Pfisterer schwieg zunächst verwundert, schaute Frau von Radolny beflissen und verständnislos an. »Sie sind doch dick befreundet mit Frau Krüger, nicht?« fuhr Frau von Radolny mit ihrer sonoren Stimme fort, unbeirrt. »Sind Sie *nicht* mit ihr befreundet?« sagte schließlich Pfisterer, etwas dumm. »Ich denke, wir sind es alle«, sagte er, sich aggressiv rings umschauend. Katharina, immer mit dem gleichen, ruhigen Lächeln, meinte, sie habe jetzt wieder in einer amerikanischen Zeitung einen heftigen Angriff gelesen auf Johanna, die sich in Winterkurorten amüsiere, während ihr Mann im Zuchthaus sitze. Sie meine nur, fügte sie friedvoll hinzu, es sei denkbar, daß solche Urteile Johanna verhinderten, heute zu kommen.

Herr Hessreiter saß da in zunehmendem Unbehagen. Was wollte Katharina? Der Dialog mit dem ahnungslosen Pfisterer konnte nur den Zweck haben, ihm und den andern zu zeigen, daß sie von Johanna abrücke. Wahrscheinlich hing es mit dieser saumäßig blöden *politischen* Lage zusammen. Wenn Katharina Gründe hatte, ihre Aktion für Johanna jetzt nicht weiterzuführen, warum betonte sie das in einer so launisch taktlosen Form? Das war sonst nicht ihre Art. Geschah es, um ihn zu verärgern? Er trank stark. »Sie haben vergessen, Katharina«, sagte er dann, ohne sie anzuschauen, etwas gravitätisch, »daß Frau Krüger Ihnen ausdrücklich gesagt hat, daß sie kommen wird. Ich will nachschauen, ob sie da ist«, sagte er, die Stimme belegt, die schleierigen Augen auf Katharina. Stand auf, ein wenig mühsam, ging.

Nein, in dem großen Hauptsaal mit dem Sternenhimmel und den vielen rot und grünen Monden war Johanna offenbar nicht. Herr Hessreiter spähte in die zahlreichen Logen und *lauschigen Winkel*. Wand sich langsam durch die Tanzenden, in seinem schwarzen Kostüm der *Nacht*, mit seinem Elfenbeinstock, in etwas schwerfälliger Eleganz, ein beleibtes, distinguiertes Gespenst, beschäftigt, verdrießlich. Zum erstenmal seit ihrem vieljährigen Zusammenleben ernstlich verstimmt gegen Katharina. Er hatte solche Züge langsamer, bewußt zielender Bosheit niemals an ihr wahrgenommen. Er sehnte sich nach Johanna, er hatte das Gefühl, er müsse etwas an ihr gutmachen.

Unachtsam erwiderte er viele Grüße, Scherzworte, die seinem Kostüm galten. Tauschte abwesend, mit gewohnter, konventioneller Herzlichkeit, Händedrücke. Immer suchend. Er suchte auf dem *Hexentanzboden*, im

*Fegefeuer*. Im *Hades* schlug ihn einer auf die Schulter, ein etwas bäuerlicher Herr, halbnackt, mit Blumen geschmückt, einen phantastischen Kranz auf dem Bauernschädel, einen Fotzhobel an den Lippen, einen Besenstiel mit einem Pinienzapfen in der Hand, umgeben von einigen sehr nackten billigen Mädchen. »Servus«, sagte der Herr. Es war der Maler Greiderer. Er behauptete, Orpheus zu sein, Orpheus in der Unterwelt; die Vorstadtmädchen um ihn herum, die *Haserln*, hatten sich für diesen Abend in Nymphen verwandelt. Der Maler Greiderer äußerte, er fühle sich ungeheuer wohl. Er blies ein paar Takte auf dem Fotzhobel, klopfte, um das Dionysische zu unterstreichen, mit dem als Thyrsus bezeichneten Besenstiel seinen Haserln den Hintern.

Dem Maler Greiderer kam das Arrangement dieses Festes und sein Trubel sehr zupaß. Er suchte Anlaß, sich zu betäuben. Er hatte Sorgen. Er konnte das große Leben, das Renaissanceleben, das einem Künstler gemäß war, nur schwer aufrechthalten. Schon erfolgte die Gagenzahlung an die Gesellschafterin und den Chauffeur seiner betagten Mutter nicht regelmäßig. Seine frühere Produktion hatte er verkauft; es waren nur mehr Reste da, Nebenarbeiten, nicht recht geglückte, beiläufige. Die Konjunktur ließ nach. Neues fiel dem Greiderer wenig ein. Das rauschende Leben bekam ihm nicht. Er schaute zuweilen recht müde aus seinem faltigen, listigen Bauerngesicht. Er war Fatalist. Es ist schlecht gegangen, es ist gut gegangen. Wenn es jetzt wieder schlecht gehen wird, wird es später wieder besser gehen. An einen inneren Zusammenhang zwischen der Qualität seiner Bilder und ihrem Erfolg glaubte er nicht. Jedenfalls, vorläufig ging es noch. Warum es nicht ausnützen?

Der Professor von Osternacher gesellte sich zu ihm, stattlich und dekorativ im schwarzen Kostüm eines spanischen Granden. Das Schicksal des von dem Manne Krüger, der ihn als Dekorateur bezeichnet hatte, hochgepriesenen Greiderer war ihm eine innere Bestätigung. Sie setzten sich zusammen, der halbnackte bayrische Orpheus mit seinen lymphatischen Vorstadtmädchen und der repräsentative, schwarzsamtene bayrische Grande. Der Grande nahm eines der Haserln auf den Schoß, flößte ihm Sekt ein, erkundigte sich nach den Plänen des Kollegen. Der jammerte über die Konjunktur. Hühnerhöfe und Crucifixi gingen am besten. Er aber wolle einmal etwas ganz anderes machen. Er denke daran, zum Beispiel eine Gestalt des bayrischen Bauerntheaters zu malen, so was wie einen *Oberfernbacher Apostel*, was Bäurisches und Pathetisch-Biblisches zugleich. Das sei Hühnerhof und Crucifixus in einem. Ob der Herr Kollege nicht glaube, das müsse ihm liegen? Der Professor Balthasar von Osternacher ließ langsam das Haserl vom Schoß gleiten, schwieg. Das allerdings, meditierte er, könnte dem Maler Greiderer glücken, das könnte ihm, wie er ihn kannte, neuen Auftrieb geben. Herr von Osternacher schluckte, drückte herum, trank, überlegte. »Ja, das Theater«, sagte er träumerisch. »Wir Bayern haben immer unsere Vorliebe für Komödie gehabt.« Er dachte an die Möglichkeiten, die ein großer Realist hätte, der wirklich einen Bauernspieler malte, seinen ungelenken Aufschwung, seine arme und beflissene Vorstellung vom Erhabenen. Sorgfältig wischte er sich den Samtmantel des Granden, den der betrunkene Kollege besabbert hatte.

Herr Hessreiter unterdes suchte weiter durch das Getriebe der kostümierten und unkostümierten Abenteurer, reichen Damen, großen und kleinen Huren, durch rotbefrackte, unter bäurischen Teufelsfratzen schwitzende Musiker, Kellner, durch die Eintänzer, die heute ihren ganz großen Tag hatten, durch die Instrumente des Erfinders Druckseis, durch leisen Flirt, lärmende bayrische Gemütlichkeit, norddeutsches Geschnauze, durch Papierschlangen, Schrammelmusik, tausenderlei Flitter, durch kleine, gekitzelte Frauenschreie, durch hysterisches und derb saftiges Amüsement, durch die ganze phantastisch zurechtgemachte »Puderdose«.

Wie er endlich Johanna fand, spürte er einen Stich. Sie saß in dem kleinen Spielsaal, in dem er sie damals an seiner Bank hatte teilnehmen lassen und der heute die groteske Ödnis der *Mondlandschaft* darstellte. Dort, in einer Ecke, in einem besonders lauschigen Winkel, unter der Inschrift: »Auf Erden geht's jetzt sakrisch zu, / Auf dem Mond ist königlich bayrische Ruh.« Dort also saß Johanna, und zwar mit zwei Burschen, deren einen Herr Hessreiter kannte. Denn dieser eine war der Geschworene von Dellmaier, der windige von Dellmaier, der Versicherungsagent, Unternehmer auch von zahllosen sonstigen kleinen, düsteren Geschäften. Der andere war ihm ähnlich, nur vielleicht acht Jahre jünger, sehr jung, mit dem gleichen, herausfordernden, mokanten Gehabe, den gleichen, wässerigen Augen. Das heißt, die Augen waren eigentlich anders. Sie sammelten sich plötzlich, konzentrierten sich, packten zu. Wo nur hatte Herr Hessreiter die Augen schon gesehen?

Wie konnte sich Johanna mit diesen Burschen zusammensetzen? Wie konnte sie mit ihnen lachen, schwatzen, eingehen auf ihr Gemecker, auf dieses gemacht Weltmännische? Ein Mädchen wie sie. Herr

Hessreiter betrachtete gierig, schwärmend wie ein Gymnasiast, ihr breites, offenes Gesicht, auf dem jede Regung kam und ging. Ein Mensch war sie, der kräftig und fanatisch zu seiner Sache stand, ohne Krampf. Eine Münchnerin, eine Landsmännin, auf die man stolz sein durfte. Beharrlich, von innerem Anstand, mit unverstelltem Zorn, der keine billige Regung war, sondern vorhielt. Die dichten Augenbrauen, feinhaarig, so daß sie klar in der breiten Stirn standen. Die festen, großporigen Kinderhände. Die langen, entschiedenen, grauen Augen. Sie hatte nicht erst umständliche Versuche gemacht, sich auffällig zu kostümieren. Ihr ebener Bau, strotzend, doch ohne Fett, ihre warme Haut kamen augenscheinlich aus dem ungezierten, schwarzen Kleid. Herr Hessreiter spürte heftiges Verlangen, ihre Hand zu drücken, seine schleierigen Augen von ihren hellen treffen zu lassen. Aber der Unmut über ihre Gesellschafter hinderte ihn. Er beschloß, an ihrem Tisch vorbeizugehen. Zeigte sie sich erfreut bei seinem Anblick, dann wollte er sich heransetzen.

Sie begnügte sich, ihm lässig-freundlich zuzunicken. Beleidigt ging er vorbei.

Ja, Johanna Krain war froh an der Unterhaltung ihrer windigen Gesellschafter. Das waren lustige, unbeschwerte Jungen, ihr Gespräch fuhr munter hierhin, dorthin, immer an der Oberfläche. Unter andern Umständen hätte sie sich wahrscheinlich nicht amüsiert an den frechen Bardamenkostümen der beiden zweideutigen Gesellen. Aber heute war sie froh an jeder leichten, unernsten Ablenkung. Es war gut, allein zu stehen; aber manchmal, zum Beispiel wenn so ein Haufen dreckigen Zeitungsgewäsches über einem zusammenschlug, wäre es doch angenehm gewesen, jemanden zu haben, mit dem man reden konnte. Ohne viel scharfe, richtige, unbequeme Worte. Es war *Ball der Nachtwandler*: sollte sie Skrupel haben, mit wem sie zusammensaß? Sie trank. Sie hörte auf die süffisanten Reden der beiden, die sich gegenseitig umfaßt hielten, die Jungensgesichter leicht geschminkt, obszön. Aus ihren Reden war ihr Schicksal und ihre Art mühelos zu konstruieren; sie waren im Schützengraben Freunde geworden, der ältere von Dellmaier und der milchgesichtige Erich Bornhaak. Die *Unzertrennlichen* hießen sie, auch *Kastor* und *Pollux*. Sie hatten den Schwindel durchschaut. Hatten Heldentaten verrichtet, aus Langeweile. Hatten verlernt, an irgend etwas zu glauben. Bismarck, Gott, Schwarzweißrot, Lenin, völkische Belange, Wandervogelbewegung, Expressionismus, Klassenkampf: es war alles derselbe Schwindel. Fressen, saufen, huren, ein bißchen Nachtlokale, ein bißchen Film, sehr schnell Autofahren, ein gutgeschnittener Smoking, würdige Männer verulken, ein neuer Tanz, ein neuer Song, ihre Freundschaft: das war Leben. Was man sonst sagte, Leitartikel. Sie sahen sich trotz des Unterschieds von acht Jahren sehr ähnlich, lang aufgeschossen, blaß, wässerig, ohne rechte Kontur, spitz zulaufende Gesichter. Georg von Dellmaier hatte sein hohes, pfeifendes Lachen, Erich Bornhaak die plötzlich zupackenden Augen. Sonst unterschieden sie sich wenig. Sie erzählten in schneller Folge kleine, schamlose Anekdoten. Sie selber, ihr ganzer Kreis, die Stadt München, das Reich, der Krieg, die Welt verwandelte sich in ihren Erzählungen in einen Ameisenbetrieb von Leerheit, dünner Geilheit, vollkommen unsinniger Geschäftigkeit. Sie verrieten einander dreimal in jeder Minute und waren bereit, sich einer für den andern in Stücke hacken zu lassen. Sie hielten sich grotesk umschlungen in ihren Barmädchenkleidern. Es war unvorstellbar, daß sie ein Leben führen sollten ohneeinander. Sie erzählten geschäftig, einer nahm dem andern das Wort aus dem Mund. Johanna saß dabei, groß, schön, nur leicht ablehnend, amüsiert.

Auf einmal sprachen die Burschen von dem Prozeß Krüger. Mit einer gewissen kalten, niederträchtig wohlwollenden Vertraulichkeit. Johanna spürte einen Stoß. Es war gemein, ihre Sache im gemeinen Munde dieses Gesindels zerkaut und zerspuckt zu hören; aber sie blieb sitzen. Sie sah mit ihren kühnen, gläubigen Augen der kahlen, lässigen Verderbtheit dieser Jugend ins Gesicht. Daß Menschen so jung sein konnten und so glaubenslos. Auf diesem dünnen, zähen Zynismus wuchs nichts, hier konnte nichts angebaut werden, kein Gefühl, keine Idee. Nachdem Herr Dr. Geyer ihre Sache geführt habe, sagte Erich Bornhaak, die gefärbten, manikürten Nägel seiner dünnhäutigen Hand anstarrend, sei es von vornherein sicher gewesen, daß nichts dabei herauskommen konnte. »Wissen Sie«, sagte er plötzlich, mit scharfen Augen Johanna anpackend, »daß Dr. Geyer auf dem Papier mein Vater ist?« Johanna schaute so verblüfft in die Augen des Jungen, daß Herr von Dellmaier hemmungslos in sein plattes, pfeifendes Lachen ausbrach. Auf alle Fälle, fuhr die dünne, spöttische Stimme Erichs fort, habe Dr. Geyer einiges Geld für seine Erziehung bezahlt. Er selber übrigens glaube nicht an diese Vaterschaft, er habe bestimmte Gründe, durchaus nicht an diese Vaterschaft zu glauben.

Nun aber war es genug. Sie hatte Bedürfnis nach frischer Luft jetzt. Sie wollte sich durch nichts stören lassen mehr, sie wollte fort aus dieser albernen *Mondlandschaft*, sie wollte jetzt mit Jacques Tüverlin sprechen.

Der war Herrn Pfaundler in die Hände gefallen. Herr Pfaundler, in der tatkräftigen Stimmung des großen Festorganisators, arbeitete daran, seine Idee der Revue bei Tüverlin durchzusetzen und das Radikale, Politische auszumerzen. Ein naiv prunkvoller Passionsfilm mit schlauer Spekulation auf Amerika wäre auch keine schlechte Sache gewesen; aber er hatte sich jetzt eine Münchner Revue in den Kopf gesetzt. Er hatte eine deutliche Vision. Das mit dem »Kasperl im Klassenkampf« war natürlich ein Schmarren. »Höher geht's nimmer« hingegen, da war Behagliches, Münchnerisches, da rauschte die grüne Isar, da schmeckte man Bier und Weißwurst. Auf diese Basis konnte man eine veredelte Revue stellen. Auch konnte man, wandte man das Motiv »Höher geht's nimmer« auf die Frauenkostüme an, einen rechten Nebensinn behaglicher Fleischlichkeit hineinbringen. »Bauen, Brauen, Sauen«, der alte Wahrspruch Münchens sollte der Revue ihren Geschmack geben. Herr Pfaundler redete also in väterlichem Ton auf den Schriftsteller Tüverlin ein. Der liebte es nicht, sich zu kostümieren. Vielmehr saß sein zerknittertes, blinzelndes, listiges Gesicht über einem korrekten Smoking und einem korrekten, steifen Halskragen. Herr Pfaundler hingegen sah etwas seltsam aus. Um die fette Brust hatte er die Kette des Festordners geschlungen. Eine Papierkrone trug er auf dem wulstigen, pfiffigen Schädel. Die kleinen, tiefliegenden Mausaugen glitzerten; denn er hatte getrunken, helles, leuchtendes Märzenbier heute, während er sonst Wein bevorzugte. Die Insarowa, demütig und lasterhaft in der schmalen Pracht ihres engen, fließenden, hochgeschlossenen Kleides, saß wunderlich verrenkt, wie frierend, neben ihm.

Pfaundler tätschelte Tüverlin die Schulter. Redete ihm gut zu wie einem kranken Kind. Er solle doch auf seine politischen Faxen verzichten und eine anständige Revue schreiben. Wenn einer, habe er das Zeug dazu. Er, Pfaundler, schmecke das, er habe den Riecher. Der Künstler müsse über den Zinnen der Partei stehen, das sei doch ein alter Schnee. »Machen Sie keine Geschichten«, ermunterte er. »Stellen Sie sich über die Zinnen der Partei. Auf geht's.« Die Insarowa schaute aus schiefen Augen in das nackte, zerknitterte Gesicht Tüverlins, rückte unmerklich ab von Herrn Pfaundler. Tüverlin erwiderte, er sei politisch nicht sehr interessiert; er wolle nichts als die ungeheure Chance ausnützen, einen Schauspieler vom Format des Komikers Balthasar Hierl in die rechte, ergiebige, heutige Situation setzen, eben in die Situation des Klassenkampfs. Hier sehe er eine Quelle großen, legitimen Gelächters. Herr Pfaundler blieb skeptisch. Der Komiker Balthasar Hierl sei als Zugabe ausgezeichnet. Aber man müsse nicht nur Senf geben, sondern auch Wurst. Das Hauptstück einer Revue, auch einer veredelten Münchner Revue, der eherne Fels seien die nackten Mädchen.

In Pfaundlers Ästhetik hinein forderte die Musik auf zur Française. Tüverlin brach die Debatte ab, trat mit der Insarowa zum Tanz an.

Es war aber die Française ein Gruppentanz, im übrigen Deutschland außer Mode. In Bayern hatte sie sich erhalten, hatte sich dort den Bräuchen der Bevölkerung angepaßt, galt als Hauptstück aller Münchner Bälle. Man stand sich in langen Ketten gegenüber, marschierte sich entgegen, sich bei den Händen fassend. Man verneigte sich, umschlang sich, drehte sich eng umschlungen wild um sich selber. Man hob die Frauen auf verschränkten Armen hoch, ungehemmt hinausschreiend. Drehte sich mit der Tänzerin gegenüber, der Tänzerin nebenan, wirbelnd, die Kommandos des komplizierten Tanzes brüllend. Man schwitzte, jauchzte, mit leuchtenden Augen. Man kreiste in rasendem Wirbel, Frauenschenkel auf den verschränkten Armen, Frauenarme um den Nacken. Man küßte, knutschte, schüttete Sekt hinunter, überspült von der Musik eines riesigen Orchesters.

Von den Bayern fehlte keiner bei diesem Tanz. Herr Pfaundler selber schloß sich nicht aus; seine Papierkrone saß nicht ganz gerade, die Kette wackelte auf seiner fetten Brust. Aber die Mausaugen schauten klar und schnell rechnend aus dem wulstigen Schädel, streiften hinüber zu Tüverlin und der Insarowa, die etwas verloren in diesem fremdartigen Tanze stand. Elegant und kräftig drehte und wirbelte der Maler Balthasar von Osternacher seine Tänzerin herum, die Tennisspielerin Fancy De Lucca. Viele Augen schauten dem berühmten Paar zu. Die Tennismeisterin sah in den Armen des schwarzsamtenen Granden doppelt fein, kühn und verderbt aus. Sie stellte eine Orchidee dar, eine nur in der Nacht blühende, wie sie versicherte, was aber allgemein bestritten wurde, und stolz, lustig, schamlos, manchmal kleine Schreie der Angst oder der Lust ausstoßend, reckte sich über dem tiefroten Kleid ihr geiernäsiger Kopf. Herr Hessreiter tanzte die Française mit Frau von Radolny, beide ziemlich schweigsam, etwas gravitätisch, abwesend und routiniert. Auch viele Fremde beteiligten sich an dem Tanz, darauf bedacht, die komplizierten Figuren richtig auszuführen, die Frauen hochschwingend, unbeholfen, aber mit Liebe. Grotesk, mit blasiertem Lächeln, standen in ihren Bardamenkostümen die Herren Erich Bornhaak und von Dellmaier. Es tanzte auch der Landesgerichtsdirektor Dr. Hartl, der ehrgeizige Richter, bekannt aus dem Prozeß Krüger. Er war vermögend, er pflegte das Wochenende in seiner Villa in Garmisch zu verbringen. In diesen Zeiten der Inflation, in denen es den festbesoldeten Beamten nicht gut ging, lud er sich Kollegen ein. Heute hatte er seine drei Gäste zum *Ball der Nachtwandler* mitgeschleppt. Alle die vier hohen Richter tanzten die Française mit; denn es war ein würdiger Tanz, erprobt aus den guten Zeiten der Monarchie. Der Dr. Prantl, vom Obersten Landesgericht, bemerkte bei jeder Reverenz, die er zu machen hatte: »Tages Arbeit, abends Gäste«, worauf sein Gegenüber erwiderte: »Saure Wochen, frohe Feste.« Der Landesgerichtsdirektor Dr. Hartl erzählte seiner Dame während des Tanzes, in diesen Zeiten der Auflösung müsse man bei aller Konzilianz streng sein. Sie vier hätten im Lauf der letzten Jahre zweitausenddreihundertachtundfünfzig Jahre Zuchthaus verhängt.

Fortissimo die Musik. Geschrei. Jauchzen der *Nachtwandler*. Verschütteter Wein. Kellner, die an verlassenen Tischen den Sekt in die Eiskübel leeren, um die Zeche zu erhöhen. Hitze, welkende Blumen. Geruch von Speisen, schwitzenden Männern, heißem Frauenfleisch, verlaufender Schminke. Wild arbeitende Musiker. Der Erfinder Druckseis, an allen Ecken und Enden seine Instrumente in Tätigkeit setzend. An einem Tisch, allein, ein Haserl auf dem Schoß, sich besaufend, vor sich hin schwatzend, grinsend, mit dem Fuß taktierend, der weinlaubgeschmückte Orpheus Greiderer.

Unvermittelt sah sich Tüverlin vor Johanna. Sie tanzte

ihm schräg gegenüber, mit Pfisterer. Er versteckte nicht seine erfreute Überraschung. Seit jener Unterredung in der Konditorei »Alpenrose« hatte er kaum mehr Gelegenheit gehabt, Johanna zu sehen. Er hatte damals nicht recht begriffen, warum eigentlich sie gekränkt war. Er hatte wenig Interesse gezeigt für ihre dumme Audienz beim Kronprinzen, die sie so ungeheuerlich aufbauschte. Nun schön, er war mitten aus einem interessanten Gespräch gekommen, hatte mit ihr weiterreden wollen. War das ein zulänglicher Grund, einzuschnappen? Er hatte versucht, ihr mit Argumenten der Vernunft beizukommen. Allein Johanna, sonst bemüht um Gerechtigkeit, hatte sich geweigert, auf ein halbwegs sinnvolles Gespräch einzugehen. »Dann nicht«, hatte er sich gesagt, achselzuckend. Ihn beschäftigte die Auseinandersetzung mit dem Ingenieur Pröckl, seine literarischen Pläne, die Revue für Pfaundler, dazu die Ordnung seiner Finanzangelegenheiten; die Manipulationen seines Bruders drohten ihn um sein ganzes Erbteil zu bringen. Sein Leben war ausgefüllt.

Jetzt, wie ihm Johanna in der Française gegenüberstand, wie er sie den Vorschriften des Tanzes gemäß umfaßte, ihren Körper spürte, spürte er, wie sehr sie ihm gefehlt hatte. Er wird jetzt die alberne Geschichte bereinigen, die frühere Lage wiederherstellen. Ist er etwa ein *Kavalier*? Soll man ihm Sinn für Würde und Repräsentation vorwerfen? Nein, er scheut es durchaus nicht, daß sie ihn noch einmal mit ihrem großkopfigsten Gesicht, die drei Furchen über der Nase, abfahren läßt. Er vernachlässigte seine russische Partnerin, dehnte alle Drehungen, die ihm der Tanz mit Johanna erlaubte, über Gebühr aus.

Die Française ging weiter. Man war an jenem letzten Teil, wo man sich, während die Musik leiser wird, in langer Kette unter den Armen einhakte, um beim Forte in kräftigem Marschschritt aufeinander loszugehen. Die Musik tobte. Der schwarzsamtene Grande Osternacher war nicht mehr alt. Er hob während dieses ganzen Teils seine Tänzerin, die tiefrote Orchidee Fanny De Lucca, hoch in die Luft, drehte die Strampelnde, Lachende, Schreiende, Atemlose um seinen Kopf, besessen, mit angeschwollenen Adern. Ein langes, nicht abreißendes, jauchzendes Schreien war im Saal. Johanna wehrte sich nicht mehr gegen Tüverlin. Sie spürte beglückt jenes Gefühl des Wartens sich lösen, das immer in ihr war bei der Vorstellung des Mannes Tüverlin. Den ganzen Abend hatte sie, eigentlich seit jener Unterredung mit dem Prinzen Maximilian ununterbrochen, auf ihn gewartet. Sie ließ es zu, daß er sich nach beendetem Tanz einfach von der Insarowa abkehrte, sich mit ihr in einen der vielen *lauschigen Winkel* zurückzog.

Sie saß da, erregt von Tanz, Hitze, Fest, Männern und insbesondere dem Manne vor ihr. Kein leisester Gedanke war in ihr an den Mann Krüger, nicht an den vergnügt ulkenden von vor vier Jahren und nicht an den graugesichtigen hinter dem Gitter. Sie sah den altklugen, zerknitterten Kopf Jacques Tüverlins mit dem vorspringenden Oberkiefer, seine kräftigen, rötlich behaarten, sommersprossigen Hände, wie er, elegant, schlenkerig, locker und doch beflissen in seinem Smoking dasaß, sie sehr begehrend. Sein nacktes, clownhaftes Jungensgesicht bemühte sich, treuherzig zu sein und nur wenig spöttisch. Sie war ihm sehr nahe, wußte: nun wird sie gleich zu ihm reden können.

Da gingen die beiden Windigen vorbei, leicht grinsend.

Und plötzlich, unvermittelt, waren alle die alten Gedanken, vor einer Sekunde noch Ewigkeiten fort von ihr, wieder da: das Zeitungsgewäsch, der aussichtslose, endlose Kampf um Martin Krüger, jetzt ihren Mann. Fast körperlich war das da, saß mit am Tisch. So plötzlich riß die Verbindung mit Tüverlin, daß der, sonst kein scharfer Beobachter solcher Regungen, zusammenzuckte, aufsah.

Während sie am liebsten mit Jacques Tüverlin weggegangen wäre, irgendwohin, fort von Garmisch, in eine große Stadt, in ein verlorenes Schneedorf, auf sein Zimmer, in sein Bett, sagte sie ihm jetzt bösartige Dinge, bestimmt, ihn zu kratzen. Gegen ihren Willen. Doch sie konnte nicht anders. Das, was mit am Tisch saß, duldete es nicht anders.

Tüverlin hatte von den Erbstreitigkeiten mit seinem Bruder erzählt. War es nicht komisch, wenn jemand, der über alle andern im weiten Umkreis so scharfe, kritische Dinge vorbrachte, über die Ordnung ihrer Geschäfte, über die Ordnung des Staates, war es nicht komisch, fragte sie, wenn der bei der Ordnung seiner eigenen Geschäfte so jämmerlich versagte? War es nicht ein wenig komisch, wenn jemand, der sich so viel auf seinen gesunden Menschenverstand zugut tat, erst dann sich um sein Geld scherte, wenn es zu spät war? Sie fand kein Ende. Sie hatte das Gefühl, daß ihre andern Gedanken, der zum Beispiel an den Mann Krüger, daß das, was mit am Tisch saß, sich verflüchtigte, wenn sie bösartig auf Tüverlin einhackte. »Früher«, sagte sie, »als Sie mit der Aufmerksamkeit einer Viertelstunde Hunderttausende hätten retten können, haben Sie sich nicht um Ihr Geld gekümmert. Sie reden von der Lebensuntüchtigkeit der andern. Was haben Sie selber gemacht? Wenn es nicht Snobisterei war, Verlogenheit, Affektiertheit, war es nicht in jedem Fall einsichtsloser als das, was die andern tun? Die haben es schwer. Die sitzen und müssen zusehen, wie ihnen durch die Entwertung des Geldes ihr Vermögen zerschmilzt. Sie, Tüverlin, mit Ihrer Valuta hatten es besser und haben es dümmer gemacht als alle andern. Andere werden mit dem Staat fertig, Sie nicht einmal mit Ihrem Bruder. Ein Literat sind Sie, Tüverlin, ein Snob, überheblich. In der kleinsten praktischen Sache ist Ihnen jeder Droschkenchauffeur überlegen.«

Herr Tüverlin hörte sich das an. Er machte freundliche, mildspöttische, zaghafte Einwände. Er begehrte sie sehr, er hätte sie am liebsten geprügelt, er ärgerte sich schrecklich über sie. Sie selber litt unter ihrer albernen Bosheit; aber sie konnte nicht aufhören. Im Gegenteil, sie begann, ihn immer übler aufzuziehen. Auch er erwiderte schärfer. Sie saßen kampfbereit, spähten einer nach der Blöße des andern, sich zu verwunden. Durchstöberten, was einem vom andern bekannt war. Gerieten an den Fall Krüger. Es erwies sich, daß Tüverlin sehr gut wußte, wie die Dinge standen, und natürlich auch, daß sie Krüger geheiratet hatte. Er mokierte sich über diese sentimentale Geste. Spielte Dinge gegen sie aus, die sie ihm vertrauend, und nur ihm, mitgeteilt hatte. »Machen wir uns doch nichts vor, Johanna Krain«, sagte er, »der Märtyrer Krüger ist für Sie längst ein Pechvogel geworden, ein Gleichgültiger, ein Irgendwer, dessen Schrift Sie nicht einmal zu analysieren wagen, um sich nicht selber zu desavouieren.« Ohne ihre Antwort abzuwarten, rief er den Kellner, bestellte neuen Sekt, sagte, er habe mit Herrn Pfaundler zu sprechen, zahlte, stand auf, ließ sie allein mit dem Sekt. [...]

Johanna, als Tüverlin sie allein ließ, saß, die Oberlippe eingeklemmt, blaß. Das hatte sie doch nicht gewollt. Sie hatte sich auf den Abend gefreut, war sicher, bei dieser Gelegenheit die dumme Geschichte mit Tüverlin wieder einzurenken. Jetzt hatte sie durch ihre maßlose Albernheit alles vollends kaputt gemacht. Dabei hatte er recht. Sie war sich selber zuwider, weil sie sich so unsagbar blöd benommen hatte, und er war ihr zuwider, weil er recht hatte. Wie übrigens stand es denn um ihre eigenen Geldverhältnisse? Viel trüber und verworrener als um die seinen.

In ihre Wut, Reue, Scham hinein glitt schwarz und behutsam ein distinguiertes, leicht beleibtes Gespenst: Herr Hessreiter. Er hatte einen Fehler gemacht damals mit der Besichtigung der Süddeutschen Keramiken. Er sah das ein, alle Schuld lag an ihm. Jetzt saß sie da, bedrückt offenbar, trostbedürftig. Es war die rechte Gelegenheit, den Fehler gutzumachen. Es wurde ihm warm, wie er sie so sitzen sah. Er spürte beglückt, daß, was er für sie empfand, mehr war als jenes rasche Begehren nach einer Frau, das ruhig und gemessen wurde, sowie er einmal mit der Begehrten geschlafen hatte. Er war nicht mehr jung, ein Leben ständigen Genießens hatte sein Gefühl lau gemacht, gleichmäßig lau, so daß er kaum noch gehofft hatte, jemals wirklich warm zu werden. Von Herzen bemühte er sich um sie, einfühlend, behutsam. Und sie, nach den scharfen, rücksichtslosen Reden Tüverlins, ließ sich seine weitschweifige Sorgfalt gern gefallen. Er war liebenswürdig mit Geschmack, auch auf eine etwas altmodische und skurrile Art lustig.

Ein tiefer Ärger gegen Katharina war in ihm wegen ihrer unverständlichen Bosheit gegen Johanna. Er spürte Fremdheit, Gegensatz stärker als je in den langen Jahren ihres Zusammenseins. Er stellte es an, daß er in ihrer Nähe vorbeikam, den Arm mit betonter Herzlichkeit um Johanna, mit unterstrichener Vertrautheit in sie hineinsprechend. Katharina sah es. Sah auch, daß diese Neigung Hessreiters keine Sache etwa nur des heutigen Abends war. Sie lächelte tiefer, thronend in ihrem idolhaften Prunk, sie lächelte bitter, fast befriedigt. Also auch Paul war von ihr abgefallen. Auch er, unbewußt gewiß, aber mit dem natürlichen Instinkt, sich von denen, die im Pech sind, fernzuhalten, verließ sie, nun ihre Rente bedroht war.

Zu Johanna und Hessreiter gesellten sich Fancy De Lucca und Pfisterer. Fancy De Lucca war satt und glücklich. Ihr Orchideenkostüm hatte die Wirkung getan, die es sollte. Sport, Training, die zahllosen Erfordernisse ihres Championats füllten sie ganz aus, ließen ihr wenig Muße, an ihre Fraulichkeit zu denken. Heute abend hatte sie ausgekostet, daß sie, wollte sie nur, als Frau wirken konnte. Ihre aufreizende, undefinierbar obszöne Blumenhaftigkeit tat Wirkung. Weitergehen wollte sie nicht; mehr war schädlich, sie durfte es sich nicht leisten.

Man zog sich zurück in die *Mondlandschaft*, in einen von Pfaundlers *lauschigen Winkeln*, denselben, in dem Johanna vorhin mit den beiden Windigen gesessen war. Der schwermütige, zu Johanna besonders zärtliche, aus dem Geleis geworfene Pfisterer, die satte, befriedigte Tennismeisterin, die langsam in der Atmosphäre Hessreiters sich ausruhende Johanna, der von Johannas Zutunlichkeit beglückte Hessreiter bildeten inmitten der immer wüsteren *Nachtwandler* eine stille Gruppe für sich. Die *Mondlandschaft* schien Johanna weniger albern. Sie sprachen nicht viel; es war ihnen angenehm, daß sie sich so zusammengefunden hatten.

Fancy De Lucca drehte mechanisch am Radioapparat. Es ergab sich, daß man soeben von irgendwoher die letzten Nachrichten übermittelte. Die Stimme im Apparat sprach von einer großen Konferenz, Parlamentsreden, einer Aussperrung, von einem Eisenbahnunglück; dann teilte sie mit, in der Sache Martin Krüger habe Rechtsanwalt Dr. Geyer das Wiederaufnahmeverfahren beantragt, sich stützend darauf, daß der Chauffeur Ratzenberger mehrmals vor Zeugen erklärt habe, seine Bekundungen im Meineidprozeß Krüger seien falsch gewesen. Dann erzählte die Stimme von einem Dammrutsch, von einem Flugzeugabsturz, von der bevorstehenden Erhöhung des Porto- und Eisenbahntarifs.

Johanna, als die Stimme vom Prozeß Krüger sprach, horchte hoch. Auch die andern. Sehr genau verstand keiner, was diese Meldung besagte. Aber wenn Dr. Geyer, der doch bisher so skeptisch war, jetzt diesen Antrag aller Welt so wichtig verkündete, dann mußte er aussichtsreich sein, dann war er ein Fortschritt, ein Erfolg, das sahen alle. Johanna rötete sich, strahlte, stand halb auf. Die Stimme im Apparat sprach noch immer, sie war jetzt bei Sportangelegenheiten, keiner hörte zu. Fancy De Lucca, mit einer jähen, herzlichen Gebärde, streckte Johanna die olivbraune Hand hin; Pfisterer, geradezu erlöst, brach aus: »Himmelsakra! Das ist doch endlich ein Erfolg!«

Hessreiter bestätigte es wichtig. Johanna stand vollends auf. Das breite Gesicht erregt, stand sie zwischen dem wüsten und behaglichen Mondspuk des Malers Greiderer unter der Inschrift vom Mond und der königlich bayrischen Ruh. Sie nickte den andern zu, verließ stürmisch, das breite Gesicht erhellt, den kleinen Raum. Jetzt ist alles gut, jetzt hat sie Boden unter den Füßen. Alles hat sich verändert. Sie muß es Tüverlin sagen.

Allein der ist schon vor einiger Zeit weggegangen, in sein Hotel. Sich auskleidend, erwägt er, ob er nicht wieder in das kleine Haus oben am Walde ziehen soll.

Johanna mittlerweile drängt durch den Saal. Sucht. Ist besessen von der neuen, glücklichen Wendung. Strahlt. Sucht, wie ein und eine halbe Stunde vorher Herr Hessreiter gesucht hat, im *Astrologischen Turm*, auf dem *Hexentanzboden*, im *Fegefeuer*. Bis sie endlich auf Frau von Radolny stößt. Frau von Radolny liebelt in ihrer gelassenen Art mit dem Professor von Osternacher. Johanna unterbricht sie ungestüm. Katharina nächst Tüverlin ist die, die sich am meisten über ihr Glück freuen wird. Johanna teilt ihr überstürzt, nicht recht zusammenhängend, eigentlich unverständlich ihre gute Nachricht mit. Katharina, schnell von Begriff, versteht, schaut Johanna an aus ihrer götzenbildhaften Pracht heraus, ruhig, neugierig. Meint: »Na also, da gratulier ich. Hoffentlich geht es auch gut aus.« Und wendet sich wieder dem schwarzsamtenen Granden Osternacher zu. Johanna schaut sie an, ihr breites, straffes, bräunliches Gesicht zuckt ein wenig. »Der Prozeß wird wiederaufgenommen«, wiederholt sie, nicht laut. »Jaja, ich habe verstanden«, sagt Frau von Radolny nochmals, eine Spur Ungeduld in der sonoren Stimme. »Hoffentlich geht es gut aus«, wiederholt sie, betont uninteressiert. Und: »Sagen Sie, lieber Professor«, spricht sie zu dem Schwarzsamtenen weiter.

Ja, Frau von Radolny ist sich über ihre Taktik klargeworden, hat Stellung bezogen. Sie kommt von ziemlich weit unten, sie hat sich hochgerappelt, es war nicht leicht, sie denkt nicht gerne daran. Jetzt ist sie oben, und jetzt will man ihr auf einmal ihre Sache wieder nehmen. Oh, sie wird sich wehren. Sie ist keine Scharfe, gewiß nicht, sie war immer tolerant. Aber, wenn man ihr ihr Geld nehmen will, da hört die Gemütlichkeit auf. Jetzt ist alles, was zu dieser Geldnehmerbande gehört, ihr Feind. Martin Krüger ihr Feind, Johanna ihre Feindin. Ihr die Rente nehmen. Sie hat nichts gegen Johanna. Das heißt, genaugesehen, ist das nicht wahr. Seit heute abend, seitdem vorhin Hessreiter auf solche Art mit Johanna vorbeigegangen ist, hat sie was gegen sie. Wer sich was zustecken will, was ihr gehört, ist ihr Feind. Sie wird auch das mit Paul klären. Sie vermeidet Szenen, wenn es möglich ist, sie hat sich mit Paul trotz seiner unklaren Art immer sehr gut verstanden. Aber jetzt, hier will sie rechtzeitig klare Sicht haben. Jedenfalls hat sie kein Interesse, aber durchaus keines, meine Liebe!, daß der Prozeß Krüger wiederaufgenommen wird. Sie trank von ihrem mit Rotwein gemischten Sekt, schaute freundlich in den von seinem Toben schon leicht ermüdeten Saal.

Johanna, wie Frau von Radolny sie stehenließ, begriff nicht. Sie hatte nicht einmal den starken Mund verpreßt wie sonst oder die Furchen des Unmuts. Sie machte zwei Schritte rückwärts, immer noch das Aug auf der Loge, wandte sich langsam, ging durch den Saal, ein wenig schleppend, blicklos, schwankend beinahe, daß wohl der ein oder andre glaubte, sie habe zuviel getrunken, und daß Herr Hessreiter, sehr gravitätisch nach wie vor in seinem erlesenen, leicht gespenstischen Kostüm, ängstlich neben ihr zottelte, fürchtend, sie werde im nächsten Augenblick zu Boden schlagen.

Die Nachricht von der geplanten Wiederaufnahme des Verfahrens hat sich verbreitet. Hessreiter erzählt davon dem, jenem. Seine Mitteilung wird kühl aufgenommen. Die Haltung Frau von Radolnys hat gewirkt, man hört mit Verlegenheit zu, mit teilnahmslosem Lächeln, mit erkrampftem, uninteressiertem »So, so, gratuliere«. Johanna fühlt sich elend. Warum begrinst man ihren Erfolg, zweifelt ihn auf lähmende Art an? Zuerst hatten doch alle ihr den Erfolg gewünscht. Sie verstand nur halb, spürte tiefen Widerwillen gegen die feigen, lätschigen, krampfhaft lustig vermummten Menschen ringsum.

Herr Hessreiter redete leise auf sie ein, vorsichtig, ganz dick voll Mitleid, Zärtlichkeit und Begierde. Folgte ihr, als sie nach dem Ausgang strebte, sich von niemand verabschiedend.

Seltsam dann, nachdem der Portier sie hinausgedreht hatte, vermummt in Pelze über ihren absonderlichen Kostümen, standen Johanna Krain und Herr Hessreiter unter einem eisig klaren Himmel mit einem stillen Halbmond und ruhigen Sternen.

Schlitten waren da. Herr Hessreiter hatte plötzlich eine Idee. Eifrig redete er ihr zu, nicht sogleich nach Haus zu gehn, sondern etwas hinauszufahren in die ruhige Nacht, sich auszulüften nach dem Lärm und dem Dunst des Festes. Er redete wichtig, mit rudernden Bewegungen. Er hätte gar nicht soviel Getue nötig gehabt: sie nickte einfach, stieg ein.

Im Schlitten umsorgte er sie mit kleinen, überflüssigen

Maßnahmen. Sie saß warm unter der riesigen Pelzdecke, mit abebbenden Gedanken, zufrieden, behütet zu sein. Lautlos glitt, nicht sehr schnell, der Schlitten durch die Schneelandschaft. Gefühllos, urweltlich stand der Zirkus der Berge in dem gleichmäßigen Licht des halben Mondes, in beruhigender Unabänderlichkeit nach dem willkürlichen Gezappel in der »Puderdose«. Befriedung floß aus der milden, kalten Stille, der stummen Bewegung des Schlittens. Die Hinterbacken der Pferde hoben sich gleichmäßig vor dem breiten Rücken des Kutschers. Herr Hessreiter schwieg. Aus seinem runden, halboffenen Mund kam wolkig der Atem. Zärtlich aus seinen braunen, schleierigen Augen von der Seite sah er auf das Mädchen.

Die Fahrstraße führte am obern Rand einer Schlucht, einer tiefen Klamm, der Teufelsklamm. Unten durch diese Schlucht waren kunstvolle Wege geführt. Verklammerte Holzplanken, Steige, in die ungeheuer hohen zerrissenen Felswände eingehaut, Tunnels in den Stein gebohrt, überstäubt von den stürzenden Wassern des Falles. Jetzt war alles vereist, Teile des Geländers abgebrochen, der Winter hatte die kühnen, listigen Wege durch die Schlucht unpassierbar gemacht. Aber die Klamm sollte den Fremden erschlossen bleiben, für morgen war Wiedereröffnung versprochen. Jetzt in der Nacht werkten Scharen von Arbeitern, damit der versprochene Wiedereröffnungstermin eingehalten werde. Sie hingen an den vereisten Felsen, flackerig belichtet von Notlampen, sehr gefährdet auf dem glatten Felsen, der jeden unvorsichtigen Tritt mit Absturz und Zerschmetterung bedrohte. Gehalten von andern, angeschnallt, hingen welche, andere standen auf Klettereisen, hämmernd, schmiedend, festigend, damit am kommenden Tag zwischen dem Mokka des Lunchs und dem Tanztee die Fremden die Eiswunder der Schlucht wieder gefahrlos passieren könnten.

Die Arbeitenden winkten und riefen den späten Schlittenfahrern vergnügt hinauf, sie fanden ihre Arbeit durchaus selbstverständlich. Herr Hessreiter rief muntere Antworten zurück in ihrem Sinn und in ihrer Mundart. Er dachte währenddes, fast ängstlich gespannt, hoffentlich werde Johanna nicht umkehren wollen, ehe man nach Griesau kam. Sie fröstelte, war müde, aufgelöst von Hoffnung, Enttäuschung, Erlebnis. Er zog sie sacht näher an sich heran. Sie lehnte ohne weiteres den Kopf an seinen Pelz. Er atmete stärker, spürte sein Herz. Ihre Gegenwart beschwingte seine Phantasie. Er dachte an eine ungeheure Ausdehnung seines Betriebs, er wird mit Johanna eine Geschäftsreise machen, die keramischen Fabriken Südfrankreichs besichtigen. Die billige Arbeitskraft der deutschen Inflation, die künstlerische und die manuelle, gibt ihm die Möglichkeit eines unerhörten Dumpings. Er wird den Westen Amerikas erobern. Jedem Farmer seine Münchner Keramik. Er wird die Projekte des Bildhauers der Serie »Stierkampf« ausführen. Die Ausdehnung des Kitschbetriebs wird es ihm erlauben, ernsthafte Kunst zu machen. Die Süddeutschen Keramiken Ludwig Hessreiter & Sohn werden ihre Einflußsphäre ausdehnen von Moskau bis New York.

Man kam nach Griesau. Der Kutscher fragte, ob er umkehren solle. Das Hotel lag dunkel in dem weiten, überschneiten Talgrund. Hessreiter schaute auf die müde Frau, die an seinem Pelz lehnte. Etwas unsicher, doch gewollt forsch und selbstverständlich sagte er zu dem Kutscher, er solle läuten. Nach langen Minuten kam ein verschlafener Hausknecht, unwirsch, da es nicht einmal Amerikaner mit hochwertigem Geld waren, die ihn herauszuklingeln wagten. Ein dickes Trinkgeld Hessreiters machte ihn geschmeidig. Ja, die Herrschaften konnten heißen Tee kriegen. Johanna hatte mit keinem Wort zugestimmt oder abgelehnt. Der große Saal lag sonderbar leblos, der Mann hatte nur einen Teil der Beleuchtung aufgedreht. Sie saßen verloren in einer Ecke, zusammengehörig durch die Weite des Saals und das spärliche Licht. Nach der langen Fahrt taute die Lauheit des Raums die steifen Gliedmaßen wohlig auf. Nein, es hatte keinen Sinn, wieder zurückzufahren. Herr Hessreiter bestellte Zimmer. Johanna sah ihn an, müde, ohne Abwehr, sie wußte jetzt offenbar genau, worum es ging.

Der Tee kam, rann angenehm durch den Leib. Herr Hessreiter redete eine Weile lebhaft; dann wurde er stiller, seine Augen schleierten sich noch mehr. Johanna verglich den Mann, der neben ihr saß, sonderbar verschollen, elegant, sie umsorgend, sie begehrend, schwer und doch zart, brodelnd in etwas abstrusen Gedanken, mit dem beweglichen, scharfen Tüverlin. »Was halten Sie von Tüverlin?« fragte sie unvermittelt. Herr Hessreiter schrak geradezu zusammen, gab eine ausweichende Antwort. Johanna bestand.

Es stellte sich heraus, daß Herr Tüverlin Herrn Hessreiter nicht sehr gefiel. Er drückte herum, sprach halbe Sätze, die er durch rudernde, weite Handbewegungen ergänzte. Schwitzte. Deutete endlich gewunden an, er habe immer geglaubt, Johanna sei befreundet mit Tüverlin.

Befreundet? Was das heiße?

Halt *befreundet*.

Er saß betreten da, sich windend, schuldbewußt. Sie hatte plötzlich Mitleid mit dem schwitzenden, schleierigen Mann. Da hatte er also geglaubt, sie schlafe mit dem andern. Aber er hatte sich nichts merken lassen, war demütig, dienstbeflissen, fröhlich um sie herum gewesen, sich begnügend mit ihrer Nähe. Ein reicher Herr von Einfluß, verwöhnt von den Frauen. Der einzige, der wirklich etwas für sie getan hat. Und das ohne große Gesten, fast sich genierend vor ihr. Sie war auf einmal gerührt, ja erschüttert davon. Sie dachte nicht mehr an die Gnomen und Fliegenpilze, der säuerliche Geruch war fort. Sie nahm seine fleischige, gepflegte Hand, streichelte sie mit ihrer großporigen, festen. Da begann der schwere Mann zu zittern und verstummte vollends. Sie saßen in dem spärlich belichteten, ungemütlichen Raum, in einer Ecke, es war nicht warm, der Tee war dünn, schlecht zubereitet. In diesem Saal, nach einer durchtanzten, durchärgerten Nacht, in einem seltsamen Kostüm, fast zwanzig Stunden Wachen, auf beginnendem Abstieg seines Lebens schon, fühlte sich Herr Hessreiter beglückt und verwirrt wie als Jüngling, im Innersten angerührt von der Frau neben ihm. Er war bereit, für diese Frau mit dem blühenden, warmen Fleisch, den grauen, tapferen, unvorsichtigen Augen Opfer zu bringen, selbst, wenn es sein mußte, sein behagliches Leben aufzugeben. Er spürte, zum drittenmal in seinem Leben, wirkliche Leidenschaft, wie er sie einmal sehr jung gespürt hatte, dann ein zweites Mal, als er Katharina kennenlernte. Er spürte: dieses war das letztemal. Verwirrt, dankbar, sehr behutsam erwiderte er die Berührung ihrer Hand.

# Das Gesicht des Cheruskers

In der Unterprima des Königin-Luise-Gymnasiums, während der Fünfminutenpause zwischen der Stunde für Mathematik und der für Deutsch, standen die Schüler in erregten Diskussionen. Die Behörde hatte sich jetzt entschieden, wer den auf so betrübliche Weise ums Leben gekommenen Dr. Heinzius ersetzen sollte, ihre Wahl war endgültig auf Dr. Bernd Vogelsang gefallen, bisher Oberlehrer am Gymnasium in Tilsit, jenen Mann, von dem Rektor François bei der Geburtstagsfeier Gustav Oppermanns erklärt hatte, er habe eine gewisse Angst vor ihm. Die Schüler waren begierig auf ihren neuen Ordinarius, es hing für jeden einzelnen viel davon ab, ein Mann welchen Schlages der Neue war. Im allgemeinen war es für Berliner Jungens ein Fressen, mit Lehrern aus der Provinz zu tun zu haben. Ihnen fühlten sie sich von vorneherein überlegen. Was konnte ein Mann aus Tilsit vom Leben wissen? Gab es dort einen Sportpalast, eine Untergrundbahn, ein Stadion, einen Tempelhofer Flughafen, einen Lunapark, eine Friedrichstraße? Zudem wußten auch die Schüler bereits, daß Dr. Vogelsang im Geruch des Nationalismus stand. Im Königin-Luise-Gymnasium, unter dem milden, liberalen Rektor François, war Nationalismus nicht beliebt.

Der Schüler Kurt Baumann erzählt zum hundertstenmal einen Fall aus dem Kaiser-Friedrichs-Gymnasium. Dort haben die Pennäler dem nationalistischen Oberlehrer Schultes auf schicke Art gezeigt, was eine Harke ist. Sowie er mit seinem Quatsch loslegte, fingen sie an, mit geschlossenen Lippen zu brummen. Sie hatten tagelang trainiert, so daß das intensive Gebrumm die Stimme des Lehrers zudeckte, ohne daß man den Gesichtern der Jungens irgend etwas ablesen konnte. Zuerst hatte Oberlehrer Schultes geglaubt, die Ursache des Lärms sei ein Flugzeug. Man hatte ihn in dieser Meinung bestärkt. Als aber das Flugzeug regelmäßig in Erscheinung trat, sowie er mit seinem vaterländischen Scheibenhonig anfing, roch er Lunte. Allein man hielt dicht. Man bemühte sich nach Kräften, die Ursache des Lärms zu entdecken, erging sich in tausend Vermutungen. War es die Zentralheizung, die Wasserleitung, waren es Männer im Keller? Man ließ den Herrn zappeln. Es war ein nervöser, sensibler Herr, der nationalistische Oberlehrer Schultes. Als das Gebrumm das viertemal losging, brach er in Tränen aus, drehte sich gegen die Wand. Später freilich, als das Rektorat die Untersuchung in die Hand nahm, hatten die Nationalisten der Klasse nicht dichtgehalten, und die Rädelsführer waren bestraft worden. Immerhin, was die Jungens am Kaiser-Friedrichs-Gymnasium erreicht hatten, war allerhand. Die Methode war auch am Königin-Luise-Gymnasium brauchbar, falls der Herr aus Tilsit versuchen sollte, einen zu piesacken.

Heinrich Lavendel fand die Methode nicht brauchbar. Er saß auf dem Pult seiner Bank, stämmig, blond, die Beine abwechselnd auf gymnastische Art vorschnellend. Heinrich Lavendel, trotzdem er ziemlich klein war, sah gesünder aus, kräftiger als die meisten seiner Kameraden. Die waren fast alle blaß und rochen nach Stubenluft; seine zarte Haut war frisch und gebräunt, er benutzte seine ganze Mußezeit zum Training in freier Luft. Interessiert auf die Spitzen seiner auf und ab schnellenden Beine schauend, sagte er bedächtig: »Nein, das nützt gar nichts. Das wirkt vielleicht das erste- und das zweitemal, das drittemal wird man gefaßt.« – »Was nützt sonst?« fragte Kurt Baumann leicht gekränkt. Heinrich Lavendel hörte auf, die Beine zu schnellen, schaute ringsum, öffnete die sehr roten Lippen, sagte leichthin, mit den breiten Schultern zuckend: »Passive Resistenz, Mensch. Das ist das einzig Senkrechte.«

Berthold schaute nachdenklich aus seinen grauen, kühnen Augen auf seinen Vetter Heinrich Lavendel. Der hatte es leicht. Erstens war er Amerikaner, manchmal noch floß ihm aus seinen ersten Jahren ein englisches Wort in die Rede, und zweitens war er als Torwart des Fußballteams der Prima unersetzlich, zwei Tatsachen, die auf einen nationalistischen Lehrer Eindruck machen mußten. Für ihn, Berthold, war die Chose schwieriger. Nicht nur, weil der neue Mann Deutsch und Geschichte lehrte, Bertholds Lieblingsfächer, sondern vor allem auch, weil es von diesem Mann abhängt, ob sein geliebter Vortrag über den »Humanismus« steigen kann.

Um den Schüler Werner Rittersteg hat sich eine Gruppe gebildet. Sechs oder sieben Jungens, die Nationalisten der Klasse. Sie haben es bisher nicht leicht gehabt, jetzt beginnt für sie große Zeit. Sie stecken die Köpfe zusammen. Getuschel, Gelächter, wichtige Mienen. Oberlehrer Vogelsang ist im Reichsvorstand der »Jungen Adler«. Eine große Sache. Die jungen Adler sind der Geheimverband der Jugend, die Luft um diesen Verband herum ist voll Abenteuer und Geheimnis. Man trinkt Blutsbrüderschaft, es existiert eine Feme; wer das

Geringste von den Beschlüssen verrät, wird grausam bestraft. Das Ganze ist ungeheuer aufregend. Oberlehrer Vogelsang wird einen bestimmt heranziehen.

Dieser Oberlehrer Dr. Bernd Vogelsang sitzt mittlerweile im Amtszimmer des Rektors François. Er sitzt stramm da, nicht angelehnt, die mit blonden Härchen überflaumten rötlichen Hände auf die Schenkel gestemmt, die blaßblauen Augen unentwegt auf François gerichtet, bemüht, mit möglichst wenigen zackigen Bewegungen auszukommen. Rektor François sucht unwillkürlich den Säbel an der Seite seines neuen Oberlehrers. Bernd Vogelsang ist nicht groß, er ersetzt die mangelnde Stattlichkeit durch doppelte Forschheit. Ein weizenblondes Schnurrbärtchen trennt Ober- und Untergesicht, ein langer Schmiß zerteilt die rechte Wange, ein strammer Scheitel die Haare.

Schon zwei Tage vorher, als er sich bei Rektor François vorstellte, hat die Anstalt auf Bernd Vogelsang keinen günstigen Eindruck gemacht. Was er bisher gesehen hat, bestätigte alle seine trüben Vorahnungen. Gefallen hat ihm unter dem ganzen Personal der Anstalt ein einziger: Pedell Mellenthin. Der war strammgestanden vor dem neuen Oberlehrer. »Gedient?« hatte Bernd Vogelsang gefragt. »Beim 94.«, hatte Pedell Mellenthin erwidert, »dreimal verwundet.« – »Recht so«, hatte Vogelsang geantwortet. Aber das war bisher auch das einzige Plus. Durch den Schlappschwanz da, diesen Rektor François, ist das Gymnasium gänzlich auf den Hund gekommen. Gut, daß jetzt endlich er, Bernd Vogelsang, in Erscheinung tritt, um den Laden in Schwung zu bringen.

Rektor François lächelte ihm aus seinem weißen Knebelbart freundlich zu. Frau François hatte ihm Weisung gegeben, vorsichtig zu sein, sich mit dem Neuen gut zu stellen. Leicht machte das der neue Mann Herrn François nicht. Die abgehackte Sprechweise, die knappe, gezackt und dabei verblassende Wortbildung, das abgebrauchte Leitartikelvokabular, all das war ihm tief zuwider.

Der Neue hatte sich mit ruckartiger Bewegung einer schönen, alten Marmorbüste zugewandt, einem häßlichen grundgescheiten Kopf, dem des Schriftstellers und Gelehrten François-Marie Arouet Voltaire. »Gefällt Ihnen die Büste, Herr Kollege?« fragte der Rektor höflich. »Die andere gefällt mir besser«, erklärte unumwunden der Neue in seinem breiten, quäkenden Ostpreußisch, in die Ecke gegenüber weisend, auf die Büste eines andern häßlichen Mannes, den Kopf des preußischen Schriftstellers und Königs Friedrich von Hohenzollern. »Ich kann verstehen, Herr Rektor«, fuhr er fort, »warum Sie dem großen König sein Widerspiel entgegengestellt haben. Hier der geistige Mensch in seiner ganzen Größe, dort die Intellektbestie in ihrer ganzen Erbärmlichkeit. Die Würde des deutschen Menschen wird gerade durch den Kontrast gekennzeichnet. Aber, erlauben Sie mir, Ihnen das offen zu gestehen, Herr Rektor, mir wäre es unangenehm, wenn ich die Fratze dieses Welschen den ganzen Tag vor Augen haben müßte.« Rektor François lächelte noch immer, bemüht höflich. Er fand es schwierig, mit dem neuen Lehrer Kontakt zu finden. »Ich glaube, es wird Zeit«, sagte er, »daß ich Sie Ihrer Klasse vorstelle.«

Die Schüler erhoben sich, als die beiden Herren eintraten. Rektor François sprach ein paar Sätze, er sprach mehr von dem toten Dr. Heinzius als von Dr. Vogelsang. Er atmete auf, als er die Tür zwischen sich und dem Neuen geschlossen hatte.

Dr. Vogelsang war während der Rede des Rektors stramm dagestanden, Brust heraus, die blaßblauen Augen steif vor sich hin gerichtet. Jetzt setzte er sich, lächelte, strengte sich an, umgänglich zu sein. »Na, Jungens«, sagte er, »nun wollen wir einmal sehen, wie wir miteinander auskommen. Zeigt mal, was ihr los habt.« Den meisten der Schüler hatte der neue Chef beim ersten Anblick mißfallen. Der hohe Kragen, der krampfige Schneid, sie schätzten das nicht. Provinz, wo sie am dunkelsten ist, hatten sie sich gesagt. Aber seine ersten Worte waren nicht ungeschickt, das war kein übler Ton für die Unterprima.

Es fügte sich günstig für Vogelsang, daß man gerade »Die Hermannsschlacht« von Grabbe las, das Stück eines Halbklassikers aus der ersten Hälfte des neunzehnten Jahrhunderts, roh, im Gedanklichen schwach, aber voll echter Wildheit, zuweilen sehr bildhaft. Die Hermannsschlacht, der großartige Eintritt der Deutschen in die Geschichte, dieser erste große Sieg der Deutschen über die Welschen, das war ein Lieblingsthema Bernd Vogelsangs. Er zog Vergleiche zwischen den Hermanndichtungen Grabbes, Klopstocks, Kleists. Er stellte selber wenig Fragen, er sprach drauflos. Er war kein Mann, der Feinheiten liebte, es ging ihm nicht um Nuancen wie dem toten Dr. Heinzius, er suchte seine Begeisterung auf die Jungens zu übertragen. Gelegentlich ließ er auch die Schüler zu Wort kommen. Er gab sich kameradschaftlich, wollte erst einmal erkunden, wie weit überhaupt sie sich mit vaterländischer Dichtung befaßt hätten. Einer erwähnte Kleists wilden Hymnus »Germania an ihre Kinder«. »Eine großartige Dichtung«, ereiferte sich Vogelsang. Er kannte das Gedicht auswendig, zitierte einige jener gewaltigen Verse irrsinnigen Hasses gegen die Welschen:

»Alle Triften, alle Stätten
Färbt mit ihren Knochen weiß;
Welchen Rab und Fuchs verschmähten,
Gebet ihn den Fischen preis;
Dämmt den Rhein mit ihren Leichen;
Laßt, gestäuft von ihrem Bein,
Schäumend um die Pfalz ihn weichen,
Und ihn dann die Grenze sein!

Eine Lustjagd, wie wenn Schützen
Auf die Spur dem Wolfe sitzen!
Schlagt ihn tot! Das Weltgericht
Fragt euch nach den Gründen nicht!«

Ekstatisch zelebrierte Vogelsang die Verse des Hasses. Die Narbe, die seine rechte Wange zertrennte, lief rot an, aber das ganze übrige zerteilte Antlitz blieb maskenhaft starr, während die Worte zwischen seinem hohen Kragen und seinem weißlichblonden Schnurrbärtchen herauskamen. Sie nahmen sich sonderbar aus in seinem breiten Ostpreußisch. Der ganze Mann war ein wenig lächerlich. Aber Berliner Jungens haben ein feines Ohr dafür, was ehrlich ist und was Krampf. Die Schüler der Unterprima spürten gut, daß der Mann da vorn, so erheiternd sein Anblick war, aus dem Herzen sprach. Sie lachten nicht, sie schauten eher betroffen, neugierig auf diesen Menschen, ihren Lehrer.

Bernd Vogelsang, als die Schulglocke läutete, hatte den Eindruck Sieg auf der ganzen Linie. Er war mit der Unterprima eines liberalen, aufsässigen Berliner Gymnasiums fertig geworden. Rektor François, der Schlappschwanz, wird sich wundern. Gewiß ist die Klasse schon angefressen von dem zersetzenden Gift des Berliner Intellektualismus. Aber Bernd Vogelsang ist voll Zuversicht: er wird das Kind schon schaukeln.

In der folgenden Viertelstundenpause beruft er die beiden Schüler zu sich, die die nächsten Diskussionsvorträge zu halten haben. Rede ist wichtiger als Schrift, diese These des Führers der Völkischen hält er heilig, er nimmt die Diskussionsvorträge sehr ernst. Mit dem ersten Schüler versteht er sich leicht. Der will über die Nibelungen sprechen, über das Thema: »Was können wir Heutigen aus dem Kampf der Nibelungen mit König Etzel lernen?« – »Bon«, sagt Vogelsang. »Wir können manches daraus lernen.«

Aber was will der andere, dieser Grauäugige? »Der Humanismus und das zwanzigste Jahrhundert«? Er schaut sich den Grauäugigen an. Ein großer Bursche, auffallend, das schwarze Haar und die grauen Augen gehen nicht zusammen. In Berlin mag so ein Junge gute Figur machen: in einer Jungmannschaft, im Gleichschritt marschierend, stinkt er ab. »Wie bitte?« fragt Dr. Vogelsang. »Der Humanismus und das zwanzigste Jahrhundert? Wie soll man in einer knappen Stunde über ein so riesiges Thema fruchtbar diskutieren?« – »Herr Dr. Heinzius hat mir einige Fingerzeige gegeben«, sagt bescheiden Berthold, die schöne, männlich tiefe Stimme gedämpft. »Ich wundere mich, daß mein Vorgänger Themen so allgemeiner Art zugelassen hat«, fährt Dr. Vogelsang fort, seine Stimme klingt scharf, quäkend, streitbar. Berthold schweigt. Was soll er dazu sagen? Dr. Heinzius, der sicherlich einiges dazu hätte sagen können, lag im Stahnsdorfer Waldfriedhof, er selber hatte eine Schaufel Erde auf den Sarg geworfen, der konnte ihm nicht helfen. »Haben Sie sich lange mit der Arbeit beschäftigt?« fragte die quäkende Stimme weiter. »Ich bin so ziemlich fertig mit dem Vortrag«, erwiderte Berthold. »Ich sollte ihn ja in der nächsten Woche halten«, fügte er hinzu, fast wie eine Entschuldigung.

»Das tut mir leid«, sagte Vogelsang, sehr höflich übrigens. »Ich liebe so allgemeine Themen nicht. Ich möchte sie aus prinzipiellen Gründen nicht zulassen.« Berthold nimmt sich zusammen, aber er kann nicht verhindern, daß sein fleischiges Gesicht ein ganz klein wenig zuckt. Vogelsang nimmt es wahr, nicht ohne eine gewisse Befriedigung. Sie zu verbergen, wiederholt er: »Ich bedaure, daß Sie viel Mühe vertan haben. Aber: principiis obsta. Am Ende trägt ja auch jede Arbeit ihren Lohn in sich selbst.«

Berthold ist wirklich ein bißchen blaß geworden. Aber der andere hat recht, man kann mit dem Humanismus wirklich in einer knappen Stunde kaum fertig werden. Dieser Vogelsang ist Berthold nicht sympathisch, aber er ist ein Kerl, das hat er während der Stunde gezeigt. »Was für ein Thema würden Sie mir vorschlagen, Herr Doktor?« fragt er. Seine Stimme klingt heiser. »Lassen Sie mal sehen«, überlegt Dr. Vogelsang. »Wie heißen Sie übrigens?« unterbricht er sich. Berthold Oppermann nennt seinen Namen. Ah, denkt der Lehrer, jetzt klärt es sich. Darum also das befremdende Thema. Der Name war ihm schon in der Klassenliste aufgefallen. Es gibt jüdische Oppermanns, und es gibt christliche Oppermanns. Man braucht nicht lange zu kratzen: der Jude, der Zersetzer, der Feind verrät sich dem Kundigen sogleich. Humanismus und zwanzigstes Jahrhundert. Immer verstecken sie sich hinter den Masken großer Worte.

»Wie wäre es«, sagte er leichthin, kameradschaftlich – diesem gefährlichen Jungen gegenüber gilt es doppelt auf der Hut zu sein –, »wie wäre es mit einem Vortrag über Hermann den Deutschen? Was zum Beispiel meinen Sie zu dem Thema: ›Was bedeutet uns Heutigen Hermann der Deutsche?‹«

Oberlehrer Vogelsang sitzt unbeweglich vor dem Katheder, sein Blick ist steif auf den Knaben gerichtet. Will er mich hypnotisieren? denkt der. Hermann der Deutsche. Es heißt Hermann der Cherusker, Mensch. Übrigens, Hermann der Cherusker oder Hermann der Deutsche, mir ist das Scheibenhonig. Mir liegt das nicht. Er sieht angestrengt auf das zerteilte Gesicht des Lehrers, auf seinen scharfen Scheitel, die starren, blaßblauen Augen, den hohen Kragen. Mir liegt das nicht. Ich schätze das weniger. Aber wenn ich nein sage, findet er's bestimmt feige. Der Humanismus ist ihm zu allgemein. Hermann der Deutsche. Er will mich nur herausfordern. Klar, Mensch. Ich will sagen, ich werde mir's überlegen. Dann wird er erwidern: Tun Sie das, mein Junge, und es wird klingen wie: Drückeberger. Bin ich ein Drückeberger?

»Was bedeutet uns Heutigen Hermann der Deutsche?« kommt nochmals die quäkende Stimme Vogelsangs. »Was meinen Sie, Oppermann?«

»Gut«, sagte Berthold.

Das Wort ist noch nicht verhallt, möchte er es schon zurücknehmen. Er hätte sagen sollen: Ich werde mir's überlegen. Er wollte das auch sagen. Aber es ist zu spät. »Recht so«, anerkennt Vogelsang. Es ist für ihn ein guter Tag heute, er ist auch aus dieser Unterredung als Sieger hervorgegangen.

Berthold, als die andern in der nächsten Pause ihn fragten, wie er mit dem neuen Chef zurechtgekommen sei, blieb einsilbig. »Er ist so halb und halb. Man muß erst sehen.« Weiter äußerte er sich nicht.

Ein gutes Stück des Nachhausewegs pflegte er zusammen mit Heinrich Lavendel zu machen. Die beiden Knaben radelten, Bücher und Hefte mit Lederriemen an die Lenkstange geschnallt, bald nebeneinander, einer die Hand auf der Schulter des andern, bald getrennt durch den Verkehr.

»Er hat mir meinen Vortrag umgeschmissen«, sagte Berthold. »Au Backe«, sagte Heinrich. »Das Schwein. Der denkt sich: nu gerade. Es ist pure persönliche Gemeinheit.« Berthold erwiderte nichts. Sie wurden durch Autos getrennt. An der nächsten roten Ampel fanden sie sich wieder zusammen. Sie hielten eng nebeneinander, jeder einen Fuß auf den Boden gestellt, gepreßt zwischen Wagen. »Er schlug mir vor: ›Was bedeutet uns Hermann der Deutsche?‹«, sagte Berthold. »Hast du angenommen?« fragte, zwischen Autogehupe, Heinrich. »Ja«, sagte Berthold. »Hätte ich nicht gemacht«, sagte Heinrich. »Paß auf, der will dich nur hereinlegen.« Gelbes Licht, grünes Licht, sie radelten los. »Hast du eine Ahnung, wie er ausgesehen haben mag?« fragte Berthold. »Wer?« fragte Heinrich, der an das Fußballtraining des Nachmittags dachte. »Hermann der Cherusker natürlich«, sagte Berthold. »Wird eben so'n oller Indianer gewesen sein wie alle andern«, erklärte Heinrich. »Denk mal darüber nach«, bat Berthold. »Okay«, sagte Heinrich; manchmal, wenn er herzlich sein wollte, kamen ihm die Worte seiner Kindheit. Dann trennte sich ihr Weg.

Berthold rang mit seinem Thema. Das Ganze war ein großer Kampf, Dr. Vogelsang der Feind. Es war Vogelsang geglückt, das Schlachtfeld zu bestimmen, er hatte Sonne und Wind für sich, kannte das Terrain besser als Berthold. Vogelsang war listig, Berthold war mutig und zäh.

Grüblerisch saß er über den Büchern, die sich mit seinem Thema befaßten, über Tacitus, Mommsen, Dessau. Hat eigentlich Hermann der Cherusker wirklich etwas zuwege gebracht? Genutzt hat ihm der Sieg verdammt wenig. Schon zwei Jahre später standen die Römer wieder über dem Rhein; von den drei verlorenen Legionsadlern holten sie sich zwei zurück. Das Ganze war ein Kolonialkrieg, eine Art Boxeraufstand, mit dem die Römer rasch fertig wurden. Hermann selber, von den Römern besiegt, wurde von seinen eigenen Landsleuten erschlagen; sein Schwiegervater schaute von der kaiserlichen Loge aus zu, wie die Römer Hermanns Frau und seinen Sohn im Triumph aufführten.

Was bedeutet uns Hermann der Deutsche? Allgemeine Erwägungen nützten Berthold nichts. Er mußte Bilder haben, Greifbares. Die Schlacht. Drei Legionen. Eine Legion sind rund sechstausend Mann, mit Troß und Zubehör zehn- bis zwanzigtausend. Sümpfe, Wälder. Es muß ähnlich wie bei Tannenberg gewesen sein. Eine Wagenburg, brauender Nebel. Die Deutschen hatten vor allem die römischen Juristen auf dem Kiek, sie sparten sie auf, sie unter ausgesuchten Martern umzubringen. Die Deutschen, las Berthold bei dem deutschnationalen Historiker Seeck, fanden, öffentliches Recht gehe gegen die individuelle Ehre. Sie wollten kein Recht. Das war der Hauptgrund ihres Aufstands.

Man müßte wissen, wie Hermann ausgeschaut hat. Das war Berthold sogleich aufgegangen. Oft und angestrengt suchte er sich ein Bild von ihm zu machen. Das Denkmal im Teutoburger Wald, ein großer Sockel und eine leere Statue darauf, das gibt nichts her. »Du, Mensch, doof war er nicht, dein Hermann«, sagte Heinrich Lavendel zu ihm. »Sie müssen eine andere Art Verstand gehabt haben, die Boys, als wir. So eine Art Indianerverstand. Schlau war er, das ist einmal sicher.« Er hatte wohl jene nordische List, überlegte Berthold, von der jetzt soviel die Rede ist. Dr. Vogelsang hat sie auch.

Berthold lag wach in der Nacht, das kam jetzt oft vor, er hatte nur die kleine Bettlampe eingeschaltet. Die Tapete wies ein zartes Muster auf, hundertmal das gleiche, einen Phantasievogel, auf einer hängenden Ranke sitzend. Schloß man halb die Augen, dann ergab die Linie, die der Bauch des Vogels beschrieb, zusammen mit der Linie der hängenden Ranke den Umriß eines Gesichts. Ja, jetzt hatte er's: das ist das Gesicht Hermanns. Breite Stirn, flache Nase, langer Mund, das Kinn kurz, aber stark. Berthold lächelte. Jetzt hat er seinen Mann. Jetzt ist er Dr. Vogelsang über. Er schlief befriedigt ein.

Bis jetzt hatte Berthold, außer mit Heinrich Lavendel, mit niemandem über seine Schwierigkeiten gesprochen. Von nun an verkehrte sich seine Schweigsamkeit ins Gegenteil. Nur vor seinen Eltern schwieg er sich auch weiter aus. Sie merkten wohl, daß der Junge aufgerührt war, aber sie wußten aus Erfahrung, wenn man ihn fragte, wurde er nur störrisch. So warteten sie ab, bis er von alleine den Mund auftun würde.

Aber mit vielen andern sprach Berthold, und viele Meinungen bekam er zu hören. Da war zum Beispiel der lebenskundige Chauffeur Franzke. Für den war die Schlacht im Teutoburger Wald weiter kein Problem. »Klar, Mensch«, entschied er. »Damals hatte der Nationalsozialismus sozusagen noch seine Berechtigung.« Jacques Lavendel hingegen erklärte, die Barbaren hätten damals den gleichen Fehler gemacht wie siebzig Jahre später die Juden, nämlich einen aussichtslosen Aufstand gegen eine glänzend organisierte Übermacht. »So was kann nie gut ausgehen«, schloß er, den Kopf schräg, die Lider weit über die blauen Augen herabgezogen.

Viel sympathischer als diese nüchterne Ausdeutung war Berthold die Meinung seines Onkels Joachim. Berthold schaute mit Achtung und Liebe auf Joachim Ranzow, den Bruder seiner Mutter. Ministerialdirektor Ranzow, schmal, groß, gepflegt, gemessen in Wort und Wesen, hatte sich das Herz des Jungen dadurch gewonnen, daß er ihn wie einen Erwachsenen behandelte. Was Onkel Joachim zum Problem Hermanns des Deutschen zu sagen hatte, war romantisch, Berthold verstand es nicht ganz, aber es machte ihm Eindruck. »Weißt du, mein Junge«, sagte Onkel Joachim und schenkte ihm vorsichtig mit der langen Hand einen scharfen Schnaps ein, »daß die Chose am Ende übel ausging, beweist gar nichts. ›Der eine fragt, was kommt danach, / Der andre, was ist recht, / Und dadurch unterscheidet sich / Der Freie von dem Knecht.‹ Hermann hat recht gehabt. Nur durch den Aufstand, auch auf die Gefahr der späteren Niederlage hin, erfuhren die Germanen, was sie sind, kristallisierten sie sich, erlebten sie sich. Ohne diesen Aufstand wären sie nie in die Geschichte eingetreten, sie wären geschichtslos in den andern aufgegangen. Nur durch Hermann bekamen sie Namen, sind sie da. Was aber zählt, ist einzig der Name, der Ruhm. Wie der wirkliche Cäsar war, ist uninteressant: was lebt, ist der Mythos Cäsar.«

Wenn Berthold das recht verstand, kam es also doch nicht allein auf das wirkliche Gesicht Hermanns an, sondern auch das Gesicht der Statue im Teutoburger Wald spielte eine Rolle. Es genügte also nicht, daß er jetzt das Gesicht Hermanns hatte. Das war verwirrend. Er war noch weit ab vom Ziel.

Ein gelegentliches Gespräch mit seiner Kusine Ruth Oppermann trug nicht dazu bei, die Dinge zu vereinfachen. Ruth Oppermann behandelte ihn von oben her, als einen kleinen Jungen, aufgewachsen in falschen Vorstellungen. Aber er war jung, es mußte glücken, ihn aus den Vorurteilen zu lösen, ihm die Wahrheit klarzumachen, die doch so einfach war. Sie bemühte sich nach Kräften, ihn zu retten. Sooft Berthold das unschöne Mädchen mit den heftigen Manieren sah, ärgerte er sich über sie. Trotzdem suchte er immer von neuem Gelegenheit, sich mit ihr herumzustreiten. Gewiß, ihre Logik war schwach; aber ihre Ziele paßten zu ihr, sie war eine Persönlichkeit, sie war richtig.

Für Ruth Oppermann war Hermanns Aktion die einzig mögliche. Er tat das, was ein paar Jahrhunderte vorher die Makkabäer getan hatten, er lehnte sich auf gegen die Unterdrücker, schmiß sie aus dem Land. Was sonst soll man mit Unterdrückern anfangen?

Wie sie so dastand, die großen Augen aus dem olivbraunen Gesicht herausfunkelnd, die Haare wie immer ein wenig unordentlich, mußte Berthold an germanische Frauen denken, die mit ihren Männern in den

Kampf zogen, um die Wagenburg zu verteidigen. Sie waren blond, diese deutschen Frauen, selbstverständlich, ihre Haut war hell, ihre Augen blau; aber auch ihre Haare waren vermutlich etwas unordentlich, ihre Augen groß und wild, der ganze Ausdruck wahrscheinlich der gleiche.

Seine Kusine Ruth hatte recht, Onkel Joachim hatte recht, er selber, Berthold, bewunderte Hermann. Das Verwirrende war nur, daß leider auch Onkel Jacques Lavendel recht hatte, daß wirklich bei der ganzen Siegerei Hermanns am Ende nichts herausgekommen war. [...]

In der Fünfminutenpause vor der deutschen Stunde gab sich Berthold männlich, tat, als hätte er vergessen, was bevorstand, sprach mit den Kameraden über Gleichgültiges. Auch Oberlehrer Vogelsang tat, als kümmerte ihn nicht das Ereignis, das jetzt steigen sollte. Er trat ein, setzte sich stramm vors Katheder wie immer, blätterte in seinem Notizbuch. »Was hätten wir also heute? Richtig, den Vortrag Oppermanns. Bitte, Oppermann.« Und als Oppermann vorgetreten war, fügte Vogelsang, heute offenbar sehr gut aufgelegt, mit scherzhaft wohlwollender Aufmunterung hinzu: »Wolfram von Eschenbach, beginne!«

Berthold stand da, zwischen Katheder und Schulbänken, betont lässig, den rechten Fuß vorgesetzt, den rechten Arm hängen lassend, die linke Hand leicht in der Hüfte. Er hatte sich's nicht leicht gemacht, war keiner Schwierigkeit ausgewichen. Aber er hatte es geschafft; er wußte jetzt klar, was uns oder was zumindest ihm Hermann der Deutsche bedeutete. Vom Standpunkt der Rationalisten aus mochte die Tat Hermanns nutzlos erscheinen, aber eine solche Auffassung hielt nicht stand vor dem Gefühl unbedingter Bewunderung, das die Befreiungstat des Mannes gerade in einem Deutschen von heute hervorrufen mußte. Diesen Gedankengang wollte Berthold ausführen gemäß den guten alten Regeln, die er gelernt hatte: allgemeine Einleitung, Setzung des Themas, prinzipielle Stellungnahme des Vortragenden; Beweise, Einwände, Widerlegung der Einwände; zum Schluß nochmals, stark betont, die These des Vortragenden. Berthold hatte, was er sagen wollte, bis aufs Komma schriftlich fixiert. Da ihm aber die Worte leicht von den Lippen kamen, hatte er es verschmäht, sein Manuskript mechanisch auswendig zu lernen. Er wollte, sich streng an die Grundlinien haltend, die Formulierung des einzelnen dem Augenblick überlassen.

Da stand er also und sprach. Er sah vor sich die Gesichter seiner Kameraden, Max Webers, Kurt Baumanns, Werner Ritterstegs, Heinrich Lavendels. Aber nicht für diese sprach er. Nur für sich selber und für den dahinten, den Fcind.

Der Oberlehrer Vogelsang hielt sich hinter Berthold, in seinem Rücken. Er saß stramm da, ließ sich nicht gehen, hörte zu. Berthold sah ihn nicht, aber er wußte, der Blick Vogelsangs war steif auf ihn gerichtet, genau auf seinen Nacken. Unter dem Kragen spürte er die Stelle, wohin der Blick Vogelsangs drang. Es war, wie wenn jemand mit spitzem Finger an diese Stelle stieß.

Berthold bemühte sich, an nichts zu denken außer an seine Sätze. Gute dreißig Minuten sollte er sprechen. Etwa acht Minuten hatte er hinter sich, die Einleitung war vorbei, das Thema gesetzt, seine These gesetzt, er war bei den »Beweisen«. Da spürte er, wie der Blick Vogelsangs ihn losließ. Ja, Vogelsang erhob sich, sehr leise, um nicht zu stören. Er kam vor, jetzt sah ihn Berthold an der linken Wand erscheinen. Er ging die linke Reihe der Bänke entlang, auf Fußspitzen, mit gemessenen, doch betont vorsichtigen Schritten; Berthold hörte das leise Knarren seiner Stiefel. Vogelsang ging nach hinten, in die Ecke links. Er wollte Berthold vor Augen haben, die Worte aus seinem Mund kommen sehen. Da stand er, hinter der letzten Bank, sehr aufrecht – stützte sich nicht die eine Hand auf einen unsichtbaren Säbel? –, die blaßblauen Augen starr auf Bertholds Mund gerichtet. Berthold, so beobachtet, fühlte sich unbehaglich. Er wandte den Kopf flüchtig dem Lehrer zu, aber der Anblick störte ihn noch mehr. Er sah geradeaus, rückte, wendete den Kopf, als wollte er eine Fliege vertreiben.

Er führte die »Beweise« zu Ende. Er sprach nicht mehr so gut wie zu Beginn. Es war sehr warm im Raum, die Räume des Königin-Luise-Gymnasiums waren gewöhnlich überheizt, er schwitzte leicht auf der Oberlippe. Er kam jetzt zu den »Einwänden«. Die Tat Hermanns, sagte er, habe, vom Standpunkt nüchterner Vernunft aus gesehen, äußere Folgen auf die Dauer vielleicht nicht gezeitigt; zugeben müsse man, daß die Römer ein paar Jahre später genau da standen, wo sie vor der Schlacht gestanden waren. Ja …

Er stockte einen Augenblick, wußte plötzlich nicht weiter. Er strengte sich an, sich zu konzentrieren. Im Geist vor sich sah er die schmalen Seiten seines lateinischen Tacitus, die großen Antiquatypen seiner schönen deutschen Tacitus-Ausgabe. Er schaute wieder nach der Ecke links hinten, dort stand Vogelsang, immer unbeweglich, aufmerksam. Berthold öffnete den Mund, schloß ihn, öffnete ihn, sah vor sich nieder auf seine Fußspitzen. Jetzt müssen es schon acht Sekunden sein, daß er nicht weiterspricht. Oder zehn. Was hat er denn zuletzt gesagt? Ja, daß die Tat Hermanns eigentlich keine äußeren Folgen hatte. Keine Frage, Luthers Bibelübersetzung, Gutenbergs Erfindungen waren für Deutschland und sein Ansehen in der Welt bedeutsamer als die Schlacht im Teutoburger Wald. Die Tat des Arminius, das müssen wir zugeben, blieb praktisch ohne Bedeutung.

Wollte er das so sagen? Das wollte er doch viel vorsichtiger ausdrücken, nicht so schroff, so hart. Nun wenn schon. Weiter, Berthold. Mach Zoff. Nur keine Pause mehr, die erste Pause hat sowieso schon eine Ewigkeit gedauert. Aber jetzt hat er den Faden wieder. Jetzt kann ihm nichts mehr passieren. Von der »Widerlegung« an ist er in Schwung. Eine zweite Pause? Nee, Herr Doktor, is nich.

Er lächelt schräg hinten in die Ecke, triumphierend. »Aber trotzdem«, setzt er an. Allein was ist denn? Warum verändert sich denn plötzlich das Gesicht Vogelsangs so merkwürdig? Warum läuft denn der Schmiß, der das Gesicht zerteilt, so rot an, warum reißt er denn die Augen so auf? Hilft alles nichts, Herr Doktor. Jetzt hab ich den Faden wieder, jetzt bringen Sie mich nicht mehr aus dem Konzept. »Aber trotzdem«, setzt er an, frisch, kräftig, »dies alles zugegeben …«

Da wird er unterbrochen. Scharf, quäkend, kommt es aus der Ecke: »Nein, nicht zugegeben. Ich gebe das nicht zu. Niemand hier gibt das zu. Ich dulde das nicht. Ich höre das nicht länger mit an. Was denken Sie sich denn, junger Mensch? Was für Leute glauben Sie denn, daß Sie vor sich haben? Hier, vor deutschen Menschen, in dieser

Zeit deutscher Notwende, wagen Sie es, die ungeheure Tat, die am Beginn der deutschen Geschichte steht, als nutzlos, als sinnlos zu bezeichnen? Sie geben das zu, sagen Sie. Sie erdreisten sich, die Argumente des ödesten Opportunismus in den Mund zu nehmen, und dann sagen Sie: Sie geben das zu. Wenn Ihnen schon selber jeder Funke deutschen Gefühls abgeht, dann verschonen Sie doch wenigstens uns vaterländisch Fühlende mit Ihren Kotwürfen. Ich verbitte mir das. Hören Sie, Oppermann. Ich verbitte mir das, nicht nur für mich selber, sondern im Namen dieser Anstalt, die vorläufig noch eine deutsche ist.«

Es ist totenstill geworden. Den meisten der Pennäler war in dem warmen Raum das Denken vergangen; sie sind schlaff dagesessen, vor sich hin dösend. Jetzt, bei dem scharfen, anschwellenden Gequäk Vogelsangs, schauen sie hoch, auf Berthold. War es wirklich so schlimm, was der gesagt hat? Und was eigentlich hat er denn gesagt? Es war etwas von Luther und Gutenberg. Ganz begriffen sie den Zorn Vogelsangs nicht, aber wahrscheinlich hat sich Oppermann wirklich ein bißchen übernommen. Man soll in solchen Vorträgen sagen, was in den Schulbüchern steht, nicht mehr und nicht weniger. Es scheint, er hat sich hineingeritten.

Berthold selber, wie Vogelsang ihn unterbricht, ist zunächst tief verwundert. Was will er denn? Warum schreit er denn so? Er soll ihn gefälligst zu Ende sprechen lassen. Bisher war es nicht üblich, daß man den Vortragenden unterbrach. Dr. Heinzius hat es nie getan. Aber der liegt nun in der Erde des Stahnsdorfer Waldfriedhofs. Und der da schreit. Man muß doch die »Einwände« bringen. Man darf sie nicht unterschlagen, man muß sie widerlegen. So haben wir's gelernt, so steht es in den Regeln, so hat es Dr. Heinzius uns beigebracht.

Ich habe ja nichts gegen Hermann gesagt. Es war doch ein »Einwand«. Ich wollte ihn doch widerlegen. Mein Manuskript liegt vor. Meine eigene Stellungnahme habe ich doch klar gegeben, zu Beginn von Teil B. Er soll doch schon aufhören, er soll doch nicht so schreien.

Ich habe gleich ein schlechtes Gefühl gehabt, wie er mir den »Hermann« vorschlug. Ich hätte beim »Humanismus« bleiben sollen. Heinrich hat es auch gleich gesagt, er ist ein Schwein, es ist pure persönliche Gemeinheit.

Er redet doch lauter Unsinn. Da liegt mein Manuskript, in der Bank, in der Schultasche. Man braucht es nur zu lesen, und man sieht klar wie Kloßbrühe, daß das Schwein lauter Unsinn redet.

Was hab ich denn eigentlich gesagt? Genau weiß ich's nicht mehr. Im Manuskript war's nicht. Ich könnte mich trotzdem auf mein Manuskript berufen. Dann sieht jeder, wie es gemeint war.

Ich will mich nicht auf mein Manuskript berufen. Der Hermann war ein oller Indianer, ich kann ihn nicht riechen. Der »Einwand« war richtig. So hab ich's gesagt, und so ist es.

Er hat die lässige Haltung aufgegeben. Er steht sehr aufrecht, den fleischigen Kopf hoch, die grauen Augen geradeaus. Er läßt die Worte des Feindes auf sich einprasseln.

Der scheint jetzt zu Ende mit seinem Salm. Berthold steht da, nagt mit den großen, weißen Zähnen die Unterlippe. Jetzt müßte er das Manuskript herausziehen und sagen: Was wollen Sie denn, Herr Oberlehrer? Bitte, hier ist das Manuskript. Aber er sagt es nicht. Er schweigt, bitter, verstockt. Die grauen Augen hält er fest den blaßblauen des andern entgegen. Endlich, nach einer ewigen Pause, deutlich, aber nicht laut, sagt er: »Ich bin ein guter Deutscher, Herr Oberlehrer, ich bin ein ebenso guter Deutscher wie Sie.«

Diese ungeheure Anmaßung des Judenjungen verschlägt Dr. Vogelsang für einen Augenblick die Sprache. Dann will er losbrechen. Aber er hat alle Trümpfe in der Hand, er will sie nicht durch einen Temperamentsausbruch verspielen. Er bezwingt sich. »So«, begnügt er sich zu sagen, auch seinerseits nicht sehr laut, »ein guter Deutscher sind Sie? Wollen Sie das gefälligst andern überlassen, zu bestimmen, wer ein guter Deutscher ist und wer nicht. Ein guter Deutscher.« Er schnaubt verächtlich durch die Nase. Und jetzt, endlich, kommt er vor aus seiner Ecke, aber nicht mehr leise, laut und stramm knarrt jeder Schritt. Geradewegs auf Berthold zu kommt er. Jetzt steht er ihm gegenüber, Aug in Aug mit ihm, und vor der totenstillen Klasse, unter atemloser Spannung, mit gespielter Ruhe und Mäßigung, fragt er: »Wollen Sie sich nicht wenigstens entschuldigen, Oppermann?«

Den zehnten Teil eines Augenblicks hat Berthold von selber daran gedacht, sich zu entschuldigen. Er hat etwas gesagt, was er nicht sagen wollte, hat es obendrein, in einem Augenblick mangelnder Konzentration, schroff und unglücklich gesagt. Warum das nicht zugeben? Dann ist die Geschichte erledigt, er kann seinen Vortrag zu Ende halten, und alle müssen sehen, daß er ein guter Deutscher ist und daß der da ihm unrecht tut. Aber vor dem Blick Vogelsangs, vor seinem widerwärtigen, hochfahrenden, zerteilten Gesicht verflüchtigt sich diese Anwandlung, noch bevor sie recht Gedanke geworden ist.

Die Kameraden alle starren auf Berthold. Die Haltung Vogelsangs hat Eindruck gemacht. Oppermann hat, scheint es, die Schnauze wirklich zu voll genommen. Aber wie immer, klein beigeben darf er jetzt nicht, das wäre unmännlich. Neugierig warten sie, was er tun wird.

Sie stehen, Vogelsang und er, Aug in Aug. Endlich tut Berthold den Mund auf. »Nein, Herr Oberlehrer«, sagt er, immer leise, geradezu bescheiden. »Ich werde mich nicht entschuldigen, Herr Oberlehrer«, fügt er hinzu. Alle sind befriedigt.

Auch Vogelsang ist befriedigt. Jetzt erst hat er gesiegt. Jetzt, durch diese Haltung Oppermanns, hat er Gelegenheit, zu zeigen, wie ein deutscher Schulmann zersetzende Elemente zertritt. »Schön«, erklärt er, »ich nehme das zur Kenntnis, Schüler Oppermann. Setzen Sie sich auf Ihren Platz.«

Berthold geht nach seiner Bank. Sicherlich war es unklug, was er getan hat. Er merkt das an der Haltung des Feindes, an seinen aufblitzenden Augen. Aber wenn er nochmals die Wahl hätte, er machte es genauso. Er kann sich nicht bei diesem Menschen entschuldigen.

Der andere ist fest entschlossen, unter allen Umständen Maß zu halten. Aber er kann sich doch nicht versagen, dem Schüler Oppermann, während der sich unter die andern setzt, zuzurufen, obenhin, aber gerade darum voll Triumph und Hohn: »Vielleicht werden Sie noch einmal froh sein, Oppermann , wenn man sich mit einer solchen Sühne begnügt.« Und: »Wir gehen jetzt an die Lektüre unseres Kleist«, beschließt Bernd Vogelsang leicht und überlegen diese Episode.

# Heimlicher Besuch

»Monsieur Trautwein, ans Telefon«, plärrte die kleine Tochter des Herrn Mercier, des Besitzers des Hotels Aranjuez, die Treppe herauf. Sepp Trautwein liebte es nicht, ans Telefon gerufen zu werden. Es gab dann immer eine unbehagliche Unterhaltung mit Herrn Mercier. Herr Mercier und Sepp Trautwein verstanden sich nicht gut. Herr Mercier war ein kleiner Rentner, auf den Centime bedacht; dabei hatte er als Südfranzose die Gewohnheit, sowie man eine im Augenblick entstandene Schuld im Augenblick begleichen wollte, vielwortig zu betonen, daß das durchaus nicht eile, es aber dem Schuldner auf Monate hinaus nachzutragen, wenn der dann nicht trotzdem auf sofortiger Begleichung bestand. Das führte zu Unzuträglichkeiten, und wenn Sepp ans Telefon gerufen wurde, das sich unten im Büro des Hotels befand, fürchtete er immer, Herr Mercier werde bei dieser Gelegenheit Reden führen, voll von schwer verständlichen Anzüglichkeiten.

Diesmal kam es nicht so. Herr Mercier wies vielmehr mürrischen Gesichtes, doch mit höflichen Worten auf den ausgehängten Telefonhörer und sagte: »Man verlangt Sie aus dem Hotel Crillon.« Trautwein meldete sich mit einem gut münchnerisch ausgesprochenen Hallo. Aus dem Telefon fragte eine Stimme in schlechtem Französisch, ob man Monsieur Trautwein sprechen könne. Die Stimme bemühte sich, den Namen Trautwein französisch auszusprechen, so daß er wie Trotueng klang. Sepp Trautwein entnahm daraus, daß ein Franzose am Telefon sei, und versuchte seinesteils in seinem bayrischen Französisch zu erklären, Herr Trotueng sei bereits am Apparat. Die Stimme verlangte nochmals, ziemlich hilflos, nach Monsieur Trotueng, ob der bei sich sei. Sepp Trautwein nahm an, der französische Inhaber der Stimme verstehe sein ungefüges Französisch nicht, und wiederholte noch eindringlicher seine Versicherung, Monsieur Trotueng sei bereits am Apparat. Endlich, in letzter Verzweiflung, fragte die Stimme in gutem Münchnerisch: »Sakrament, sind Sie das, Trautwein, oder sind Sie's nicht?« – »Natürlich bin ich's«, erwiderte unwirsch und erlöst Trautwein und dachte, wieviel Leiden doch das Exil mit sich bringe.

Es ergab sich, daß der Inhaber der Stimme Leonhard Riemann war, der Musikdirektor Riemann, der große Riemann, Sepp Trautweins Freund. Ja, Riemann und Trautwein hatten in Deutschland gute Freundschaft gehalten, allein das war vor Hitler gewesen, und Riemann hatte sich mit dem Regime ausgesöhnt, Sepp wußte, daß Riemann ein gänzlich unpolitischer Mensch war, sehr vorsichtig, ein Schisser, wie er, Sepp, sich ausdrückte. Als er gelesen hatte, Riemann werde nach Paris kommen, um drei Konzerte zu dirigieren, darunter eines in der Oper, hatte es ihm einen kleinen Stich gegeben. Er hatte sich gefragt, ob Riemann es wagen werde, sich bei ihm zu melden, dann aber hatte er die Frage beiseite geschoben, er hatte nicht einmal mit Anna darüber gesprochen. Er hatte es, trotz allem, für selbstverständlich gehalten, daß Riemann sich bei ihm melden werde. Ob das aber auch Riemann für selbstverständlich hält?

Daß er sich jetzt meldete, überraschte Sepp und erfreute den impulsiven, sanguinischen Mann im Innersten. Überhaupt ließ sich dieser Mai gut an. Erst war die Nachricht gekommen, daß Friedrich Benjamin geschrieben hatte, daß er also am Leben war. Das war ein Sieg gewesen, der Sepp und seine Arbeit großartig bestätigte. Das Gefühl der Ohnmacht, der Lächerlichkeit, des nutzlosen Zornes, das ihn so lange bei dem Gedanken an das fait accompli erfüllt hatte, war mit einem Schlag entwichen. Jetzt erst spürte Sepp, wie tief sein gesunder oberbayrischer Wirklichkeitssinn gelitten hatte unter der Vorstellung, man kämpfe vielleicht, wahrscheinlich, um einen Toten. Daß dieser jämmerliche Zweifel von ihm abgefallen war, hatte ihm eine Erleichterung gegeben, wie er sie früher bei einer Bergwanderung gespürt haben mochte, wenn er, angelangt, den schweren Rucksack abwarf. Leicht und frei jetzt, in diesen strahlenden Maitagen, lief Sepp die Seinekais entlang. Wenn er die Blumen sah, die überall feilgeboten wurden, wenn er die sanfte, frische Luft atmete, das heitere Licht der Stadt Paris, dann fühlte er sich wie auf der Ferienreise, die er früher um diese Zeit zu machen gepflegt hatte, und die Melodie, die er am häufigsten vor sich hin pfiff, waren die knappen, harten Takte des Marsches aus dem »Judas Makkabäus«. Auch sonst fügte sich alles gut in diesem Frühjahr. Die Vorbereitungen der Rundfunkaufführung der »Perser« waren nicht so schlimm, wie er gefürchtet hatte; wenn er ehrlich sein wollte, machten sie ihm sogar Spaß. Und jetzt zeigte sich überdies, daß Leonhard Riemann nicht der Lump war, zu dem er in der stickigen Luft des Dritten Reichs leicht hätte werden können. Da steht er am andern

Ende der Telefonleitung. Er hat sich bei ihm gemeldet. Das ist etwas.

Freudvoll und unwirsch also beschimpfte Trautwein den andern, daß der nicht gleich gesagt habe, wer er sei. Dann legte man fest, daß man sich am Freitagabend ausführlich sehen und sprechen werde.

Vergnügt fuhr Sepp wieder in sein Zimmer hinauf, mit der Zunge schnalzend. Er hat den Riemann ehrlich gern. Zwar hat der von früh an etwas beamtenhaft Würdiges gehabt; aber das ist nur Maske, im Innern ist der Riemann genauso ungebunden burschikos wie er selber und hat es auch immer gutmütig hingenommen, wenn er, Sepp, ihn wegen seiner Philistrosität gefrotzelt hat. Ja, Sepp freut sich auf eine gründliche Aussprache mit dem Freund. Er hat in diesen Jahren des Exils die Unterhaltungen mit ihm bitter entbehrt.

Daß der Riemann mit Hitler seinen Frieden gemacht hat, ist natürlich schwer verzeihlich. Aber schließlich ist es doch verzeihlich, wenn man bedenkt, daß der Riemann von jeher alle Politik ängstlich von sich weggestoßen hat. Schon vor Hitler haben Sepp und er darüber ständig gestritten. Übrigens liest man, daß Riemann, nicht als politischer, aber als anständiger Mensch, gelegentlich gegen die Nazi aufbegehrt, und man hört auch, er habe sich für den oder jenen unter den Verfemten eingesetzt und dadurch die Ungnade der Machthaber auf sich gezogen.

Auf alle Fälle ist es erfreulich, daß er sich gemeldet hat, und der Freitagabend wird sicher gemütlich werden. Man hat so viele gemeinsame Erinnerungen, gute und schlechte. Man hat zusammen bei Ludwig Thuille und Max Reger Harmonie studiert. Man hat Pumpgeschichten und Gschpusi-Erlebnisse zusammen gehabt. Sepp stellt sich vergnügt das würdige, gequälte, überlegene und dabei doch leise schmunzelnde Gesicht vor, mit welchem Riemann seine, Sepps, Anzapfungen aufnehmen wird.

Anna, wie Sepp ihr mitteilte, Riemann werde Freitagabend kommen, errötete freudig. Auch sie hat gelesen, daß er hier dirigieren werde, aber sie hat mit Sepp nicht darüber gesprochen. Sie hat es für unwahrscheinlich gehalten, daß er sich bei ihnen sehen lassen werde. Daß er es nun doch tut, ist ein Ereignis. Daß Riemann es auf sich nimmt, sich zu kompromittieren, nur um Sepp einmal wieder zu sprechen, bestätigt ihr, daß nicht sie allein an Sepp als an einen großen Musiker glaubt. Und nicht nur ein großer Musiker ist ihr Sepp, sondern auch ein Mann, Freunde zu halten, selbst im Unglück. Kurzum, man ist noch immer wer, trotz des gesellschaftlichen Abstiegs, und lächelnd, ein bißchen amüsiert über sich selber, freut sich Anna darauf, bei Pereyros einfließen zu lassen: Übrigens, vorgestern hat Riemann bei uns zu Abend gegessen.

»Das freut mich aber«, sagte sie strahlend, »daß wir Riemann einmal wieder zu sehen kriegen. Ich habe schon gelesen, daß er hier dirigiert. Es ist großartig, daß er bei uns angeläutet hat.« – »Das war doch selbstverständlich«, erwiderte Sepp und wußte schon nicht mehr, daß er log. »Da muß ich mich morgen gleich umtun«, sagte Anna, »damit wir ihm was Anständiges zu essen vorsetzen können.« – »Man könnte ja auch in ein Restaurant gehen«, schlug Sepp vor, der wußte, wie schwer es Anna fiel, bei ihrer knappen Zeit und unter den ungünstigen Wohnverhältnissen im Aranjuez

Tischgäste zu haben. Aber: »Nein, nein«, wehrte Anna ab. Sepp, gegen seine Gewohnheit, bestand nicht auf seinem Vorschlag; in seinem Innersten spürte auch er, daß es schon anständig genug von Riemann war, wenn er mit ihm zusammenkam, und daß die Einladung, sich mit ihm, dem Emigranten, in einem Restaurant zu zeigen, eine Zumutung gewesen wäre. Aber davon sagte er nichts.

Und dann kam der Freitag, und an ihm erschien wirklich Leonhard Riemann im Hotel Aranjuez. »Tatatataaa«, klopfte er das Achtelthema des Anfangs der Fünften Sinfonie. »So klopft das Schicksal an die Tür«, hatte Beethoven diesen Anfang erläutert, und so klopfend, war Leonhard Riemann in früheren Zeiten oftmals bei Sepp erschienen, wenn er überraschend kam oder ihm etwas Überraschendes mitzuteilen hatte.

Da also saß er leibhaft in dem überstopften Zimmer, in dem schwarzen Wachstuchsessel. Er hielt seine langen Beine hochgestellt, kerzengerade, er saß würdig, in der Haltung des hohen Beamten. Sein blasses, schmales Gesicht mit dem schüttern Haar hatte Farbe angenommen, als er Sepp wiedergesehen hatte. Er war größer als Sepp, sehr lang, leicht hohlbrüstig und hing ein wenig über. Er trug einen etwas altmodischen, langschößigen, korrekten Rock, wie er ihn immer getragen, er spielte mit seinen Handschuhen wie stets, und sein dünner Schnurrbart hing wie allezeit träumerisch und slawisch unter der dünnen Nase, gar nicht recht zu dem übrigen beamtenhaften Äußeren des Mannes passend.

Leonhard Riemann war einer der drei oder vier Dirigenten von Weltruf. Das Regime mochte ihn nicht, aber man war auf ihn angewiesen. Er war der letzte der ganz großen Dirigenten, die dem Reich dienten; es war so weit gekommen, daß das musikalischste Volk der Erde keinen Dirigenten hatte außer ihm. Man ehrte ihn also durch Titel und Würden und ließ ihn verdienen, soviel er wollte. Trotzdem ging es ihm nicht gut. Er liebte seine Arbeit, aber es fehlten ihm für die ideale Verrichtung dieser Arbeit Menschen, auf die er angewiesen war. Es störte ihn bitter, innerlich und äußerlich, daß man Musiker und Komponisten vertrieben hatte, nur weil irgendeine idiotische Behörde aus politischen oder Rassegründen Anstoß an ihnen nahm, und daß er sich jetzt mit Ersatz begnügen mußte. Auch seine wahren Freunde und seine wahren Feinde hatte man verjagt, und inmitten des lärmenden Betriebs, der um ihn war, fühlte er sich einsam im Dritten Reich.

Er hatte sich ehrlich darauf gefreut, mit seinem alten, guten, grimmigen, groben, lärmenden, törichten Freund Sepp Trautwein zusammenzusein. Als er indes Trautweins Zimmer betrat, als er sich nach der mehr als zweijährigen Trennung dem Freunde das erstemal wieder gegenübersah, überkam ihn eine peinvolle, lähmende Betretenheit. Wenn er sich, in Deutschland, vorgestellt hatte, wie Sepp wohl in Paris lebe, so hatte er leichtfertig und bequem an ein Paris gedacht, wie er es als Tourist kennengelernt hatte, an eine wunderschöne Stadt, die schönste der Welt, mit heller, silbriger Luft und leichtem Leben. Freundliche Assoziationen waren in ihm wach geworden, Place de la Concorde, Triumphbogen, Seinekais, Place des Vosges, Montmartre, nette, leicht zugängliche Frauen, Luft und Leben unbeschwert. Natürlich hatte er in Deutschland gehört, wie schlecht es den Emigranten gehe; aber ein anderes ist ein allgemeiner

Bericht, ein anderes die leibhafte Anschauung. Das traurige Hotel Aranjuez mit seinem übelriechenden Aufzug, Sepps dürftiges, vollgestopftes Zimmer, seine schlampige Kleidung, das setzte jäh an Stelle des falschen Bildes, das sich Riemann vom Leben des Freundes gemacht hatte, die triste Wirklichkeit. Plötzlich wußte er, daß das Paris Sepp Trautweins nichts zu tun hatte mit dem Paris der beflissenen, englisch und deutsch sprechenden Portiers, der Nachtlokale, der raffinierten Speisen und guten Weine, des Louvre und des Bois, sondern daß es ein Paris war, voll von nissigen, überarbeiteten Polizeibeamten und schlechtgelüfteten Büros, das Paris müder, halbzerriebener Menschen, die sich, behindert durch die fremde Sprache, um Brot zum Essen, um Luft zum Atem abrackern mußten. Riemann hatte sich nicht klargemacht, daß Sepp nicht mehr der gepflegte, wohlhäbige Herr sein werde, den er in Deutschland gekannt hatte, und der Anblick des heruntergekommenen Menschen und seines schäbigen Rahmens verstörte ihn. Zu denken, daß das der Mann war, welcher die Musik zu den Horaz-Oden geschrieben hatte mit ihrer geläuterten Lebenslust.

Dann aber beschaute er den Freund näher. Der storchte durchs Zimmer, die Füße nach innen gestellt wie immer, krähte, schnalzte mit der Zunge, und jetzt sah Riemann nur mehr den Mann, nicht mehr seine Umwelt, und in ihm war Freude. Nein, sein Freund Sepp Trautwein hatte sich nicht verändert.

Sepp seinesteils strahlte, wie er den andern in dem Wachstuchsessel sitzen sah, die Knie steif hochgezogen, langsam von Gebärden, umständlich, geheimrätlich, oder vielmehr staatsrätlich; denn Riemann war Staatsrat geworden. Sepp mußte diese seine Freude laut äußern. »Wie staatsrätlich Sie dasitzen, alter Riemann«, erklärte er, allerbester Laune, und schnupperte wohlig den Essensgeruch, der von der primitiven Küche herkam, wo Anna und Frau Chaix hantierten.

Riemann hatte von Anfang an damit gerechnet, daß ihn Sepp wegen seiner Stellung im Dritten Reich frotzeln werde, und hatte sich vorgenommen, das gelassen hinzunehmen; er war auch bereit, sich mit Sepp, wenn es sich so fügen sollte, über die Gründe auszusprechen, die ihn in Deutschland festhielten. Er erwiderte also nur: »Verändert haben wir uns wenig, alle beide, hoffe ich«, und begann von alten Dingen zu reden, von alten Freunden und Feinden, von alten Erlebnissen, dummen und gescheiten, von beruflichen Geschehnissen, von der harten und komischen Zeit ihres Anfangs, von Faschingsredouten und Lausbubenstreichen und ins Blaue zielendem Ehrgeiz. Riemanns Erinnerung idealisierte das alles, Sepp rückte es wieder ins Reale herunter, da sah das meiste derb aus, manchmal ein bißchen dreckig, aber gewöhnlich humorig. Viel, erstaunlich viel hatte man zusammen erlebt, Gutes und Schlechtes. Riemann hatte überall mitgetan, immer langsam, zögernd, umständlich, vorsichtig: aber ausgeschlossen hatte er sich niemals, er war kein Spaßverderber, er war es auch heute nicht.

Anna kam. Sie hatte sich, nachdem sie ihre Kocherei beendet, noch ein wenig zurechtgemacht, die Freude verschönte sie, sie sah großartig aus. Riemann fand, daß es diese gut angezogene, damenhafte Frau mit seinem schlampigen, lärmenden, ungeschlachten Freund jetzt nicht leicht habe, jetzt, in dieser Emigrantenumwelt, schon gar nicht.

Man aß und trank. Anna war aufgekratzt, und die beiden Männer bemühten sich, ihr vorzuführen, was für tolle Kerle sie in ihrer Jugend gewesen seien. Sepp räumte seinem Freunde Riemann ein gutes Teil an ihren früheren Streichen ein. Ja, der Riemann war ein Hinterfotziger, ein Tausendsassa gewesen, bei all seiner Duckmäuserei, und der Staatsrat lächelte, nachsichtig und geschmeichelt, wie Sepp das in Gegenwart der Dame Anna unterstrich.

Ja, es war häufig der Riemann gewesen, der den Punkt aufs i gesetzt hatte. Da war etwa die Geschichte mit der Mali vom Café Prinzregent, um die alle sich bemüht hatten. Gekriegt hatte sie schließlich der Traueneder. Der hatte ihr dann ein Kind gemacht, und wie es darum ging, das Geld aufzubringen für den Arzt, der dem Mädchen von dem Kinde helfen sollte, hatte er sich drücken wollen, der Bazi, und hatte sich überhaupt äußerst schofel benommen. Da war es Riemann gewesen, der einen neuen Text gedichtet hatte für den Chor aus der Neunten Sinfonie, diesen neuen Text, mit dem sie den Traueneder so lange zwiebelten, bis der am Ende doch zahlte. Es hatte aber dieser Text gelautet:

> Das find ich fürwahr nicht rechtlich,
> Das entspricht nicht der Moral:
> Man verkehrt nicht erst geschlechtlich
> Und wird hinterher brutal.

Riemann, nach seinem ebenso trübseligen wie würdigen Dasein im Dritten Reich, genoß doppelt die angenehme Unbekümmertheit dieses Abends. Ihm war zumute wie einem jener alten Herren, die sich bei studentischen Stiftungsfesten mit Mütze und Band zu kostümieren und sich ihre Jugend vorzuspielen pflegten. Auch Anna war aufgekratzt und bedauerte nur, daß der ebenso anspruchslose wie verwöhnte Riemann die Köstlichkeit der Gerichte, auf deren Zubereitung sie Geld und Mühe verwandt hatte, nicht recht zu würdigen verstand.

Gegen Ende des Mahls sprach man von Ernsthafterem. Riemann wollte zwar das Programm des ersten Konzerts, das er jetzt in Paris dirigieren wird, mit seiner geliebten Fünften Sinfonie abschließen, für den Beginn aber hatte er Vorspiel und Karfreitagszauber aus dem »Parsifal« angekündigt, und Sepp machte sich lustig über diese Zusammenstellung. »Wenn Sie den heiligen Kitsch nicht spielten«, fragte er, »dann hätten die Gralshüter drüben Sie wohl nicht zu uns herübergelassen?« – »Er fängt schon wieder an mit seiner Politik«, sagte entschuldigend Anna zu Riemann, »er kann halt den Mund nicht halten.« Riemann hatte ein dünnes, verzeihendes Lächeln und zupfte an seinem Schnurrbart.

Anna, ohne Übergang, erzählte von der bevorstehenden Rundfunkaufführung der »Perser«. Riemann wurde ganz aufgeregt, als sie berichtete, daß diese Aufführung schon in der übernächsten Woche stattfinden werde, am Mittwoch. Es lockte ihn, die Aufführung zusammen mit Trautwein anzuhören. »Eigentlich aber«, meinte er nachdenklich, »habe ich Mittwoch schon Probe in Brüssel.« – »Machen Sie's doch möglich«, bat Anna, »einen Tag länger zu bleiben. Es wäre fein, wenn Sie die Aufführung zusammen mit uns anhören könnten«, und sie schaute ihn mit ihren schönen, glänzenden Augen dringlich an. Trautwein räusperte sich und knurrte unbehaglich. Aber: »Ich bleibe«, erklärte mit raschem Entschluß Riemann. »Müssen die in Brüssel sich halt mit einer Probe weniger begnügen.« Anna war glücklich, auch Sepp war gerührt von Riemanns schneller Bereitwilligkeit.

Wie man dann das Eis aß und dazu von Annas Champagner trank, dem man wirklich nicht anschmeckte, ein wie billiger Gelegenheitskauf er war, kam es zum ersten ernstlichen Zusammenstoß. Es fiel der Name des Kapellmeisters Nathan, den die Nazi aus ihrem Reich herausgejagt hatten und der jetzt in New York Triumphe feierte. Trautwein konnte sich die Äußerung nicht verkneifen, Riemann werde sich wohl trotz aller Menschenliebe freuen, diesen Konkurrenten los zu sein; es war aber Kapellmeister Nathan neben Riemann Deutschlands beliebtester Dirigent gewesen. »Daß er das ›Deutsche Requiem‹ zu weichlich nimmt«, scherzte bösartig Trautwein, »scheint mir kein hinreichender Grund, ihn aus Deutschland herauszujagen.« Sowie nämlich auf Nathan die Rede kam, pflegte Riemann zu bedauern, daß dieser begabte Dirigent seine Neigung fürs Weichliche nicht zügeln könne, siehe seine Aufführung des »Deutschen Requiems«. Aus einem versteckten Schuldgefühl heraus nahm Riemann, der sich bis jetzt beherrscht hatte, gerade diesen Scherz krumm. Das klang ja beinahe so, als vermute Sepp, er, Riemann, habe mitgetan, den Konkurrenten aus seinem Bereich hinauszubeißen. Sein blasses Gesicht lief rot an. Natürlich, sagte er, bedaure er wie jeder anständige Mensch Nathans Schicksal, und er habe sein möglichstes getan, ihm bei den Bonzen zu helfen. Aber gerade den Fall Nathan sollte man eigentlich nicht gegen die Nazi ausspielen. Man könne einen recht guten musikalischen Geschmack haben, und es könnten einem die Mätzchen Nathans dennoch so zuwider sein, daß man ihn halt, wenn man die Macht dazu habe, hinausfeuere. Und ehe Trautwein darauf erwidern konnte, fuhr er verbissen und streitbar fort: »Gewiß sitzen heute an hohen und höchsten Stellen Menschen, die von Kunst einen Schmarrn verstehen und trotzdem überall dreinreden. Aber was in der Weimarer Zeit herumgewimmelt hat, mein Lieber, das hat auch manchmal nicht unterscheiden können, ob einer singt oder bläst.«

Sepp lief täppisch in dem vollgestopften Zimmer hin und her; Anna fürchtete schon, er möchte Geschirr oder sonstwas herunterwerfen. Er hörte aus dem, was der andre sagte, nur heraus, daß der das Regime verteidigte, die Barbarei, die geistige Gewalt, die scheußlichste, die man seit Menschengedenken erlebt hatte. Er empörte sich. Grimmigen Gesichtes, mit heftigen Gesten, eiferte er gegen Riemann, wurde unsachlich, krähte Bösartiges. Wie könne man ein solches Regime verteidigen? Gut, es habe Riemann zum Staatsrat gemacht und verleihe ihm märchenhafte Bezüge: aber sei das ein Äquivalent dafür, daß Riemann, wenn er ihn, Sepp, sehen wolle, sich heimlich zu ihm schleichen müsse wie zu einem Diebsgeschäft?

Riemanns blasses Gesicht färbte sich, seine verträumten Augen unter der hohen Stirn starrten erregt. Aber er hatte sich das Wort gegeben, sich von Sepp nicht reizen zu lassen. Um seine Haltung zu wahren, quirlte er mit der Gabel seinen Champagner, führte das Glas zum Mund, stellte es wieder zurück, ohne zu trinken, zupfte nervös den langen, melancholischen Schnurrbart. War dieser Sepp denn ganz gottverlassen? Hatte er allen Sinn für die Wirklichkeit verloren? Wußte er nicht, daß man im Dritten Reich von Launen gewisser Leute abhängig war, daß dort immerzu ein Schwert über einem hing? Sah er nicht, was das bedeutete, daß er, der Staatsrat Riemann, hier saß bei dem Emigranten? Das war ein Risiko, mein Lieber, daraus konnten einem allerlei Unannehmlichkeiten erwachsen. Und Unannehmlichkeiten im Dritten Reich, das ist schlimmer als hier in Frankreich das Bagno. Weiß dieser Sepp das nicht? Riemann tut sich nichts zugute darauf, daß er hier sitzt. Er ist aus innerstem Bedürfnis hergekommen, es ist ihm ein Herzenswunsch gewesen, den Freund zu sehen. Aber tapfer ist es immerhin. Nicht jeder hätte den Mut dazu aufgebracht. Und da kommt ihm dieser Sepp so grob und gemein.

Aber davon darf er nichts laut werden lassen. Er muß sich bezähmen. Er sieht ja, wie es dem andern geht. Der sitzt im Dreck, halbproletarisiert, entwurzelt. Er weiß, wie Sepp an der Heimat hängt, an München, an der deutschen Musik. Deutsche Musik, das ist etwas anderes, mein Lieber, als Pariser Musik. Es ist kein Wunder, daß einer, der so vieles so bitter entbehren muß, hysterisch wird, und man darf es nicht so genau nehmen, was einer in einer solchen Lage alles herausschleimt.

Riemann wollte also nicht mit Sepp rechten. »Mein Lieber«, antwortete er lediglich, »einige Leute finden, wer in der Emigration sitzt, der sitze in der Etappe, und wir, die wir innerhalb des Dritten Reichs für das kämpfen, was dort von Kunst und Kultur geblieben ist, wir kämpften an der Front. Nein, nein«, begütigte er, da Sepp sich anschickte, heftig zu erwidern, »ich sage nicht, daß das mein Standpunkt ist, ich führe es nur an, weil Sie mir unrecht tun. Bleiben Sie doch sachlich, Sepp. Ich gebe zu, ich lege nicht gerade Wert darauf, mich mit Ihnen in der Öffentlichkeit zu zeigen: aber daß ich mich zu Ihnen geschlichen hätte, das ist einfach nicht wahr. Ich würde es mir nie verbieten lassen, Sie zu sehen. Ich habe zum Beispiel das Bankett abgelehnt, das die Deutsche Botschaft heut abend für mich geben wollte, und statt dessen sitz ich hier bei Ihnen. Ich sage das nicht, um mich zu rühmen: Sie sind es, der mich zwingt, mich zu verteidigen.« Er verstummte, quirlte seinen Champagner, lächelte versöhnlich, gutmütig, freundschaftlich. »Als ich Ihnen telefonierte, Sepp«, sagte er und schaute gar nicht mehr staatsrätlich aus, »habe ich nicht beabsichtigt, durch meinen Besuch bei Ihnen zu demonstrieren. Ich wollte einfach meinen alten Freund Sepp sehen.«

Das, was Riemann da sagte, ließ sich hören, aber als Ganzes stimmte es doch nicht, das wußte Sepp in seinem Herzen. Weil er es aber nicht im einzelnen widerlegen konnte, wurde er doppelt ausfällig. »Sie sind schlimmer, Riemann«, sagte er, »als diejenigen, die mit Haut und Haar Nazi sind. Wahrscheinlich bilden Sie sich viel darauf ein, daß Sie dem einen oder andern geholfen haben. Aber das nützt Ihnen einen Dreck. Sie machen den Nazi gute Musik, Sie stärken das Prestige der Nazi: Sie sind ein Schädling. Wenn wir in Deutschland wieder an die Macht kommen und wenn dann die Radikalen Sie an die Wand stellen, ich würde das durchaus begreifen.« Er lief wieder auf und ab, er griff nach seinem Glas; hastig, unmanierlich schüttete er den Champagner hinunter und stellte das Glas heftig zurück.

Dann, mit tückischem Gesicht, herausfordernd, brummte er den Gefangenenchor aus dem »Fidelio«: »›Seid leise, haltet euch zurück, / Wir sind belauscht mit Ohr und Blick.‹ Dürfen Sie das in Deutschland noch spielen?« fragte er. »›Wahrheit wagt ich kühn zu sagen / Und die Ketten sind mein Lohn‹: dürfen Sie den ›Fidelio‹ überhaupt noch spielen?«

Anna versuchte abzulenken. »Helfen Sie mir ein bißchen, Riemann«, bat sie. »Wenn er sich noch so sehr aufführt, er hört ja doch auf Sie. Sagen Sie ihm, daß er selber ausschaut wie ein Gefangener aus dem ›Fidelio‹ und daß er ein bißchen mehr auf sein Äußeres halten soll.«

Aber Riemann achtete nicht auf Anna. In ihm arbeitete das, was Trautwein ihm so grimmig hingeschmissen hatte, er kaute daran, es ließ ihn nicht los. Er saß da, atmete beschwerlich, sein langer Oberkörper mit dem schmalen Kopf, der durch die Kuppelstirn trotzdem schwer wirkte, sank vornüber und berührte beinah die Knie, die hoch über den niedern Sitz des Sessels emporragten. Beinah eine Minute saß er so, schweigend. Dann, mit seiner leisen Stimme, höher als sonst und ein wenig heiser, fing er an, er redete aber mehr für sich als für die andern. »Wie ich in dem Zug nach Paris saß«, sagte er, »hab' ich gedacht, jetzt endlich könnte ich wieder einmal aufatmen. Jetzt hab' ich vierzehn Tage Ferien, hab' ich gedacht, jetzt kann ich meine Musik machen und brauche mich um nichts sonst zu kümmern. Ich kann mit Ihnen reden, Sepp, hab' ich mir gedacht, wie mit einem Menschen, nicht wie mit einem Untersuchungsrichter oder Polizeiagenten, und es werden vierzehn Tage sein, so wie man sie früher hatte. Statt dessen jammern Sie einem vor, was man sich selber den ganzen Tag vorjammert. Was wollen Sie denn von mir? Warum sagen Sie mir das denn? Glauben Sie vielleicht, es ist mir angenehm, das alles mit anzuschauen, was die dort anrichten, und dazu das Maul zu halten? Ich habe für den Rundfunk ein Konzert vorbereitet, wie man es in Deutschland seit Jahren nicht gehört hat, und dann hat man es im letzten Moment absagen müssen, weil einer von den Bonzen das Bedürfnis gehabt hat, seinen Schmarrn herauszuschleimen. Glauben Sie, das ist angenehm? Ich komme zu den Philharmonikern, und da sitzt auf einmal auf dem Platz des Bernhard, Sie wissen schon, der Bernhard mit dem Embryoschädel, und da sitzt also statt dem irgendein Klachl, von dem man froh sein muß, wenn er kein H greift statt eines B, und der Bernhard ist fortgeschickt, weil er nicht hat nachweisen können, daß schon sein Großvater getauft war. Glauben Sie, das ist angenehm? Und den Manz haben sie zum Fenster hinausgeschmissen, weil er einmal Sozi gewesen sein soll, aber in Wahrheit, weil die Pastini was mit ihm angefangen hat, und der Rickert, der früher was mit ihr gehabt hat, war eifersüchtig, und ich hab' also den Kurwenal von heut auf morgen umbesetzen müssen. Glauben Sie, das ist angenehm? Sie sitzen hier, Sie lesen so was in der Zeitung, Sie hören irgend etwas davon läuten: aber wenn Sie danebenstehen müssen, wenn Sie es mit ansehen müssen, Tag um Tag, und es ist alles noch viel schlimmer, als es in den Zeitungen steht, und Sie müssen das Maul halten und dazu Musik machen, mein Lieber, das ist keine Kleinigkeit. Wenn Sie Beethoven gespielt haben, und hernach sollen sie das Horst-Wessel-Lied spielen: probieren Sie einmal, Sepp, wie das tut.«

Sepp war vor dem andern stehengeblieben und blickte hinunter auf dieses jämmerliche Stück Mensch, das dahockte wie auf dem Lokus. Was Riemann sagte, bewegte ihn; er konnte sich's aber doch nicht verkneifen, ihm die Antwort zu geben, die ihm seit den ersten Worten dieser großen Klage auf den Lippen geschwebt war. »Wer hat's Ihnen denn geschafft, mein Lieber?« fragte er, grimmig, trocken, höhnisch.

Riemann aber, statt aller Antwort, schaute plötzlich hoch und fragte ängstlich: »Sind wir nicht ein bißchen laut geworden allesamt?« Er selber war es bestimmt nicht, er hatte dringlich, doch sehr leise gesprochen, und: »Sagen Sie, kann man hier nebenan nicht hören?« fragte er besorgt.

»Nein«, beeilte sich Anna zu erwidern, noch ganz verstört durch Riemanns Ausbruch, »nein, man kann nicht. Übrigens ist um diese Zeit auch niemand zu Hause.« Trautwein aber schaute eher mitleidig als verächtlich hinunter auf seinen Freund, diesen Wasch- und Jammerlappen. Er spürte keinen Groll mehr. Er sah jetzt erst, wie sehr sich Riemann verändert hatte. Wohl war sein Gesicht dasselbe und seine Haltung; doch das, was Trautwein erst so recht das Bild eines Menschen gab, die Stimme, diese Stimme Riemanns, die war verändert; an seinem Ausbruch und jetzt an seiner ängstlichen Frage hatte Sepp das gehört. Ja, der ganze Mann war ein anderer geworden, er war zerrieben, erschöpft, seine Lebenskraft war aufgezehrt. Und hat Trautwein manchmal Riemann in seinem Heimlichsten beneidet, daß der in Deutschland bleiben und dort Musik machen konnte, jetzt war in ihm nichts als Bedauern mit dem Freund. Er war froh, daß er selber zur rechten Zeit das kranke Land verlassen und seine Seele gerettet hatte.

Nach einer Weile faßte sich Riemann, lächelte verlegen,

als wolle er seinen Ausbruch entschuldigen, und wurde wieder zum Staatsrat. Später begann er sachlich aufzuzählen, was alles er in Deutschland den Widerständen zum Trotz habe durchsetzen und wie viele verdiente Musiker er habe retten können. Doch Trautwein ließ nicht mit sich feilschen. Unerbittlich konstatierte er: »Vor der Musikgeschichte kommen Sie damit nicht durch. Es gibt keine unpolitische Musik. Wenn Sie heute als Musikdirektor des Dritten Reichs Musik machen, dann machen Sie schlechte Musik, und wenn sie noch so gut ist. Wer für gemeine Ohren Musik macht, macht gemeine Musik.«

Diese Meinungsverschiedenheiten hinderten übrigens nicht, daß man später wieder sehr freundschaftlich wurde. Riemann erzählte, er falle jedes Jahr zwei- oder dreimal in Ungnade, werde kaltgestellt und dürfe ein paar Wochen nicht dirigieren. Diese Zeit pflege er zum Komponieren von Sonaten zu verwenden. Er habe in diesen zwei Jahren fünf Sonaten komponiert. Trautwein hatte nie ein Hehl daraus gemacht, daß er die Kompositionen Riemanns eklektisch fand, langweilig. Grinsend, trocken und herzlich erwiderte er, da wünsche er sich und seinem Freunde nur, daß der möglichst lange nicht mehr bei seinem Führer anecke.

Trotz solcher Anzapfungen blieb Riemann bis nach Mitternacht, er spürte offenbar den Drang, zu schwatzen und sich aufzusperren, und als er schließlich ging, bat er Trautwein, er möge ihn ein Stück Weges begleiten. Sepp fragte gutmütig, ob das denn nicht für Riemann gefährlich werden könne, wenn er sich mit ihm auf der Straße sehen lasse. Dann aber gingen sie ein großes Stück Weges zusammen, wie sie in ihrem Leben viele Wege zusammen gegangen waren. Erst an der Place de la Concorde, wo Riemann wohnte, trennten sie sich. Trautwein bestieg seinen Autobus, und Staatsrat Riemann ging rund um den hellerleuchteten Platz, mit etwas steifem Schritt, ein bißchen vornübergeneigt, und verschwand im Eingang des Hotels Crillon.

## Wer, wenn nicht du?

Der Fuhrhof lag weiß in der gleißenden Sonne. Auf der Bank im Schatten hockten faul Maurice, der alte Chauffeur Richard und der Packer Georges. »Guten Tag, Mademoiselle«, sagte Maurice und legte in seinen Gruß die gleiche kleine Moquerie wie immer.

Simone lehnte ihr Rad an die Mauer und wollte zur Pumpe gehen. »Benzin wird heute nicht gehandelt«, sagte der alte Richard. »Der Patron hat abgesperrt. Vielleicht macht er überhaupt Schluß mit der Pumpe. Vielleicht ist es nur für jetzt, weil der Unterpräfekt da ist.«

»Frankreich verreckt sehr langsam«, kommentierte Maurice. »Die Staatsautorität in Gestalt Monsieur Cordeliers hat es immer noch nicht aufgegeben, die ihr zustehenden Wagen nebst zugehörigem Benzin aus dem Patron herauszuholen. Die Unterpräfektur selber hat keine Wagen mehr. Aber Monsieur le Sous-Préfet haben sich dadurch nicht abhalten lassen. Monsieur le Sous-Préfet kamen auf dem Rücksitz des alten Jeannot angebraust. Das Vaterland, auf dem Rücksitz des Motorrads, hat sich heroisch an den Schultern des wackeligen Huissiers festgehalten, um, sein Recht im Munde, unterzugehen.« – »Red nicht so geschwollen«, bemerkte maulfaul der alte Packer Georges. »Ich spreche nicht mit dir, du Arschloch«, erwiderte Maurice, »ich spreche mit Mademoiselle Nichte.«

Da die Pumpe abgesperrt war, hatte Simone auf dem

Fuhrhof nichts zu suchen, und sie hätte umkehren können. Aber sie zögerte, und schließlich, immer zögernd, ging sie hinüber in den Schatten zu der Bank. Sie war sich bewußt, daß, was sie jetzt tat, ein neuer Akt des Vorwitzes war. Sie gesellte sich in Zeiten der Meuterei und der Gefahr zum Personal, sie vergrößerte den Bruch zwischen sich und dem Hause Planchard, sie übertrat Madames letzte Warnung.

Wiewohl noch bequem Platz auf der Bank war, rückten die drei höflich zusammen. Maurice grinste. Simone setzte sich zu ihnen.

Sie erwartete, man werde über die Vorgänge von gestern sprechen. Es war ihr ein wenig bange davor, sie wollte, was sie gestern getan hatte, nicht lange zerreden. Aber als die drei nicht davon sprachen, war es ihr doch wieder leid.

Richard erzählte, im Café Napoleon habe man im Radio gehört, die Stadt Tours halte sich noch immer. Die Stadt wurde von einer kleinen Besatzung verteidigt gegen ungeheure Übermacht, sie hielt sich nun den vierten Tag. Simone glühte vor Freude. Da sah man es. Wir werden uns halten. Die Linie an der Loire wird halten. Maurice freilich meinte: »Was nutzt alle Courage der Untern, wenn die Obern nicht wollen?«, und er wischte Tours mit der Hand weg.

Dann sprach man von dem Besuch des Unterpräfekten. Heute ging es bei den Verhandlungen da drinnen im Privatkontor wohl nicht mehr um den Abtransport der Flüchtlinge. Quasselfriedrich hatte unter großem Gestöhn weitere zwei von seinen Wagen herausgerückt, und ein großer Teil der Flüchtlinge war bereits abtransportiert. Es ging also wohl um anderes. Schade, daß der

Huissier Jeannot nicht da ist; der wüßte wohl Bescheid. Aber er scheint heute ein bißchen geniert, er hat sich nicht zu ihnen gesetzt, sondern sich im Büro verkrochen. Immerhin hat er seinem Freund, dem Packer Georges, Andeutungen gemacht. Es heißt, es seien Weisungen eingetroffen, daß, sowie die Besetzung durch die Boches nicht mehr zu vermeiden sei, alles Transportmaterial zerstört werden müsse, damit es nicht den Feinden in die Hände falle; die Zivilbehörden hätten dabei das Militär zu unterstützen. Um das mit dem Patron zu arrangieren, dazu hat sich wohl der Unterpräfekt auf so unbequeme Art hierherbefördern lassen. Maulfaul, in Brocken, berichtete das der Packer Georges.

»Da hab ich keine Angst um den Patron«, meinte Maurice. »Ich wette zehn Schachteln Gaulois und einen Liter Apfelwein, daß uns unser schwarzes Benzin und unser Fuhrpark erhalten bleibt. Quasselfriedrich wird sich schon aus der Affäre ziehen. Er wird so lange mit dem Unterpräfekten verhandeln, bis er mit den Boches verhandeln kann.« – »Nein«, rief Simone, »das nicht.« Maurice schaute sie an, amüsiert, frech, von oben bis unten. »Wie ist das, Mademoiselle«, fragte er. »Wollen Sie die Wette halten?« […]

Als Simone am folgenden Tage ihr Rad hinauf nach Saint-Martin schob, war ihr gebräuntes, knochiges Gesicht mit der breiten, eigensinnigen Stirn sehr ruhig, geradezu versperrt. Aber hinter der besonnenen Stirn war leidenschaftliche Erregung.

Sie zitterte vor Ungeduld, ihren Entschluß auszuführen, und gleichzeitig suchte sie nach Vorwänden, die Aktion hinauszuschieben. Immer wieder griff sie nach dem Schlüssel in ihrer Tasche und nach dem Feuerzeug. Immer wieder, gegen ihren Willen, stellte sie sich vor, wie die Aktion verlaufen und was für Folgen sie haben werde. Es kostete sie Kraft, ihre Erregung niederzuhalten.

Sie rief sich den Augenblick zurück, da sie den Entschluß gefaßt hatte. Es war gestern gewesen, während des Abendessens, als Onkel Prosper von seiner Unterredung mit dem Unterpräfekten erzählte.

Bestimmt hat Onkel Prosper seinen Bericht gefärbt und die Unterredung von seinem Standpunkt aus dargestellt. Trotzdem ist Simone überzeugt, genau zu wissen, was der Unterpräfekt verlangt hat, wie er's begründet hat und wie sich Onkel Prosper dazu verhalten hat. Sie konnte sich so gut, als wäre sie dabeigewesen, das Drängen und Bitten Monsieur Cordeliers vorstellen, die zornige, ironische Abwehr Onkel Prospers und das lange, rednerische Hin und Her, bis schließlich der Unterpräfekt den traurigen Rückzug antrat, den sie mit angesehen hatte.

Es war offenbar vorher schon ein Herr vom Militär bei Onkel Prosper gewesen und hatte die Zerstörung des Fuhrparks und des Benzins gefordert. »Wenn der Capitaine abgezogen ist, ohne seinen törichten Vorsatz durchgeführt zu haben«, wollte Onkel Prosper dem Unterpräfekten gesagt haben, »dann solltest du mich mit deinem albernen Ansinnen verschonen.« Und: »Misch dich doch nicht in meine Geschäfte, mein Alter«, wollte er ihm erklärt haben. »Glaubst du wirklich, ich habe mir mein Benzin so mühsam zusammengekratzt, damit ich mir's von den Boches wegstehlen lasse? Ich bin kein grüner Junge. Du kannst überzeugt sein, keinen Kotflügel laß ich mir von ihnen stehlen und keinen Tropfen Benzin. Aber was zu geschehen hat und wann, das bestimme ich und niemand sonst. Das möchte ich mir ausgebeten haben.«

Als Onkel Prosper diese seine letzte, entscheidende Antwort wiedergab, da, genau da, hatte sich Simone entschlossen, die Sache in ihre Hand zu nehmen und auf den Fuhrhof zu gehen. Da, genau da, hatte sie sich zu ihrer Aktion entschlossen. Denn da, in diesem Augenblick, hatte sie sich gesagt: Onkel Prosper ist offenbar bereit, sein Material vor der Ankunft der Feinde zu zerstören. Es kann gar nicht anders sein, er ist der erste Mann von Saint-Martin, der erste Patriot, und er ist ein Planchard, ein richtiger Planchard. Wogegen er sich sträubt, das ist nur der Zwang. Er will Herr bleiben in seinem Betrieb. Befehle und Drohungen anderer duldet er nicht.

So ist es, und ohne das leidige Gespräch mit dem Unterpräfekten wäre alles gut. Jetzt aber hat Monsieur Cordelier durch sein täppisches Eingreifen alles verdorben. Jetzt muß Onkel Prosper erst die rechte Form finden, seine Würde zu wahren. Und das kann seine Zeit dauern. Und die Boches können jeden Augenblick in der Stadt sein. Und welch ein Unglück, welch unauslöschliche Schande für das Haus Planchard, wenn es zu spät würde und wenn den Boches das Material in die Hände fiele.

Darum muß sie es Onkel Prosper abnehmen, darum muß sie es in ihre Hände nehmen, sie, die Tochter Pierre Planchards. Und wenn die Aktion erst einmal verrichtet ist, dann wird Onkel Prosper aufatmen, dann wird er Dank und Lob für sie haben.

Sie hat diese Erwägungen hundertmal angestellt in der Zwischenzeit, aber sie waren, mit ihrem Auf und Ab und Um und In, rund und fertig in ihr gewesen vom ersten

Augenblick an. Die ganze Aktion war fertig in ihrem Innern gestanden, noch ehe Onkel Prosper jenen Satz seines Berichtes vollendet hatte.

Was Madame zu dem Bericht Onkel Prospers äußerte, hatte Simone in ihrem Entschluß nur bestärkt. »So sind sie, diese Paperassiers«, hatte Madame gemeint, »sie wollen Werte vernichten nur aus bürokratischem Dünkel«, und: »Was soll den Deutschen dein bißchen Benzin nützen? Glaubt dieser Philippe, sie sind für ihre Tanks auf dein Benzin angewiesen?« Simone aber hatte sogleich im Geist erwidert: Weil so viele so dachten, darum ist es so weit mit uns gekommen. Sie war sich klar darüber, daß die Argumente Madames nicht weniger gefährlich waren als die feindlichen Tanks.

Die Steigung war zu Ende, vor Simone lag jetzt ein Stückchen ebener Straße. Sie stieg auf ihr Rad, sie fuhr, sie fuhr schnell. Sie fühlte sich leicht und froh, sie war erfüllt von feierlicher Heiterkeit. Es war ihr größter Tag heute, ihr Leben hatte Sinn bekommen. Ihre Aufgabe, ihre Aktion, stand groß und leuchtend vor ihr.

Sie hatte sich auch vorbereitet wie zu etwas Feierlichem. Bevor sie aufgebrochen war, hatte sie sich, schon das zweite Mal an diesem Tag, mit dem Gartenschlauch abgeduscht und sich ganz frisch angezogen. Sie lächelte. Sie erinnerte sich des großen Glücksgefühls, das sie verspürt hatte, während das Wasser auf sie einbrauste. Immer hat man sie über die Achsel angeschaut, nichts war sie als die arme Nichte und kleine Magd der Villa Monrepos, die »Strich steht« an der roten Pumpe. Und jetzt ist sie dazu ausersehen, zu beweisen, daß Saint-Martin eine gute Stadt ist, die sich den Boches nicht ohne weiteres preisgibt.

Der Weg begann sich in schnellen Kurven mit ansehnlicher Steigung den Stadthügel von Saint-Martin hinaufzuwinden. Früher, als Simone noch ein Kind war, ist sie hier trotz der Steigung manchmal ein Stück geradelt, mehrmals hat sie Henriette herausgefordert, wer es länger aushalte. Auch heute steigt sie nicht ab, sondern radelt weiter. Es ist ganz unsinnig; jedermann schiebt das Rad auf dieser Strecke. Aber sie fühlt sich heute so voll Kraft. Sie radelt weiter, sie tritt und tritt, das Rad geht im Zickzack. Es ist sehr heiß, sie keucht, es ist purer Übermut, aber noch ein Stückchen, und noch einen Meter, und noch bis zur Ecke. So fährt sie hinauf, ein leeres, angestrengtes und vergnügtes Lächeln um die Lippen.

Erst als es durchaus nicht mehr ging und ihr das Herz hoch hinauf in den Hals schlug, stieg sie ab. Einen Augenblick lehnte sie am Sattel ihres Rades und wischte sich den Schweiß, immer noch das Lächeln um ihre Lippen. Doch ihre ganze Freude war mit einem Male fort. Sie war erschöpft von der Anstrengung des überflüssigen Radelns und froh, daß der Weg zur Stadt nicht mehr lang war.

Sie schob das Rad den Rest der Straße hinauf. Auf einer Bank saßen ein paar Soldaten, todmüde, und schauten ihr stumpfen Blickes zu. Für einen Augenblick fragte sie sich, ob man mit solchen Soldaten den Krieg weiterführen könne. Doch sogleich stellte sie sich vor, wie die in der Stadt Tours kämpften gegen eine ungeheure Übermacht, und gestern hatten sie sich den vierten Tag gehalten, und wahrscheinlich hielten sie sich auch heute noch.

Schneller, mit kräftigerer Bewegung, schob sie das Rad. Ihre Aufgabe stand klar vor ihr. »Wer, wenn nicht du? Und wann, wenn nicht jetzt?«

Sie war an der Porte Saint-Lazare angelangt. Was sucht sie eigentlich hier in der Stadt? Warum ist sie nicht den direkten Weg zum Fuhrhof geradelt, der um die Stadt herführt? Ach ja, sie muß sich ein Alibi schaffen, sie muß in der Stadt gesehen worden sein zur Zeit der Aktion, sie muß auf der Unterpräfektur gesehen worden sein. Alle sollten heimlich glauben, daß die Tat vollbracht worden ist von der Familie Planchard: aber wissen darf es keiner, damit keiner hineinverwickelt wird. Das ist ganz einfach, das hat sie sich alles genau ausgerechnet.

Wenn sie sich nicht noch das Alibi beschaffen müßte, wäre sie jetzt schon auf dem Fuhrhof. Es überläuft sie, wenn sie daran denkt. Ungeduld reißt und zerrt an ihr, doch vor dem Augenblick der Aktion hat sie Scheu und ist froh an dem Vorwand, ihn hinauszuzögern.

Ziellos schob sie ihr Rad die gewundenen, gewinkelten Gassen hinauf und hinunter. Von neuem, seit gestern, hatte sich Saint-Martin verändert. Nur vereinzelt zeigten sich Menschen auf den Straßen, die Stadt war ausgestorben, wie gelähmt in Erwartung des Feindes. Die Häuser standen tot, die Läden waren heruntergelassen. Es war drückend heiß. Immer schwereren Schrittes ging sie durch die bleierne Hitze, das Gefühl der gespenstischen Ödnis legte sich ihr beklemmend um die Brust. Gerade weil die Häuser so bunt und starkfarbig waren, wirkte ihre Stille um so lähmender. Simone war, als rückten die Mauern immer enger um sie zusammen. Sie ging und ging, sie atmete mühsam; ihr war, als brennte die Hitze des Pflasters und die Kopfsteine der kleinen Plätze ihre Sohlen, und das Rad, das sie schob, war schwer wie ein Stein. Und wiewohl sie kein bekanntes

Gesicht entdecken konnte, nur ab und zu einen fremden, müden, gleichgültigen Soldaten, war ihr, als schaute die ganze Stadt ihr zu und als sähe jedermann ihr an, was sie vorhatte.

Das drückendste war, daß die Menschen der Stadt, auch diejenigen, die geblieben waren, nicht sichtbar wurden. Simone war vor dem Hause ihrer Schulfreundin Adrienne Voisin. Mit einem plötzlichen Entschluß drückte sie die Klinke der Haustür nieder. Die Tür war offen. Vielleicht waren die Voisins noch da. Sie stieg die Treppe hinauf. Niemand war da. Unordnung war, die Spuren jähen Aufbruchs und eine muffige, unerträgliche Hitze. Simone ging ins Wohnzimmer, Monsieur Voisin hatte in einem großen Käfig eine Reihe kleiner, sehr bunter, exotischer Vögel gehalten. Das Baucr stand da mit den bunten Vögeln, aber sie waren tot und stanken.

Simone spürte eine leise Übelkeit. Sie verließ das Haus, wieder schob sie ihr Rad durch die Straßen, sie hatte bis jetzt noch kein bekanntes Gesicht gesehen, sie konnte also nicht wissen, ob sie gesehen worden war. Sie atmete auf, als vom Schatten einer Bank auf der Place Saint-Lazare eine Stimme sie anrief.

Es war Maurice. Er saß da unter einer Ulme, sein Gesicht war gesprenkelt vom Schatten, er saß nicht allein. Er saß mit einem Mädchen; sie war füllig und sah ziemlich vulgär aus, fand Simone. Im Fuhrhof sagten sie, er treibe sich viel mit Mädchen herum. Aber sie war froh, ihn zu sehen. »Holen Sie noch immer ein für die sieben magern Jahre, Mademoiselle?« rief er ihr zu, faul. Sie dachte an die Aktion, um derentwillen sie hier war. Ja, unwillkürlich griff sie nach dem Schlüssel und nach dem Feuerzeug, das sie in der Tasche trug, und beinahe erfüllte es sie mit Genugtuung, daß er ihr wieder so grausam unrecht tat.

Mit ihren dunkeln, großen Augen schaute sie ihn an, voll von Vorwurf und mit einer kleinen Verachtung. Er lachte. »Es war nicht bös gemeint«, lenkte er ein, und: »Komm zu uns, Kröte«, forderte er sie auf, gutmütig. »Du hast dich gestern hilfreich bewährt in der Sache mit dem Flieger. Du hast mir was zugeschustert, meine ich. Der Bursche hat eine Stange Geld hiergelassen. Da sollst du deine Provision haben. Wir gehen ins Napoleon. Wir trinken ein Bock, bevor die Boches kommen.«

Simone zögerte. Was wird Madame sagen, wenn sie zusammen mit Maurice und dem vulgär aussehenden Mädchen ins Café Napoleon geht? Es ist etwas Ungeheuerliches; ihr selber, noch vor zwei Tagen, wäre die Idee absurd vorgekommen. Aber heute ist es etwas anderes. Sie will hier in der Stadt gesehen werden. Es kann nur von Vorteil sein, wenn sie sich im Café Napoleon zeigt. Auch wird, wenn sie's nicht tut, Maurice sie wieder für feig und hochmütig halten. Sie machte ein paar Schritte in der Richtung auf die Bank zu.

Maurice stand gutmütig grinsend auf. »Das ist meine Freundin Louison«, stellte er vor, »und das ist Mademoiselle Simone, Nichte meines Patrons.«

Sie gingen ins Café, es war kein weiter Weg. Sie setzten sich auf den Perron, unter das rot und orangefarbene Schutzdach, an eines der Marmortischchen. Ein paar Soldaten waren da, ein paar Flüchtlinge, von Einheimischen nur der alte, eigenbrötlerische Uhrmacher Darieux. Maurice hatte wie immer das blaue Hemd weit offen. Monsieur Grasset, der Besitzer, schien erstaunt, Simone in der Gesellschaft des Chauffeurs Maurice und des Mädchens

Louison zu sehen. Jedenfalls wird er bezeugen können, daß er Simone gesehen hat.

Maurice, als die drei betauten Gläser mit Bier vor ihnen standen, fragte: »Wurden wir nicht gestern unterbrochen bei der Erörterung einer Meinungsverschiedenheit? Jetzt wird es sich ja bald zeigen, ob uns unser Benzin und unser Fuhrpark erhalten bleibt.«

Simone schaute ihn an, aufs höchste betroffen. Hatte er ihren Vorsatz erraten? Aber er fuhr fort: »Oder glauben Sie immer noch, daß wir uns ›halten werden‹? Verlassen Sie sich auf Maurice: innerhalb vierundzwanzig Stunden, wahrscheinlich schon innerhalb der nächsten Stunden, werden wir genau wissen, wer was mit dem Fuhrpark anfangen wird. Wenn Sie Ihre geehrten Augen ein bißchen aufmachen wollen, Madcmoiselle, dann können Sie nämlich wahrnehmen, daß die Soldaten unserer tapferen Armee nicht nur aus dem Osten und aus dem Norden kommen, sondern auch aus dem Südwesten. Sie sind nämlich auch im Südwesten auf den Feind gestoßen. Wissen Sie, wie man das heißt, was wir hier sind? Man heißt das: eingekreist.«

Eingekreist. Wahrscheinlich innerhalb der nächsten Stunden. Simone geriet in Panik. Sie hatte keine Zeit zu verlieren. Sie stellte sich eine Frist: binnen zwei Stunden muß sie es getan haben.

»Ich muß jetzt gehen«, sagte sie abrupt. In ihr dachte es: Wer, wenn nicht du? Und wann, wenn nicht jetzt? Gleichzeitig ärgerte sie sich über die Art, wie das Mädchen Louison sie anschaute; sicher glaubte sie, auch sie habe was mit Maurice.

»Sei doch nicht so ungemütlich«, antwortete der. »Trink erst einmal.« Sie trank. »Na, und wie ist es jetzt mit unserer Wette?« zog er sie auf. »Ich bin bereit, den Einsatz zu erhöhen. Ich wette eine Flasche Pernod und zwanzig Päckchen Gaulois.« Er schaute sie an, er grinste, überlegen. Sie erwiderte seinen Blick. »Ich halte die Wette«, sagte sie, ihre Stimme klang entschieden, herausfordernd.

Er schien überrascht. Er musterte sie, aufmerksam, ziemlich lange. »Man sieht, daß Mademoiselle ein reiches Mädchen sind«, sagte er dann. Und: »Topp, commère«, sagte er und hielt ihr die Hand hin. Einen Augenblick schaute sie auf die kräftige, offene Hand über dem Marmortischchen. Dann schlug sie ein. Das Mädchen Louison lachte.

»Jetzt muß ich aber wirklich gehen«, sagte sie und stand auf. »Mein Gott, warum denn?« antwortete er erstaunt. »Heute ist doch keine Eile. Heute kann wirklich niemand mehr was hamstern, nicht einmal die Herrschaften aus der Villa Monrepos.« – »Ich muß auf die Präfektur«, sagte sie, und da er sie, wieder ein bißchen mißtrauisch, anschaute, log sie: »Ich habe Monsieur Xavier was zu bestellen.« – »Immer Geschäfte«, murrte ironisch Maurice. »Na dann mal zu«, sagte er.

Sie ging. Sie schob ihr Rad nach dem Palais Noiret. Sie spürte, wie Maurice ihr nachschaute, und sie hörte das Mädchen Louison lachen; wahrscheinlich machten sie jetzt schmutzige Anmerkungen über sie.

Da war sie vor dem Palais. Das große, alte Tor war geschlossen. Sie läutete nicht. Ihre eigene nervöse Erwartung machte sie empfindsam für den Gemütszustand der andern; sie sagte sich, hinter diesem Tor erwarte man die Deutschen, und jedes Läuten werde Schrecken verursachen. Lieber schob sie ihr Rad zum Nebeneingang. Sie sah denn auch durch das kleine Fenster das vertraute Gesicht des Concierges; sie klopfte, er ließ sie ein.

»Was suchst du denn hier?« fragte er verwundert. Es war Simone recht, daß ihr Kommen ihm auffiel. »Ich muß Monsieur Xavier sprechen«, sagte sie. »Darf ich mein Rad bei Ihnen einstellen?«

Im Innern des Gebäudes waren alle Beamten versammelt, sie trugen ihre Sonntagskleidung, jeder saß an seinem Platz, niemand sprach, sie hockten da, feierlich, bedrückt, mit runden Schultern und schweren Gesichtern.

Allein die scheinbare Lässigkeit der Wartenden verbarg nicht ihre gequälte Nervosität. Der Unterpräfekt konnte seine Unruhe nicht zähmen. Es trieb ihn herum, er ging von einem Büro zum andern, er zupfte an seiner Rosette, er seufzte, er sagte trüb und freundlich Nichtssagendes, er legte wohl auch dem einen oder dem andern die Hand auf die Schulter, abwesenden Gesichtes.

Simone, infolge ihrer freundschaftlichen Beziehungen zu Monsieur Xavier, war hier so gut wie zu Hause. Diesmal indes fühlte sie sich fremd und unbehaglich. Es war wohl auch, weil sie in Hosen war; das war heute nicht angebracht, da hatte Madame recht, und man schaute sie etwas erstaunt an. Aber sie konnte sich nicht vorstellen, wie sie ihr Vorhaben anders sollte durchführen können als in Hosen. Sie bemühte sich, allen Beamten vor Augen zu kommen, das war wichtig, alle mußten sie gesehen haben.

Sie ging ins Büro Monsieur Xaviers. Der saß an seinem Schreibtisch, er hatte die Wange in eine Hand gestützt, die andere lag schlaff auf der Lehne des Stuhles. Der sonst so lebendige Herr sah müde aus; Simone mußte daran denken, wie sie gegen ihren Willen seinen Vater überrascht hatte, im Lehnstuhl, unendlich alt.

Monsieur Xavier schaute hoch, als Simone eintrat. Er bemühte sich, freundlich zu sein, er versuchte sogar einen kleinen Scherz, es gelang ihm nicht. »Was suchst du eigentlich hier?« fragte er dann. »Ich hab es zu Hause nicht ausgehalten«, erklärte vage Simone. »Wird Madame nicht ungehalten sein?« fragte Monsieur Xavier. Simone zuckte die Achseln. »Ist es arg, daß ich in Hosen bin?« fragte sie. Monsieur Xavier spielte mit dem Brieföffner. »Ich weiß nicht, ob die Boches daran Anstoß nehmen werden«, antwortete er mit trüber Ironie.

Sie stand vor ihm, sie schaute in sein kummervolles Gesicht, das die Erregung nur mit großer Mühe niederzwang, das Mal auf der rechten Wange war angeschwollen. Dringlich schaute sie ihn an. Jetzt, sogleich, mußte sie sich auf den Weg machen, und sie wollte das frische Gedächtnis seines wohlmeinenden, befreundeten Gesichtes mit sich nehmen. Etwas in ihrem Blick fiel ihm auf. »Ist was los?« fragte er, in seiner Stimme war eine Spur Argwohn und Sorge. Einen kleinen Augenblick zögerte Simone. Sollte sie nicht doch vielleicht ihm alles sagen? Er hatte ihren Vater geliebt und bewundert, er mochte sie sehr gerne. Nein, es war ihr nicht erlaubt, sie durfte ihn, den Beamten, nicht in ihr Unternehmen mit hineinziehen, sie mußte die Gefahr allein tragen. »Nein«, sagte sie mit gespielter Selbstverständlichkeit. »Was soll denn los sein?« – »Wir haben jetzt alle unsere Sorgen«, sagte Monsieur Xavier.

Ein langes, starkes Läuten schrillte durchs Haus. Simone, selbst Monsieur Xavier zuckte zusammen, man schaute aus den Fenstern. Vor dem Tor stand der Châtelain. Er war im Auto vorgefahren, dort drüben, blau und glänzend stand der große Wagen, gespeist wohl von gehamstertem Benzin Monsieur Planchards, elegant saß der livrierte Chauffeur am Steuer. »Jetzt haben die Ratten gute Zeit«, sagte Monsieur Xavier.

Er ging hinüber in das Zimmer des Unterpräfekten, Simone folgte ihm. Andere Beamte kamen, die Ordnung war aufgelöst, man wollte hören, was der Châtelain brachte.

Monsieur Cordelier empfing den Marquis de Saint-Brisson, ohne seine Verwunderung zu verhehlen. Der, nach der Begrüßung, zögerte. Die Tür des Zimmers stand offen, im Vorzimmer, sogar in der Tür standen Beamte; und der Marquis erwartete wohl, der Unterpräfekt werde ohne Zeugen mit ihm sprechen. Da indes Monsieur Cordelier keine Miene machte, seine Beamten wegzuschicken, fing der Châtelain zu reden an. »Ich habe Grund zu der Annahme«, sagte er mit seiner knarrenden Stimme, »daß den deutschen Herren, die hier vermutlich in allernächster Zeit auftauchen werden, mein Name etwas sagt. Ich glaube, Monsieur le Sous-Préfet, ich werde Ihnen bei dem Empfang der Deutschen behilflich sein können. Im Interesse des Arrondissements halte ich es für meine Pflicht, bei der Ankunft der deutschen Truppen zugegen zu sein.« Er schaute noch hochmütiger aus als sonst, er hielt sich noch mehr gereckt, seine braunen Augen über der starken, höckerigen Nase starrten hart, beinahe verächtlich auf den Unterpräfekten, die andern schien er nicht wahrzunehmen.

Alle warteten, was Monsieur Cordelier erwidern werde. Der überlegte. Man sah ihm an, wie ihm eine scharfe Erwiderung auf der Zunge lag, wie er sie hinunterschluckte. Schließlich sagte er lahm: »Wenn Sie meinen«, und wies auf einen Stuhl.

Simone sah das braungelbe, hochfahrende Gesicht des Mannes, die blassen, hilflosen Augen des Unterpräfekten, das empörte Antlitz Monsieur Xaviers. Sie war froh, daß sie ihren Entschluß gefaßt hatte. Saint-Martin wird dem Herrn Faschisten Bescheid sagen.

Sie ging. Sie drückte sich vorbei an der Loge des Concierges, alles fügte sich, der Concierge bemerkte sie nicht. Ihr Rad ließ sie natürlich stehen, man sollte annehmen, sie sei die ganze Zeit über hier auf der Präfektur.

Sie ging der Avenue du Parc zu. Sie hatte Eile. Ein Viertel der Frist, die sie sich gesetzt hatte, war verstrichen, der Weg war weit, und sie mußte ihn zu Fuß gehen. Hastig ging sie, und um nicht gesehen zu werden – denn jetzt ist sie auf der Unterpräfektur –, drückte sie sich an den Wänden entlang.

Sie war vor dem Hause Etiennes. Sie konnte sich nicht enthalten, das alte Kindersignal zu pfeifen. Eine halbe Minute wird sie warten. Bevor die halbe Minute um war, kam er.

Er strahlte, wie er sie sah, und packte ihre beiden Hände, wie das seine Gewohnheit war. »Den ganzen Tag hab ich mir überlegt«, sagte er, »ob du wohl kommst. Ich habe schon geglaubt, sie lassen dich drüben nicht fort.« Sie antwortete nicht. Plötzlich, ganz stark, dachte sie an Henriette. Wie die tapfer gewesen war, ja frech, und dann wieder voll von unverständlicher Angst. Genau erinnerte sie sich einer Minute, da sie, des Nachts, in der Nähe des Friedhofs gewesen waren, und welch maßlose Furcht Henriette gehabt hatte, an dem

Friedhof auch nur vorbeizugehen, und wie sie, Simone, sie ausgelacht hatte, und sie gezwungen hatte, mit ihr über den Friedhof zu gehen, und wie Henriette über und über naß war von kaltem Schweiß. Vier, fünf solcher Erinnerungen waren in ihr, gleichzeitig. Mit Henriette hätte sie die Aktion bereden können. Henriette hätte genau verstanden, warum es geschehen mußte. Henriette hätte mitgemacht.

Etienne ging neben ihr her. Eng nebeneinander gingen sie im Schatten der alten, bunten Häuser. Er schlug den Weg ein nach dem Parc des Capucins; dort waren sie als Kinder unzählige Male gewesen, zusammen mit Henriette.

Der Park war ganz leer. Ein paar kleine Mädchen trieben sich herum, sie gehörten wohl zu den Flüchtlingen, sie lärmten, ihr Geschrei klang seltsam inmitten all der Stille, sie hörten auch bald auf, wie gelähmt.

Simone und Etienne setzten sich auf eine der niedrigen Bänke. Nur für drei Minuten, sagte sich Simone. Sie redeten nicht, es war sehr heiß, in einem nahen Busch zwitscherte ein verschlafener Vogel, sie fühlten sich zusammengehörig.

Etienne, nach einer Weile, fragte: »Hast du wieder von Henriette geträumt?«

Simone – sie hätte ums Leben nicht angeben können, wie sie dazu kam – erwiderte: »Ja, sie hat mir einen Auftrag gegeben.« Das ist doch ganz dumm und verräterisch, das hätte sie niemals sagen dürfen. Sicher erwartet er jetzt, daß sie ihm mitteilt, was das für ein Auftrag war. Gleich wird er sie fragen, und er hat ein Recht zu dieser Frage. Aber sie wird es ihm natürlich nicht sagen, unter keinen Umständen.

Allein Etienne fragte nicht, er schaute sie nur ernst, freundlich und aufmerksam an, und sie war ihm dankbar, daß er nicht fragte. Sie saß da, verwirrt über ihre Unvorsichtigkeit, still, benommen. Dann, endlich, riß sie sich los aus ihrer Starre, stand auf und sagte: »Ich muß weiter.«

Etienne, sie immer mit der gleichen, ernsten Freundlichkeit anschauend, sagte: »Schade. Ich hätte so gerne mehr mit dir geredet, gerade heute.«

Nein, nein. Sie darf keine Minute mehr zögern. Ihr kam ein Einfall. »Höre, Etienne«, sagte sie. »Ich habe Eile, und ich habe mein Rad zu Hause gelassen; ich glaubte, die Straßen seien noch verstopft. Aber nun komme ich sicher mit dem Rad schneller vorwärts. Könntest du mir nicht das deine leihen?« – »Aber gern«, antwortete er.

Sie gingen den kurzen Weg zurück zu seinem Haus. Sie wartete. Alles fügte sich. Jetzt hatte sie ein Rad, und niemand ahnt etwas außer Etienne. Er brachte ihr das Rad. »Danke schön, Etienne«, sagte sie. Sie wollte mehr sagen, aber sie unterdrückte es. Sie schauten einander voll ins Gesicht. Dann gab sie ihm die Hand, bestieg schnell das Rad und fuhr davon.

Da fuhr sie hin, jung, ernst, glücklich, erfüllt von ihrer Aufgabe, eins mit ihrer Aufgabe, heilig wissend, daß ihr Weg der rechte sei.

Zuerst, um kein Aufsehen zu erregen, fuhr sie nicht sehr schnell. Dann aber, sowie sie die Avenue du Parc erreicht hatte, trat sie die Pedale mit aller Kraft. Sie fuhr dahin, über die Lenkstange geneigt, zwischen den dicken, dunkelblonden Brauen eine tiefe Furche, die Lippen fest verpreßt.

Die Landstraße war vollkommen leer. Zu ihrer Linken begleitete sie der weiße Strich, der die Straße trennte und der auf Betreiben Onkel Prospers angebracht war. Es war unheimlich, wie leer die Straße dalag, die vor wenigen Tagen noch eine einzige, langsam kriechende, dunkle Raupe von Menschen und Fahrzeugen gewesen war. Da lag sie, grauweiß und leer, in Erwartung der Boches, und es war also für die Boches, daß Onkel Prosper im vorigen Jahr sie so gut hatte herrichten lassen.

Simone war ganz allein. Niemand sah sie auf ihrem gefährlichen Weg. Doch, *einer* sah sie bestimmt: Père Bastide. Der stand sicher in seiner Fensternische und wartete auf die Deutschen und starrte herunter auf die Straße. Ganz deutlich stellte sie ihn sich vor, wie er da oben stand, reglos, kummervoll, ohnmächtig, empört. Seine Augen werden ihr folgen, wie sie so dahinfährt. Aber für ihn dort oben wird sie nur ein kleiner, eiliger Punkt sein, er ahnt nicht, wer sich da so schnell vorwärts bewegt und was sich da vorbereitet.

Es ist heiß, aber sie merkt nichts von der Hitze infolge der schnellen Fahrt. Jetzt senkt sich die Straße, sie kann im Leerlauf fahren, sie richtet sich höher. Um sie herum ist eine ungeheure Stille, in weitem Umkreis ist alles still. Die Gegend in ihrer Reglosigkeit, in ihrer Lautlosigkeit, bedrückt sie. Ihr ist, als fahre sie schon seit ewiger Zeit, ihr ist, als werde diese Fahrt niemals enden. Und ihr ist, als habe sie das alles schon einmal erlebt, diese schnelle, stumme und wilde Fahrt zu einem wilden und großen Ziel.

Sie darf sich nicht in Träume verlieren, sie darf sich keine Abschweifung erlauben, sie muß an ihre Aufgabe denken, nur daran. Sie hat sich alles genau zurechtgelegt. Es hat einmal einen kleinen Brand in der Garage gegeben, da haben dann die Chauffeure sachverständig auseinandergesetzt, wie so ein Feuer zustande kommen könne, sie haben sich ein langes und breites über die Möglichkeiten eines Brandes und einer Explosion unterhalten, und sie, in ihrer ruhigen Art, hat zugehört und sich alles gut gemerkt. Heute nacht, auf Grundlage dieser Kenntnis, hat sie sich genau überlegt, wie sie es machen soll. Das wiederholt sie sich nun im Geiste, sie hat es zehnmal überdacht, zwanzigmal. Von neuem greift sie nach ihrer Tasche und fühlt, ob der Schlüssel da ist und das Feuerzeug. Alles, was ihr noch fehlt, ist ein Stein, den sie irgendwo vom Wegrand aufheben muß. Sie hebt ihn auf. Jetzt hat sie alles.

Es ist gut, daß das Geschäft so abgesondert liegt, so weit entfernt von der Stadt und von andern Häusern. Die Explosion wird keine andern Gebäude gefährden. Auch zeitlich wird alles klappen. Wenn sie das Feuer im Keller legt, dann kann es unmöglich so schnell entdeckt werden, daß man es noch löschen könnte. Sie aber wird, bevor die Wagen und der große Tank Feuer fangen, Zeit haben, sich weit genug zu entfernen.

Jetzt wird die Straße wieder eben, ja, sie steigt ein wenig, und Simone muß sich anstrengen. Und jetzt zum ersten Mal sind da Menschen. Es sind ein paar Soldaten, sie liegen am Wegrand im Schatten des Gebüsches. Wie sie vorüberradelt, rufen sie ihr zu. »Hallo, Mademoiselle«, rufen sie, »wollen Sie uns nicht Gesellschaft leisten? Wir warten auf die Deutschen.« Und sie heben die Flasche. Sie sind betrunken, und sie warten auf die Deutschen. Simone radelt schneller.

Jetzt war sie dort angelangt, wo die Zweigstraße zu dem Transportgeschäft Planchard abbog. Noch immer sperrte die Kette die Einfahrt. Simone, mit ihrem Rad, schlüpfte unter der Kette durch. Sie stand vor dem verschlossenen Haupttor des Fuhrhofs. Sie ist noch zur rechten Zeit gekommen.

Nun kann sie niemand mehr hindern. Nun gehört das Benzin und der Fuhrpark ihr, nicht den Boches. Nun hat Maurice seine Wette verloren.

Sie lehnte das Rad an die Mauer und kletterte in den Fuhrhof.

Der Fuhrhof liegt leer und weiß und tot. Es ist beklemmend, in dieser heißen Weite das einzig Lebendige zu sein. Sie schaut auf die Uhr über dem Eingang zu den Büros. Sie hat nicht viel Zeit. Sie muß die nächsten Minuten richtig benützen, sie darf nichts denken als Zweckmäßiges, sie muß ihre Geschäfte präzis besorgen und in der genauen Reihenfolge, die sie ausgedacht hat.

Sie nimmt den Stein zur Hand, den sie unterwegs aufgelesen hat, und schlägt den Glasteil der Türe ein, die vom Hof zu den Büros führt. Es gibt ein so scharfes Klirren, daß sie zusammenfährt. Sie entfernt den Rest der zerbrochenen Scheibe und öffnet den Riegel, der innen vorgeschoben ist. Dabei verletzt sie sich an der Hand, es ist eine leichte Verletzung, eine Schramme, es ist nichts; ein bißchen verdrießt es sie, daß sie einen Blutfleck an ihre Hose gebracht hat.

Sie steigt die Stufen zum Privatkontor hinauf. Es sind unbequeme, steinerne Stufen, und es scheint ihr, als wollten sie nicht aufhören. Die Beine sind ihr schwer, jeder Schritt kostet Anstrengung.

Endlich ist sie oben.

Sie holt den Schlüssel aus ihrer Tasche. Es ist der Schlüssel zu der Tür, vor der sie steht, der Schlüssel zu Onkel Prospers Privatkontor. Er pflegt ihn mit nach Hause zu nehmen, dort verwahrt er ihn in seinem Schlafzimmer. Von dort hat sie ihn genommen.

Sie schließt auf. Die dumpfe, eingesperrte Luft, die schwere Hitze, die Stille des kleinen Zimmers bedrängen sie. Das Verbotene, Abenteuerliche ihrer Situation fällt auf einmal geradezu leibhaft über sie her. Da steht sie inmitten dieses Raumes, in dem Onkel Prosper die Briefe und die Dinge aufzubewahren pflegt, die andere nicht sehen sollen, sie hat sich auf verbotene Art Eintritt verschafft. Eine kleine Weile steht sie gelähmt.

Dann, rasch, schüttelt sie die Anwandlung ab. Sie ist hier, um einen andern Schlüssel zu suchen, den Schlüssel zum Tank. Sie weiß, wo er verwahrt ist. Sehr oft hat ihn der Onkel ihr gegeben, sehr oft ihn wieder weggesperrt, wenn sie ihn zurückgab. Der Schlüssel ist im Schreibtisch in der zweiten Schublade oben rechts. Das weiß sie genau. Was aber, wenn er nun doch nicht da ist? Der winzige Moment, in dem sie die Lade aufzieht, scheint ihr eine Ewigkeit marternder Spannung.

Da hat sie die Lade offen. Und da ist der Schlüssel.

Sie nimmt ihn. Er fühlt sich kalt an, sie empfindet wohlig die Kälte des Metalls in ihrer schwitzenden Hand.

Dann aber hebt sie unbehaglich die Schulter. Ihr ist, als spürte sie auf sich die harten, kleinen, bösen Augen Madames und als hörte sie ihre leise, hohe, harte Stimme: »Ich habe in den Wind gesprochen. Es ist mir nicht gelungen, deinen Vorwitz zu dämpfen und dich auf den rechten Weg zu bringen.« Nein, sie tut es nicht aus Vorwitz. Sie tut es, weil sie Simone Planchard ist, die Tochter Pierre Planchards.

Alles Weitere ist leicht. Sie geht hinunter in den Keller der Garage, sie verteilt, vorsichtig und genau, mit Öl getränkte Lappen, verteilt sie im Keller, auf der Treppe, in der Garage. Es wird eine Weile dauern, bis sich das Feuer so weit vorgefressen hat, daß es nicht mehr gelöscht werden kann, aber es hat seinen vorgeschriebenen Weg, und es ist ausgeschlossen, daß man es im Sonnenglast rechtzeitig entdeckt.

Dann geht sie hinüber zu dem Tank. Sie öffnet den Verschluß, hebt den kleinen Deckel heraus, dann den zweiten. Die Lippen fest verschlossen, die Flügel der Nase gebläht, atmet sie den leichten Benzingeruch.

Jetzt hat sie alles getan. Es ist viel gewesen, und sie hat es mit gespanntester Aufmerksamkeit getan, sie ist erschöpft. Sie muß eine endlose Zeit gebraucht haben, sicher mehr als eine Stunde. Sie schaut nach der Uhr. Sie hat vier Minuten gebraucht.

Jetzt muß sie nur mehr den ersten Lappen anzünden. Sie geht wieder in den Keller. Sie steht da, das Feuerzeug in der Hand. Noch ist es Zeit, noch braucht sie einfach zurückzufahren, und es ist nichts geschehen. Doch, dann ist etwas geschehen. Dann kommen die Boches, und dann hat sie den Fuhrpark und das Benzin den Boches in die Hände gespielt.

Wer, wenn nicht du? Und wann, wenn nicht jetzt? Das Feuerzeug flammt auf, der ölgetränkte Lappen flammt auf.

Leicht vorgeneigt, mit ihren dunkeln, tiefliegenden Augen, fasziniert, starrt sie auf die Flamme, ihre langen, dünnen, geschwungenen Lippen sind zu einem verlorenen, gierigen Lächeln geöffnet, sie atmet den Geruch des Brandes ein. Gespannt schaut sie zu, wie die Planke zu glimmen beginnt, wie das Feuer sich vorzufressen beginnt zum nächsten Lappen.

Jetzt könnte man noch löschen, mühelos. Noch jetzt. Die Flamme kommt näher, es ist kein Glimmen mehr, es ist Feuer, und jetzt faßt das Feuer den zweiten Lappen. Aber noch immer könnte man löschen.

Simone geht dem Ausgang zu, mit kleinen, zögernden Schritten, sie geht nach rückwärts, immer auf die Flamme starrend, sie geht die Treppe hinauf, rückwärts, Stufe um Stufe, sich mit der Hand am Geländer festhaltend und immer starrend auf die Flamme, die ihren vorgeschriebenen Weg macht.

Dann plötzlich, fluchtartig, verläßt sie den Keller.

In der Garage aber macht sie noch einmal halt. Sie geht in den Waschraum. Sie wäscht die Schramme. Dann, sachverständig, prüft sie, ob der Blutfleck an der Hose getrocknet ist. Ja, er war sehr klein, und in der Hitze ist er getrocknet. Sie bürstet ihn ab. Es überkommt sie plötzlich ein unbändiges Verlangen, sich unter die Dusche zu stellen. Schade, daß sie nicht die Zeit hat.

Sie verläßt den Fuhrhof. Nimmt Etiennes Rad. Fährt zurück.

In ihr ist ein großer Jubel. Jetzt frißt das Feuer seinen vorgeschriebenen Weg. Jetzt ist Onkel Prospers Name vor Schande gerettet. Jetzt hat Maurice seine Wette verloren. Jetzt fällt kein Benzin und kein Fuhrpark den Boches in die Hände.

# Odysseus und die Schweine
oder
Das Unbehagen an der Kultur

I

Singe mir, Muse, die zweite Fahrt des wißbegierigen Odysseus in das Land der Phäaken; denn davon schwieg uns der Dichter.

Es stand aber damals der erlauchte Odysseus, der weit umgetriebene Dulder, der listigste unter den Menschen, an der Schwelle des Alters. Dreiunddreißig Jahre hatte er gezählt, als er nach Troja auszog, ein Jahrzehnt war er vor Troja gelegen, ein weiteres Jahrzehnt auf dem Meere herumgeirrt. Sieben fernere Jahre waren vergangen, seitdem er die Freier erschlagen hatte, die ihm die Frau bedrängten, die edle Penelopeia, und ihm die Habe verpraßten, die Übermütigen. Er aber hatte sie alle erschlagen, die Schuld nicht lange messend, ob sie größer sei oder geringer, und ihre traurigen Seelen zum Hades hinabgeschickt.

Sechzig Jahre somit zählte nunmehr Odysseus. Langsam rundeten sich ihm die starken Schultern, fetter um die Knochen wuchs ihm das Fleisch, und nicht mehr wie früher glänzten die Augen. Auch waren ihm einige Zähne gebrochen, so daß sie ihm stumpf und schwärzlich im Munde staken, andere waren ihm gänzlich entfallen, und oftmals hatte er Mühe, das saftige Fleisch des Hammels oder des Rindes mit den Zähnen vom Knochen zu reißen. Und wenn er jetzt den gewaltigen

Bogen hätte spannen sollen, mit dem er seinerzeit die hündischen Freier erlegte, dann hätte wohl seine Schutzgöttin Pallas Athene den größern Teil der Arbeit leisten müssen.

Aber das bedachte er nur selten. Und wenn ihm Unmut über die schwindende Manneskraft die Seele bedrängte, wehrte er ihm und verscheuchte ihn und freute sich lieber der Fülle, des Reichtums, der Macht und der anderen Gaben, die ihm die Götter beschert hatten.

Denn er war jetzt unter den Königen der sieben Inseln der reichste. Wenn auch Ithaka klein und bergig war und zum Weideland für Pferde nicht geeignet, und wenn sich auch seine Bewohner nicht so gut auf Schiffe verstanden wie die mancher andern Inseln, so besaß es doch in Menge Ziegen, Rinder und Schweine. Dem Odysseus gehörten große Herden auf der Insel, zwei weitere auf der Insel Same und vier auf dem Festland. Und im untern Gewölbe seines stattlichen Hauses verwahrte er Schätze aller Art, prächtig gewirkte Stoffe, Bildwerke aus Bronze und schönes Gerät aus Kupfer und sogar aus Gold. Auch dienten ihm viele tüchtige Männer und zahlreiche Dienerinnen. Und die Wildheit und Gewalt, mit welcher er die frechen Freier gezüchtigt hatte, verschaffte ihm nach wie vor Furcht und Macht unter den Männern der Insel und weit darüber hinaus.

Freilich war es auf Ithaka nicht mehr so wie früher, auf keiner der sieben Inseln war es mehr so. Als man ausgezogen war, um das heilige Ilion zu zerstören, hatte noch überall das Wort gegolten, welches der König der Könige, der schmählich erschlagene Agamemnon, im Munde zu führen pflegte: »Nimmer gut ist Vielherrschaft, *einer* sei König, *einer* der Herr.« Jetzt war eine weichere, schwächere, weniger heldische Zeit gekommen. Die Männer der Insel wollten selber denken und erdreisteten sich eigener Meinung. Es kam sogar vor, daß einer murrte, wenn es jetzt der Insel an Manneskraft mangele, so sei der edle Odysseus daran schuld; erst habe er die blühenden Jünglinge, das Mark des Landes, ins Feld geführt vor Troja und keinen zurückgebracht, und als eine neue Generation herangewachsen sei, die der Freier, habe er auch die in den Hades geschickt. Da mußte dann wohl der edle Dulder Odysseus den Arm heben und dem Mißvergnügten mit dem Zepter über den Rücken oder über den Schädel schlagen.

Nicht einmal der eigene Sohn, der bedächtige Jüngling Telemachos, war ganz so, wie ihn sich Odysseus wünschte; freilich war er älter, als ihn Odysseus sah. Er tat, was der Vater ihm hieß, und ließ niemals Widerspruch aus dem Gehege der Zähne. Aber Odysseus hatte auf seinen vielen Fahrten gelernt, den Sinn der Menschen zu erkennen, er merkte, daß der Sohn manchmal selbständige Ansichten hatte, und das verstimmte ihn. Auch die Frau, die edle Penelopeia, verhehlte ihm gewisse Erinnerungen und Gefühle, die sie wohl im Herzen tragen mußte. Denn sicher hatte sie während der langen Jahre seiner Fernheit die Freier betrachtet und erwogen, wen sie wählen sollte, blieb er noch lange verschollen. Es waren unter den Freiern welche gewesen, jung, kräftig, gut anzusehen, vermögend und von Verstande. Einige der Mägde hatte Odysseus belauscht, wie sie unter sich schwatzten, daß die edle Penelopeia auf den Freier Amphinomos keineswegs ablehnend blicke. Wenn dann später Odysseus die Mägde an den Sparren des Daches kurzerhand aufgehängt hatte, daß sie dahingen wie Drosseln im Garne, sachte hin und her schwankend, dann eben deshalb, weil er dieses Gerede hatte ersticken wollen; es klang ihm nicht gut in den Ohren. Doch verdachte er's Penelopeia, daß sie niemals von den Zeiten der Freier sprach.

Allein die Wolken, die über seiner innern Landschaft manchmal aufzogen, zerstreuten sich, wenn er erwog, wie ihm zuletzt alle seine Abenteuer, Irrfahrten und Leiden gut ausgegangen waren. Jetzt war das Böse im Schoße des Meeres verschwunden, und ihm blieb der Ruhm, ein Ruhm, wie ihn nun, da Achilleus tot war, kein zweiter besaß unter den sterblichen Menschen.

Oft in seinem Herzen verglich er den eigenen Ruhm mit dem des Achilleus. Der wurde wie einer der Götter geehrt, weil er der erste Kriegsheld unter den Achäern gewesen war. Aber höher als der Preis des Kriegshelden dünkte dem vielbefahrenen Odysseus der Ruhm des weisen, klugen, verschlagenen Mannes, und daran war kein Zweifel, daß seit Prometheus und Daidalos keiner für schlauer galt, verständiger, erfindungsreicher als er, Odysseus.

Überall unter den Achäern sang man von seinen Taten: was alles er vor Troja verrichtet hatte, und wie er den kühnen, listigen Plan erdachte hatte vom hölzernen Pferd, und wie er auf dem Meere herumgeirrt war bis zu den fernsten Inseln, und wie unter den Männern auf den Schiffen Ithakas er allein durchgehalten hatte, sich das liebe Leben rettend, und wie er die Freier ermordet und sich die Insel zurückerobert hatte. Die Erzählungen lauteten nicht immer gleich. Das Wahre wurde nicht immer geglaubt, und was geglaubt wurde, war nicht immer wahr. Langsam indes mischten sich die vielen Berichte zu einem Bericht, und die verschiedenen Wahrheiten wurden zu einer Wahrheit.

Diesen einen Bericht glaubten schließlich alle: diejenigen, die ihn erzählten und sangen, diejenigen, die ihn hörten, und sogar diejenigen, welche an den erzählten Geschehnissen teilgenommen hatten. Der erlauchte Odysseus selber glaubte den Bericht, und er hätte manchmal auch nach langem, scharfem Nachdenken nicht sagen können, was daran wahr war und was nur gesungen.

Da war die Schar der Freier, die er und sein Sohn und die beiden Hirten erschlagen hatten. Sie, er und die Seinen, waren viere gewesen, das war gewiß: wie viele aber waren die Freier gewesen? Oftmals suchte er in seiner Erinnerung nach Namen. Neununddreißig Namen fand er, und es wäre wohl auch heldisch genug gewesen, wenn sie viere die neununddreißig erschlagen hätten. Doch in den Versen, welche vom Freiermord sagten, hatte er zuerst dreihundert hinab zum Hades geschickt. Das hatte er nicht gelten lassen, er hatte gemindert, berichtigt. Jetzt sangen sie in ihren Versen von einhundertachtzehn. Einhundertachtzehn Freier hatte der erlauchte Odysseus erschlagen. Dabei blieben sie. Sie fügten keinen hinzu und nahmen keinen mehr weg.

Auch für diejenigen, welche das große Rachewerk miterlebt hatten, für den bedächtigen Jüngling Telemachos, den wackern Sauhirten Eumaios und den mutigen Rinderhirten Philoitios, waren es nun der erschlagenen Freier einhundertachtzehn. Und einhundertachtzehn waren es für die edle Penelopeia. Einmal wohl, vor langem, hatte sie mit sanftem Erstaunen gefragt: »Waren es ihrer einhundertachtzehn?« Jetzt fragte sie nicht mehr.

Und er selber, der vielbefahrene, weltkluge Odysseus, fand es immer mühsamer, zu errechnen, ob die Zahl der Freier der Neununddreißig näher gewesen oder der Hundertachtzehn.

Die Männer, die einem ihre erschaffene Welt glaubhafter, wirklicher machen konnten als die selbsterlebte, das waren die Erzähler, die Sänger. Sie waren zumeist alt und schwach, zu nichts anderem mehr gut als zum Erzählen. Sie hatten nicht Schätze noch Macht, trotzdem waren sie nicht ohne Ansehen. Jeder König, der auf sich hielt, hatte seinen Sänger und gab ihm Fleisch zu essen und wohlduftenden Wein zu trinken. Mit gutem Grund; denn zwei Dinge vor allen andern erfreuten des Menschen Herz: seine Schätze und sein Ruhm. Und der Ruhm war besser als die Schätze. Die Schätze mußte der Mensch hinter sich lassen bei seinem Absterben, doch seines Ruhmes konnte er sich noch in der Unterwelt erfreuen. Wenn eine neue Seele herankam, wurde sie umdrängt von den früher Abgeschiedenen, und der eine oder andere fragte sie wohl: »Sage mir, Seele, wie steht es um meinen Ruhm unter den sterblichen Menschen?« Und wenn dann die neue Seele antwortete: »Abgeschiedener, du lebst weiter im Liede«, dann freute sich der Abgeschiedene. Ohne Sänger aber gab es keinen Ruhm.

Des Odysseus Sänger nannte sich Phemios. Und wie alle Sänger nannte er sich auch Homer. Homer bedeutete: der Mitgänger, derjenige, der nicht allein gehen kann. Homer aber hieß man die Sänger aus zwei Gründen: einmal weil sie zumeist schwach von Gesicht waren oder geradezu blind, was ihrem Beruf zustatten kam; denn der Blick auf das Innere schärfte sich mit dem Abnehmen des Blickes nach außen. Dann aber nannte man sie Mitgänger auch deshalb, weil sie nicht hätten erzählen können, wenn nicht vorher andere die Dinge verrichtet hätten, von denen sie erzählen konnten.

Der Homer des erlauchten Odysseus also hieß Phemios. Er hatte auch für die Freier gesungen und von ihnen Fleisch und Zukost genommen. Doch trug's ihm Odysseus nicht nach und vergaß es; denn es waren nicht viele, denen die Götter die Fähigkeit des Singens und Sagens gegeben hatten. Und was auch sonst hätte der Alte tun sollen in den Jahren der Freier? Odysseus wußte es aus eigener Erfahrung: nichts auf der Welt gab es Hündischeres als des gemeinen Bauches Notdurft. Der Wüterich Bauch war ein herrischer Herr, er wollte gefüllt sein und zwang auch die Widerspenstigen, Vergewaltigten, ihres Zornes zu vergessen.

Odysseus also ließ es seinen Homer nicht entgelten, daß er den Freiern gedient hatte, und befahl ihm lieber immer von neuem, ihm von der Ermordung der Freier zu erzählen. Gerne gehorchte Phemios; halb sprechend, halb singend berichtete er von den einhundertachtzehn Erschlagenen. Auch von den andern Taten des Odysseus mußte Phemios seinem Herrn vorsingen. Die Verse wellten auf und ab wie die Wellen des fischewimmelnden Meeres, und Odysseus hörte zu.

Manchmal dann, die Ohren und das Herz noch voll des göttlichen Gesanges, saß er allein am Ufer des weinfarbenen Meeres. Süß war es, vom sichern Land aus auf die Salzsee hinauszuschauen, ihrer Gefahren gedenkend, in Frieden. Häufig aber überkam ihn wild die Sehnsucht nach dem Vergangenen. Wohl wußte er, wie einem in der Not zumute ist. Das Herz sinkt dir hinunter in die Eingeweide, du flehst zu den Göttern und verwünschest dich selber um deine Narrheit, daß du aus übermütiger Neugier dich in alle die Fährnis hineinbegeben hast, und bist du dann entkommen, gelobst du, von jetzt an weise zu sein und den Unsinn zu meiden. Aber du kannst es nicht hindern: bald wieder sehnst du dich zurück in den tückischen Wirbel.

Sechzig war Odysseus jetzt, und die Süchte wurden ihm schwächer. Aber zuweilen war er wie zwanzig, und die Brauen verfinsterten sich ihm, wenn er verglich, wie er früher gewaltig und gefährlich hingefahren war über die purpurfarbene See und wie er jetzt die zugemessene Zeit versaß und verhockte. Viele Pfade führten über die weite Erde, überall ringsum wellte das Meer, voll von Fischen und Schiffen und Ungeheuern, und in allen Fernen saßen Menschen, die er nicht kannte, und waren Dinge, von denen er nicht wußte.

Die letzten fremden Menschen, die er gesehen hatte, waren die Phäaken gewesen. Sie wohnten auf ihrer fernen Insel Scheria am Ende der Welt, fremdartig klug und glücklich, und oftmals grübelte der neugierige Odysseus über ihr Wesen und ihre Bräuche. Denn sie waren anders als die übrigen Menschen. Die göttergleichen Achäer, die auf dem Festland und die auf den Inseln, wenn sie mit dem Ihrigen nicht zufrieden waren, zogen aus, um über ferne Männer im Osten herzufallen, von deren Schätzen sie gehört hatten, und sie ihnen mit der Schärfe des Schwertes zu rauben. Die Phäaken hingegen achteten den Krieg nicht hoch und nicht den Ruhm der städtezerstörenden Männer. Statt dessen stellten sie Güter her in wohldurchdachter, klüglich geordneter Arbeit, sie bauten Häuser, größer und reicher als die der andern Menschen, und edleren Hausrat, über die Meere schickten sie ihre wohlgezimmerten, zweiundfünfzigrudrigen Schiffe und tauschten, was sie erzeugten, mit Schätzen von Völkern, die ebenso fern waren wie sie selber, an andern Punkten des Randes der kreisrunden Erde, und holten sich Erze und Gewürze und seltsame Güter.

Schmerzhaft stark tauchte vor dem Aug des alten Odysseus das Land Scheria auf, die lachende Insel der Phäaken. Sie war ihm entschwunden. Die göttergleichen Achäer wagten nicht, dorthin zu fahren, an die Grenze des grenzenlosen Meeres, mit ihren gebrechlichen Schiffen, und die Phäaken, wiewohl sie mit ihren sichern Fahrzeugen zu den Achäern hätten gelangen können, ließen nichts von sich hören und sehen. Manchmal bereute der erlauchte Odysseus, daß er, nachdem ihn die Götter auf das reiche, heitere Eiland verschlagen hatten, nicht länger dort geblieben war, um den Sinn und die Sitten der Phäaken zu erforschen. So zurückhaltend sie vor allen Fremden waren, ihn hätten sie wohl länger geduldet. Die schöne, weißarmige Prinzessin Nausikaa hatte mit freundlichen Augen auf ihn gesehen, und auch ihr Vater, der erhabene König Alkinoos, hatte ihn gut leiden mögen. Aber die Pflicht hatte ihn zurückgetrieben zu der edeln Penelopeia, und so hatte er sich von den Phäaken heimbringen lassen nach seinem Ithaka auf zauberhaft schnellem, sicherem Schiffe.

Er konnte sich nicht länger zähmen, der rastlose Odysseus. Er beschloß, ein zweites Mal zu den Phäaken zu fahren, die Gefahren des Meeres nicht scheuend und nicht die Mühe der Salzsee.

Nicht sprach er von seinem Entschluß seiner Frau, der edeln Penelopeia; denn er befürchtete, sie werde weinen und ihn beschwören, er möge sich kein zweites Mal hinauswagen auf das unwirtliche Meer. Wohl aber teilte er seine Absicht dem Sohne mit, dem bedächtigen Telemachos. Der erwiderte sogleich, er wolle mitkommen. Das aber war nicht im Plane des listigen Odysseus, und mit Milde zuerst und später mit Härte verbat er's sich. Mit schlauen, schmeichelnden Worten stellte er dem Sohne vor, wie dieser an seiner Statt, während er fern sei, die Insel regieren werde. Der Erste werde er sein in Ithaka und die Freude des Herrschens kosten. So tröstete er ihn, und dem Jüngling lebte das Herz auf. Der Vater aber mahnte ihn, streng zu sein, und wenn sich Widerspruch rege, dem Widerspenstigen kräftig mit dem Zepter aufs Maul zu schlagen.

Dann wählte sich der edle Odysseus zweiundzwanzig stattliche Gefährten und rüstete ein bauchiges, blauschnäbeliges Schiff. Sie zogen es hinab in die Flut, trugen den Mast hinein und die Segel und hängten die Ruder in ihre ledernen Wirbel, alles, wie's sich gebührte. Auch luden sie Vorräte auf das Schiff, soviel es nur faßte, und Geschenke für die Phäaken, einfache freilich, sie konnten sich nicht messen mit denen, die ihm die Phäaken damals mitgegeben hatten, als sie ihn heimbrachten. Dann spannten sie die Segel und rührten die Ruder.

## 2

So also fuhr er mit sechzig Jahren wieder über die See, der wißbegierige, göttliche Dulder. Mit Lust schaute er auf die weißschäumigen Wellen und schlürfte er den Salzgeruch. Er fragte sich, ob wohl sein alter Feind, der

Gott Poseidon, versöhnt sei, und beinahe sehnte er sich danach, den Zorn des Dreizackschwingers neu zu erproben. Aber freundlich trug ihn das Meer, die Himmlischen sandten ihm guten Wind, die Menschen, in deren Häfen er gelangte, zeigten sich gefällig und erneuerten seine Vorräte, und nach endloser Fahrt landete er, leise enttäuscht, daß ihnen keine Abenteuer begegnet waren, in dem wohlgeschützten Hafen der Insel Scheria.

Die Phäaken liebten Fremdlinge nicht. Sie hatten gute Gründe gehabt, sich ihre Insel am Ende der bewohnten Welt auszusuchen, sie wollten allein bleiben.

Aber sie waren gottesfürchtig und wohlgesittet, und da der Fremdling nun einmal da war, halfen sie ihm und seinen Gefährten das schwärzliche Schiff an Land ziehen.

Odysseus wies seine Leute an, ihm mit den Geschenken zu folgen. Er selber machte sich sogleich auf, den erhabenen Alkinoos zu sehen, den König, den Gastfreund. Zwischen den Schuppen ging er hindurch, in denen die Schiffe der Phäaken lagen, hohe, seetüchtige, sicher geflügelt wie Vögel und hurtig wie Gedanken. Kein anderes Volk verstand, solche Schiffe zu bauen. Beinahe sank ihm der Mut, wenn er bedachte, wie kläglich sich sein eigenes Schiff ausnehmen mußte unter diesen, und es war doch das beste, welches Ithaka hervorzubringen vermocht hatte. Er wunderte sich, wie er heil auf seinem armen Schiff die lange Fahrt hatte überstehen können, und ihm bangte der Heimfahrt.

Er sah die Werkstätten, in denen die Schiffe gezimmert wurden, und er fragte, es hoch rühmend, nach jenem Zauberschiff, welches ihn vor sieben Jahren auf seine Insel zurückgebracht hatte. Doch die Phäaken antworteten bei aller Höflichkeit zurückhaltend und, wie ihm schien, unlustig.

Er kam an das Haus des Alkinoos. Vielleicht waren in seiner Erinnerung die Mauern der Burg noch gewaltiger gewesen und ihre Gärten noch prächtiger, doch war andernteils in diesen sieben Jahren sein Blick kundiger geworden für die schöne Ordnung und das Maß des Hauses. Mit bewundernden Augen besah er die goldenen Hunde, welche das Haupttor bewachten, und im Innern die Bronzekränze des Simses und die silbernen Jünglinge, die auf ihren hold erdachten Sockeln standen, Fackeln haltend, um denen im Saale beim Schmause zu leuchten.

Der wohlmeinende König Alkinoos begrüßte ihn freundlich. Doch schien auch ihm das Herz unbehaglich bewegt bei der zweiten Ankunft des Gastes. Er erzählte ihm, daß der Dreizackschwinger Poseidon den Phäaken gezürnt habe, weil sie ihn, dem der Gott nun einmal nicht gewogen sei, freundlich aufgenommen und großherzig nach seiner Insel zurückgeleitet hätten. Der Gott habe das gute Schiff auf der Rückfahrt gräßlich versenkt im Angesichte der Heimat. Er, Alkinoos, und seine Unterkönige und Adeligen hätten daraufhin in feierlicher Ratssitzung beschlossen, sich in Zukunft vor Fremden zu hüten. Deshalb lebe man ja am Ende der bewohnten Welt und getrennt durch vieles Wasser von den andern Sterblichen, weil man sicher sein wolle vor den Überfällen kriegerischer Völker, welche, angereizt von den Schätzen der Insel und selber wenig begütert, herfallen könnten über die freundlichen Phäaken. So seien die Kreter zugrunde gegangen, weil sie Schätze gehabt und den Fremden unvorsichtige Großmut bezeigt hätten. Niemand glaube, daß der edle Gast als Kundschafter und in böser Absicht gekommen sei, wiewohl doch der Ruhm seiner Verschlagenheit bis zum Himmel dringe. Aber ein Beschluß der Ratsversammlung sei Gesetz auch für ihn, den König.

Betreten hörte der erlauchte Odysseus diese Worte. Dann aber antwortete er klüglich: »Oftmals, wenn ich in meinem Ithaka meines Glückes genoß, am Ufer des Meeres sitzend oder in meinem schönen Hause bei meinem Weib und meinem verständigen Sohne, sagte ich mir: Dies alles schuldest du dem erhabenen König Alkinoos und seinen hurtigen Ruderern. Nur um dir dieses zu sagen, mächtiger Herrscher und Gastfreund, und dir den Dank abzustatten, den ich tief in der Brust trage, bin ich gekommen, nicht scheuend die mühsame Meerfahrt. Ich rühre dir diesmal nicht die Knie mit Bitten und Flehen, sondern ich will trachten, mit eigenen Rudern nach Hause zu kommen. Zweiundfünfzig Ruderer freilich hat mein Fahrzeug nicht; Schiffe solcher Art vermögen nur die Phäaken zu bauen, die kunstverständigen.«

Mittlerweile waren die Gefährten des Odysseus angelangt, und sie breiteten die Geschenke vor den König hin. Sie nahmen sich kärglich aus in dem üppigen Hause. Doch tadelte der hochgesittete Herrscher das nicht, sondern rühmte mit artiger Rede die Gaben, welche der liebe Gastfreund den weiten Weg übers Meer hergeführt hatte.

Es war sich aber König Alkinoos seines Wertes wohl bewußt und liebte es trotz seiner Weisheit, die Zunge zu regen. Was er nun tat, war vielleicht unklug, und sicher war es jenem Beschlusse zuwider, den er und seine Unterkönige gefaßt hatten. Aber die Gaben des Gastes, die gutgemeinten, waren so dürftig, daß sie ihm Lust erregten, dem Fremden die eigenen Schätze zu zeigen.

In die untern Gewölbe führte er ihn und löste den ledernen Riemen des gewaltigen, bronzenen Tores und steckte den kunstvoll gedrehten Schlüssel in den Torring. Mit ungeheuerm Dröhnen, so wie der Stier aufbrüllt, wenn er die Kuh erspäht, klafften die schweren Flügel auseinander. Da leuchtete gelbliches Gold und rötliches Kupfer und weißliches Zinn. Da quollen kostbar gewirkte Stoffe, Gewänder, Teppiche, da duftete aus Säcken köstliches Gewürz und aus Tonnen alter, balsamischer Wein. Da standen Kunstwerke, Statuen, Dreifüße, Vasen, Doppelbecher, herrlich geschmiedet, Gott Hephästos selber mochte sie angefertigt haben. Alkinoos aber, verdeckten Stolzes voll, erläuterte dem Gaste seine Herrlichkeiten. Dieser vielfarbig leuchtende, gewirkte Teppich war ihm vom Ostrand der Erde gekommen, jener gewaltige, mit wunderbarem, getriebenem Bildwerk geschmückte Mischkrug vom Süden. Diese honigfarbenen Steine hatte er aus finsterer, nebeliger Ferne holen lassen, dieser Tisch mit den Löwenfüßen und diese bronzene Göttin kamen aus einem Lande weit jenseits des gefallenen Troja. Und es leuchtete zauberisch, und es duftete betörend. Odysseus aber ging zwischen den Schätzen herum, benommenen Sinnes wie trunken von Wein. Er sagte: »Wahrlich, o König, ich habe die ganze bewohnte Erde befahren und drang wohl auch über ihre Grenzen hinaus. Auch war ich in heiligen Stätten, auf Gipfeln der Berge, wo die Götter wohnen und Menschen und Dinge ihren Schatten verlieren. Aber dergleichen, wie du's mir jetzt zeigst, o Herr, hab ich niemals gesehen.« Und dies war die Wahrheit.

Dann aber führte der König den Gast in eine innerste Kammer, und dort zeigte er ihm ein völlig Neues. Es lag dort, dieses Neue, in ungefügen Haufen, und es stand dort, geschmiedet zu Waffen, Truhen, Gegenständen jeglichen Gebrauches. Es war kein ansehnlicher Stoff, schwärzlich und bläulich lag es und stand es. »Kupfer?« fragte zweifelnd der edle Odysseus. »Eine Kupfermischung von besonderer Art?« Lächelnd aber und stolz schüttelte der erhabene König Alkinoos das Haupt, und leise, beinahe ehrfürchtig und voll Hochgefühl, sagte er: »Nein, edler Gast, das ist nicht Kupfer und auch nicht Bronze: es ist Eisen.« – »Darf ich es anrühren, dein Eisen?« fragte ein wenig scheu der edle Odysseus, und das fremde Wort rollte ihm schwer über die Zunge. »Das magst du ruhig tun«, antwortete der König, »und es auch heben.«

Da hob denn Odysseus und wog und betastete, und das Neue erwies sich als hart und schwer. Alkinoos mittlerweile rühmte die Eigenschaften des unbekannten Stoffes, wie wunderbar hart er sei und fähig des Widerstandes, ganz anders als die rötliche Bronze. »Sieh selber«, forderte er den Gast auf und gab ihm eine spitze Lanze, gefertigt aus dem neuen Stoff, und: »Schleudre sie gegen die Bronzeplatte der Wand«, sagte er. Das tat Odysseus. Die Lanze aber blieb spitz wie vorher. Da erkannte er, daß Waffen und Dinge, aus dem neuen Stoffe bereitet, tauglicher sein müßten als alle andern. Immer wieder betastete er mit unsichern Händen und besah er mit ungläubigen Augen das Neue, das Bläulichschwarze, und: »Eisen«, übte er befangen das sonderbare Wort, »Eisen.«

Alkinoos aber berichtete weiter vom Eisen. Es kam aus dem fernsten Osten, und niemand konnte es holen, nur allein die Phäaken mit ihren Zauberschiffen, den hurtigen, zweiundfünfzigrudrigen. Vorläufig, geschreckt von dem Schicksal der großen Insel Kreta, ließ Alkinoos nur Waffen daraus schmieden; denn das prächtige Inselreich, aus lauter Sorge, seine Bildung zu erweitern und schöne Dinge herzustellen, hatte sich zuwenig um seine Bewaffnung gekümmert. »Ich halte es anders«, sagte Alkinoos, »ich mache das Eisen zu Waffen. Ich würde es lieber zu Nützlicherem verwenden, zu Geräten, brauchbar fürs Haus und für den Acker. Aber die Menschen sind begehrlich, und ein kluges Volk tut gut daran, sich vorzusehen. Ich fürchte, wir werden noch manches Mannes Schädel mit dem bläulichen Eisen einschlagen müssen, ehe wir es dem Nutzen dienstbar machen können.« So sprach der weise, friedfertige König Alkinoos.

Der erlauchte Odysseus war groß geworden in der Schätzung des Kupfers und der rötlich schimmernden Bronze, die so wunderbar nützlich war zu den Geschäften des Krieges und des Friedens. Nun er erkannte, daß es etwas Besseres gab, dies Bläulichschwarze, das Eisen, war er verwirrt, geradezu unglücklich. Immer hatte er geglaubt, sein Herz sei dem Neuen zugewandt, sein Verstand dem Neuen empfänglich; jetzt aber sah er mit Unruhe auf das Eisen, in seinem Gemüte kehrte er sich davon ab, fast haßte er es. Und wenn schon er selber bangte vor dem Neuen und vor dem, was es zur Folge haben mußte: wie schwer erst werden sich seine Unterkönige daran gewöhnen, wie schwer die ganze, blöde Masse der göttergleichen Achäer. Ja, der erlauchte König Alkinoos hatte wohl recht. Nicht nur die Fremden, sondern die Achäer selber werden einander totschlagen zu Tausenden und zu Zehntausenden, ehe sie ablassen werden vom Kupfer, von der alten Art, Waffen und Gegenstände herzustellen und zu gebrauchen, und übergehen zur neuen, zur Verwendung des Eisens.

Er wollte dem König nicht zeigen, wie tief bewegt er war, und sagte mit höflicher Neugier: »Schwer muß es sein, dies Bläulichschwarze so zu schmieden, wie man es haben will, zu tauglicher Waffe oder zu gutem Gerät.« – »Leicht ist es nicht«, gab ihm der erhabene Herrscher Alkinoos zu. »Aber König Phädimos von Sidon wird mir Männer schicken, erprobt in der Kunst, das zähe Eisen zu schmieden, auf daß sie meine Phäaken unterrichten. Wir Phäaken aber sind in der Gnade der Götter, gesegnet mit hellen Köpfen, gelehrig.« – »Aber«, fragte Odysseus, »wird dir der prächtige Herrscher von Sidon die kundigen Meister auch wirklich schicken?« – »Er hat's mir versprochen«, erwiderte Alkinoos, »er ist mir im Worte.« – »Was sind flüchtige Worte?« fragte Odysseus zurück. »Kann nicht ein kunstreicher Mann auch seine wehenden Worte so setzen, daß sie dehnbar und leicht sind und er ihnen zu entrinnen vermag?« So sagte er klüglich. Er dachte aber an seines Vaters Vater Autolykos, von dem er die Schlauheit geerbt hatte und der berühmt war für seine Meisterschaft, Eidschwüre so zu formen, daß sie nicht galten.

Der andere König aber, der mächtige Alkinoos, lachte und sagte: »Gewitzt bist du, erlauchter Odysseus, Kenner der Schliche und Wege. Aber auch ich bin mit vielen Wassern gewaschen. Ich habe mehr als Worte. Sieh hier.« Und er tat eine weitere Tür auf. Da aber waren Blöcke geschichtet und Tafeln und Platten, tönerne zumeist, doch auch steinerne, und in die Tafeln, Platten und Blöcke waren Zeichen geritzt, Striche, Punkte, Linien, wohl auch kleine Bilder, viele, verwirrende, immer andere und immer anders geordnet. Der erhabene Herrscher Alkinoos aber wies auf die Tafeln und sagte pfiffig: »Du siehst es, ich habe Schriftliches.«

Der edle Odysseus, der viele Länder gesehen und viele Menschen erforscht hatte, sah auf die Tafeln und Blöcke und verstand nicht. »Schriftliches?« fragte er dumm. »Du siehst es, edler Odysseus«, erklärte ihm der Gastfreund. »Auf diesen Tafeln schwört mir der König von Sidon, die kunstfertigen Schmiede zu schicken, und ruft für den Fall, daß er's nicht tut, den Zorn seiner Götter auf sein Haupt nieder.«

Tiefer noch als vor dem Eisen erschrak da der Dulder Odysseus. Wohl hatte er früher schon von solchen Zeichen und Ziffern gehört, und daß ferne östliche und südliche Völker sie gebrauchten. Doch hatte er geglaubt, es sei ein Zauber wie andere Zauber, zuweilen wirksam, zuweilen auch nicht. Nun aber, da Alkinoos sie ihm ausdeutete, sah er, daß diese Ritze mehr waren. Sie waren das Werkzeug, Worte, die geflügelten, verwehenden, festzuhalten; sie machten Unsichtbares sichtbar, Vergängliches unvergänglich, sie machten Menschen den Göttern gleich. Bestürzend klar wurde ihm, welchen Wechsel im Leben der Sterblichen und in ihren Meinungen die Anwendung dieser geritzten Zeichen schaffen mußte. Und im gleichen Augenaufschlag bedachte er, daß die Seinen, die göttergleichen Achäer, die nicht so schnell von Verstande waren wie die Phäaken, sicher größte Mühe haben würden, alle die Zeichen für alle die Worte zu merken. Und wie wird es ihm selber gehen mit seinen Sechzig? Wird er nicht zu alt sein, sich dieses schreckliche, nützliche Neue anzueignen, die

Kenntnis des Schreibens? So viel Hin und Her sah er voraus und so viel Mühe und Wirrnis, eh der Segen zum Segen wurde, daß ihm schwindlig war, als würde er nach einem Schiffbruch im Sturm auf und nieder geschleudert von weißlich schäumenden Wellen. Kaum gelang es ihm, sich, wie es die Sitte verlangte, vor dem Gastfreund zu verstellen und täuschende Ruhe zu wahren.

3

Später dann kam die Prinzessin Nausikaa. Er erinnerte sich ihrer ersten Begegnung. Sie hatte Ball gespielt mit ihren Gefährtinnen, und er war hervorgebrochen aus dem Gestrüpp, nackend, schmutzig, blutig von wilden Rissen und Abschürfungen, bedeckt mit Schlamm und welkem Laub, und alle waren vor seinem Anblick fortgelaufen. Sie aber war geblieben, die schöne, weißarmige Nausikaa, und hatte ihn freundlich betrachtet.

Dessen also gedachte er, als sie nun kam. Doch sie glich nicht mehr dem Bilde, das er von ihr in der Seele bewahrt hatte. Schleier trug sie jetzt, Haube und Diadem, sie war verheiratet. Er hatte, nachdem er nicht geblieben war, es kaum anders erwarten können, er hätte voraussehen müssen, daß sie die Werbung eines der jungen Adeligen ihrer Insel annehmen werde. Aber er sah mit Zorn, daß ihr Gatte gerade jener trotzige Jüngling Euryalos war, der ihn damals frech gehöhnt hatte, er sei wohl nur ein herumfahrender Händler und kein Held. Die Prinzessin Nausikaa hätte sein, des Odysseus, Andenken höher achten und sich nicht gerade diesen Mann aussuchen sollen, sein Lager zu teilen.

Er wechselte freundliche Worte mit den beiden; doch blieb in seinem Herzen Unmut und Unsicherheit. Ich bin Odysseus, dachte er, der Sohn des Laertes, unter den Menschen der listigste, es dringt mein Ruhm bis zum Himmel. Aber ich weiß nicht und finde es nicht aus mit all meiner Weisheit, ob ich nicht doch damals besser hier auf dem lachenden Eiland geblieben wäre, statt heimzukehren zu meinem Ithaka, wo man noch immer auf die Weise der Vorfahren lebt und wandelt und kämpft. Wäre ich geblieben, dann gingen noch heute in Ithaka die übermütigen Freier im Licht, einer von ihnen, vermutlich Amphinomos, läge im Bett der edeln Penelopeia, und in den Schatten gedrängt wäre Telemachos. Ich selber aber, Odysseus, wäre der Eidam des erhabenen Alkinoos, sein Nachfolger und Erbe seiner Schätze und hätte Söhne von dieser weißarmigen Nausikaa. Aber vielleicht tat ich damals doch klüger daran, heimzukehren. Denn hier auf dieser Insel hätte ich mich täglich neu bewähren müssen vor den göttergleichen Phäaken, und ich weiß nicht, ob ich zurechtgekommen wäre mit all dem Schwierigen, Neuen und Fremden, womit sie gesegnet sind. Mutlos ist mir das Herz vor ihren vielrudrigen Schiffen, vor dem schwarzbläulichen Eisen und den vertrackten Zeichen, die sie in die Steine ritzen. So dachte der erlauchte Odysseus, und Zweifel flogen gleich eiligen Wolken über die Landschaft seiner Seele und schwanden und kamen von neuem.

Dann aber ging es zum Schmaus; es war ein üppiges Gastmahl, welches Alkinoos ihm zu Ehren gerüstet hatte. Acht weißzahnige Schweine hatte der König für dieses Mahl schlachten lassen, zwölf Schöpse und zwei schwerwandelnde Rinder. Da saßen sie alle, Alkinoos selber und seine Unterkönige und Adeligen, auf den schöngeformten, mit Fellen belegten Stühlen und hoben die Hände zum Schmause. Odysseus aber hatte den Ehrenplatz zur Seite des erhabenen Alkinoos. Unermüdlich reichten die Diener fetttriefende Stücke Fleisches und schenkten des Weines, und sie würzten den Wein mit Nepenthe, dem Safte der Wurzel, welcher den Menschen Fröhlichkeit ins Herz gießt.

Dann wurde der Sänger hereingeführt, der Homer des Königs Alkinoos, und dieser Homer – Demodokos hieß er – war gänzlich blind. Alle behandelten ihn mit Achtung. Den hohen, kupfergezierten Sessel setzte man ihm in die Mitte des Saales an eine ragende Säule; an diese Säule hängte man die Harfe und führte dem Sänger die Hand, daß er sie finde. Vor ihn stellte man einen schöngeglätteten Tisch und darauf einen silbernen Brotkorb und einen goldenen Becher mit Wein, daß er nach Herzenslust trinke.

Odysseus aber erinnerte sich deutlich, wie herrlich damals bei seinem ersten Aufenthalte auf der Insel dieser Homer gesungen hatte. Er hatte von Troja gesungen wie später sein eigener Sänger, Phemios. Aber – des war kein Zweifel – dieser Demodokos hatte viel schöner gesungen. Er war der beste unter den Homeren aller Könige, sein Wort mußte das Wort der andern verdrängen, und wenn sein, des Odysseus, Ruhm für ewige Zeiten zum Himmel dringen sollte, dann nur, wenn dieser Homer ihn verkündete mit seiner schwirrenden Harfe und seinen lieblich wellenden Worten.

Und der erlauchte Odysseus rief den Mundschenk und zerteilte das Fleisch, das vor ihm lag, einen wunderbaren Hammelrücken, fett, lieblich duftend, seinen

Ehrenanteil, und wies den Mundschenk an, dieses Fleisch dem Demodokos zu bringen, daß er es esse; denn es zieme den sterblichen Menschen, die Homere zu ehren, und der Gesang des Demodokos sei ihm alle die Jahre im Herzen geblieben. Und der Mundschenk brachte das Fleisch dem Sänger; der aber freute sich des Fleisches und des Lobes.

Der erhabene Alkinoos aber sprach zu Odysseus: »Viel haben wir gehört, verschlagener Odysseus, über die Kraft und List, mit welcher du nach deiner Rückkehr die Herrschaft über dein Eiland neu aufgerichtet hast, die dreihundert Freier bezwingend, die übermütigen. Doch die Berichte lauteten verschieden, wie es nun einmal zu sein pflegt unter den Männern. Darum, erlauchter Odysseus, erzähle uns du, wie es sich in Wahrheit zutrug; denn du mußt es ja wissen.«

»Leicht fällt es mir nicht, zu berichten«, antwortete der edle Dulder Odysseus. »Es drückt mir immer wieder das Herz in der Brust, wenn ich mich der bösen Stunden erinnere, die ich damals durchlebte. Da es dich indes gelüstet, mächtiger König, von jenem Ereignis zu hören, erzähle ich dir; so ziemt es dem Gaste. Als erstes aber muß ich dir sagen: nicht dreihundert Freier sind es gewesen, die ich erschlug.«

Kaum indes hatte er diesen Satz zu Ende gesprochen, als der Sänger das Wort ergriff, der göttliche Demodokos. »Lieb ist es mir«, sagte er mit seiner alten, doch noch immer wohlklingenden Stimme, »von dir selber nun die genaue Zahl zu erfahren. Viele fragte ich danach. Die Zahlen, die sie nannten, waren verschieden. Doch die meisten erklärten: nicht dreihundert waren es der erschlagenen Freier, auch nicht zweihundert, es waren einhundertachtzehn.« Der listenreiche Odysseus aber antwortete sogleich: »Du sagst es, lieber Homer. Es waren ihrer einhundertachtzehn.« Da freute sich Demodokos und sagte: »Einhundertachtzehn. So war es, so muß es gewesen sein, es ist glaubhaft. Einhundertachtzehn. Es klingt gut und fügt sich trefflich dem Vers ein.«

Odysseus, ermutigt von diesem Beginn, erzählte von der Erschlagung der Freier viele Einzelheiten, wie sie in seiner Erinnerung gewachsen waren und sich ineinandergefügt hatten. Demodokos aber hörte gut zu und dachte vergnügt: Große Taten und wohl geeignet, daß ich sie besinge.

Nachdem Odysseus geendet hatte, bat er, nun aber nach seinem schlichten Bericht möge der kunstreiche Sänger von Troja erzählen. Und er rühmte den Demodokos: »Was du damals von Troja erzählt hast, als ich zum ersten Mal hier war, das ließ mich nicht los und hat mir immer im Herzen weitergeklungen. Zum Erstaunen genau hast du von den Achäern berichtet, was sie in dem mühsamen Krieg taten und erduldeten, gleich als ob du selber dabeigewesen wärest.«

Demodokos ließ sich nicht lange bitten. Er sang vom Zorne des Plejaden Achilleus, vom Kampf des Hektor und Ajax, auch von des Patroklos Tode und von den Taten, welche Odysseus vor Trojas Mauern vollbracht hatte. Besonders lustig und grausig erzählte der blinde Sänger von dem hölzernen Pferd, welches der kluge Odysseus erfunden hatte, auf daß es die Troer selber in ihre Stadt zögen. Und sie, die Narren, von einem Gotte geblendet, taten es. Aber die Helden, welche Odysseus im Bauche des Pferdes um sich versammelt hatte, waren nicht weniger närrisch. Als sich Helena, geleitet von troischen Helden, das Pferd beschaute, kam eine tolle Laune über die Schöne, und sie rief das Pferd an mit verstellter Stimme achäischer Frauen, der Stimme auch der Frauen solcher Achäer, die im Bauche des Rosses versammelt waren. Diese aber, erst der eine, dann ein anderer und dann ein dritter, da sie die Stimme der lieben, lang entbehrten Bettgenossin vernahmen, schickten sich an zu erwidern, und sie hätten alles verraten, wenn ihnen nicht der schnell besonnene Odysseus wütend mit kräftiger Hand den Mund zugehalten hätte.

Bestürzt hörte Odysseus dem Sänger zu. Er selber hatte seit langem nicht mehr an das Erlebnis im Bauche des hölzernen Pferdes gedacht, und er hatte keinem davon gesprochen. Wie kam es, daß der Blinde so genau Bescheid wußte? Welcher Gott hatte es ihm verraten? Freilich war es nicht genauso hergegangen, wie es der Sänger beschrieben hatte, aber so viel war richtig: die Gefährten, die Fürsten der Achäer, hatten sich damals sehr unverständig benommen. Nahe aneinander war man gehockt und gelegen im Bauche des Pferdes, lang wurden einem die Stunden. Üble, törichte Launen kamen die Männer an, und nur mit Mühe, ihnen in Wahrheit die Hand auf die Lippen pressend, hatte er, Odysseus, hindern können, daß sie sich durch Stimmen und Lärm verrieten.

Und Odysseus bedachte die Dummheit der Menschen, wie sie sich damals töricht benommen hatten und wie sie sich immer töricht benehmen. Er bedachte, wie es ihm selber schwerfiel, sich vertraut zu machen mit dem Gedanken an das Bläulichschwarze, das Eisen, und an die Zeichen, welche man in die Steine ritzte. Und Trauer und Grimm füllten ihm das Herz, weil es die Götter den sterblichen Menschen so schwer machen, die Trägheit des Denkens zu scheuchen und die Dinge mit klarem Aug anzuschauen.

Aber er zeigte seinen Zorn nicht, sondern fragte den Alkinoos: »Sage mir, prächtiger Herrscher, wie hältst du es mit den Liedern deines Homers? Läßt du auch sie in deine Steine einritzen?« Da lachte der erhabene Alkinoos herzlich und antwortete: »Da wäre wohl ein ganzer Steinbruch nötig, wenn alle die Verse eingeritzt werden sollten, welche mein Homer singt. Nein, lieber Fremdling, nicht für solche Dinge nütze ich die Steine und die seltsame Kunst, sondern für ernste Geschäfte.«

Und er lachte, und mit ihm lachten die andern, auch der Homer lachte mit, es scholl von großem Gelächter die weite Halle.

Nun aber verlangte der greise Unterkönig Echeneos, der Homer möge singen von den Fahrten des hocherlauchten Odysseus auf dem fischewimmelnden Meer und von den großen Nöten und den großen Errettungen, welche dem edeln Dulder die grimmigen und die günstigen Götter gesendet hatten. Freudig horchte da Odysseus auf; denn wenn jetzt der Dichter berichten wird von dem, was damals bei seinem ersten Aufenthalt auf der Insel er selber erzählt hatte, dann wird er wissen, was er von seinen Taten halten darf und was davon bleiben wird, unvergänglich und jung für ewige Zeiten.

Demodokos sang. Schütternden Herzens, sie von neuem miterlebend, hörte Odysseus von seiner Irrsal. Wie er auf die Insel der Winde gekommen war, zu Äolus, und wie zu dem Kyklopen in die gräßliche Höhle, und wie er hinabgestiegen war in den Hades. Und er hörte von den Sirenen und von der Szylla und der Charybdis, und wie die dummen Gefährten die Rinder des Helios aufgefressen hatten. Und er hörte von seiner List und immer mehr von seiner List und immer wieder von seiner List und seiner großen, berühmten Verschlagenheit.

Herrlich sang Demodokos, und alle hörten es gerne, sie hätten ihm die ganze Nacht zuhören können. Auch Odysseus hörte es gerne. Er schloß die Augen, er wollte blind sein wie der blinde Homer, um den Gesang in sich aufzunehmen. Von neuem, während er sie hörte, tat er seine Taten und litt er seine Leiden. Doch schon hatten sie sich verändert, schon waren es mehr der Gefährten, die er verlor, schon waren die Wogen höher, welche der zürnende Poseidon über sein Schiff ausschüttete. Und die Sirenen sangen süßer, der Kyklop wuchs an Gestalt und an Schrecken, und schmeichelnder schmeichelte die Nymphe Kalypso. So wie es jetzt Demodokos sang, war es und wird es für immer sein. Der edle Odysseus aber war gleichzeitig der Odysseus von heute und der frühere. So lebendig wurde ihm die Erinnerung, daß aus seinen geschlossenen Augen Tränen kamen. Doch wollte er die andern davon nichts merken lassen; denn Heiterkeit ziemte sich beim Gastmahl. Er faßte den purpurnen Mantel und zog ihn über den Kopf, die stürzenden Tränen zu verbergen. Dann trank er von dem Wein, der gewürzt war mit Nepenthe, auf daß Lust und fröhliche Laune in sein Herz zurückkehre.

4

Kein Schlaf kam zu Odysseus in der Nacht, die dem Gelage folgte. Immer hatte ihm das Neue die Seele bewegt und war ihm der Sinn danach gestanden, das Nichtbekannte zu erforschen. Es reizte ihn, hier bei den

Phäaken zu bleiben, bis er lernen wird, das bläuliche Eisen zu schmieden und zu handhaben und die Zeichen zu unterscheiden, die sie in Ton und Tafeln ritzten. Aber der edle Dulder war sechzig Jahre alt, und ihm bangte davor, das Gelächter der Jungen zu erregen, wenn er, der Alte, lernte wie ein unmündiges Kind und sich irrte. Auf Ithaka, in der lieben Heimat, zeigte ihm keiner Dinge, die er nicht kannte, dort wußte er alle Antworten und war unbestritten der Klügste.

Andern Tages sprach zu ihm der mächtige Herrscher Alkinoos: »Sag mir, wie wirst du es halten? Wirst du hierbleiben oder auf deine waldreiche Insel zurückkehren? Ich sag es dir offen, willkommen bist du uns, wenn du bleibst; dann kannst du andern Sterblichen nichts verraten von unserm heitern Eiland und unsern Schätzen. Aber auch wenn du gehst, lieber Gastfreund, ist es uns recht; denn man soll den Gast nicht hindern. Freilich können wir dir dieses Mal keines von unsern Schiffen stellen, das verstieße gegen unsere Beschlüsse. Aber vielleicht gewähren die Götter auch deinem zweiundzwanzigrudrigen Schiff freundliche Rückkehr.«

Einen Augenaufschlag lang zögerte der vielbefahrene Odysseus. Dann antwortete er: »Nur dein Antlitz zu sehen, bin ich gekommen, göttergleicher Alkinoos, und das der Prinzessin Nausikaa, da ihr mir das Leben gerettet habt. Nun ich mich überzeugt habe, daß es euch gut geht, kehre ich gerne zurück zu meiner berühmten Insel.« – »Wie du es wünschest, edler Odysseus, so magst du es halten«, erwiderte der mächtige Alkinoos. »Wir aber werden dir Geschenke schicken auf dein schwärzliches Schiff und auch den Göttern opfern, daß sie dir gute Winde bescheren.«

Bevor indes Odysseus mit seinen Gefährten das Schiff wieder hinaus in die See zog, suchte er den Sänger Demodokos auf. Er saß mit ihm in der offenen Vorhalle in der angenehmen Kühle des Abends, und sie tranken Wein und sprachen einer zum andern. Und es sagte der einsichtsvolle Odysseus: »Schön ist das Los des Mannes, der im Lied der Homere fortlebt, und kein besseres Schicksal konnten mir die Götter verleihen, als daß meine Taten von dir gesagt und gesungen werden, Demodokos, der du mit gutem Recht vor allen Homeren gerühmt wirst. Was du von meinen Fahrten und Taten und von mir selber erzählt hast, gehört zu mir und gehört mir nicht mehr zu. Während du sangest, lösten sich meine Taten von mir, und nun stehen sie mir gegenüber und sind mein und sind nicht mehr mein und sind mir nahe und fremd zugleich wie Haare, die abgeschnitten sind.«*

Der berühmte Demodokos trank von dem wohlduftenden Weine und sagte bedächtig: »Wir haben einer dem andern zu danken, erlauchter Odysseus. Ich dir; denn deine Taten sind die Stütze meines Gesanges, so wie das Gebein den Körper hält. Du mir; denn ohne den Gesang der Dichter verwehen die Taten der Helden ungeordnet und sinnlos.« – »So ist es«, sagte der edle Dulder Odysseus.

Dann aber fuhr er fort: »Viele meiner Abenteuer hast du erzählt, göttergleicher Demodokos, und alle wurden

* Hier erlaubt sich der Homer, der uns von der zweiten Fahrt des Odysseus nach Scheria berichtet, eine Freiheit. Die göttergleichen Achäer schoren niemals die Haare, es sei denn, um sie einem geliebten Toten mitzugeben. Sicher ist, daß Odysseus, der Sohn des Laertes, sich niemals die Haare schnitt.

sie lebendig. Nur eines blieb lahm und hohl und war wie die Schatten im Hades.« Er sah, daß das Antlitz des Blinden sich verfinsterte, und sprach eilig weiter: »Vermutlich hab ich's nicht richtig erzählt vor Jahren, als ich's erzählte.« Demodokos aber fragte: »Welches von den Abenteuern ist es?« – »Es ist die Geschichte«, antwortete Odysseus, »da ich weilte im Hause der Zauberin Kirke auf der Insel Aiaie.« – »Du meinst die Geschichte«, vergewisserte sich Demodokos, »da dir die Göttin die Gefährten in Schweine verwandelte? Dir aber gab der schnellfüßige Hermes ein wunderwirkendes Kräutlein, so daß du die lieben Gefährten zurückverwandeltest in Menschen.« Und da Odysseus schwieg, fügte der Sänger etwas verdrießlich hinzu: »So hast du's damals erzählt. Zweiundzwanzig Gefährten, hast du gesagt, und das Kräutlein Moly, hast du gesagt, und so sing ich es seit Jahren.« Doch der erfindungsreiche Odysseus wand sich und bekannte: »Ich hab es erzählt, und es war so, aber nur teilweise war es so.« – »So berichte es von neuem und ganz«, forderte Demodokos ihn auf.

Und Odysseus gehorchte und sprach: »Als ich Kirke bezähmt und mit ihr das schönbereitete Lager geteilt hatte, machte ich mich auf, die Genossen zurückzuverwandeln. In der Hand trug ich das heilsame Kraut, welches mir Hermes, der Götterbote, gegeben hatte, die Zauberpflanze Moly; ihre Wurzel ist schwarz, milchweiß blüht die Blume, und göttlich ist sie von Wirkung. Als ich zum Kofen kam, fand ich die Genossen alle versammelt, zweiundzwanzig an Zahl, und ich beschaute sie und fragte mich: Welcher wohl ist Polites, der mir der liebste war? Und welches von diesen weißzahnigen Schweinen ist mein Freund und Vetter Noemon? Und welches Phronios? Und welches Antiphos? Und von Freude schwoll mir das Herz, da ich gedachte, wie sie sogleich vor mir stehen würden in der alten, vertrauten Bildung. Und ich rief sie, winkend mit der kräftigen Wurzel, und sagte: ›Auf, ihr Freunde, liebe Gefährten, kommt her, damit ich euch die borstige Hülle berühre mit dem heilenden Kraut. So wie ich euch berühre, kehrt euch die Menschengestalt zurück, die langen, aufrechten Glieder, die glatte Haut und die liebe, menschliche Sprache.‹

Sie indes, da sie mich hörten, drängten sich in die Ecken und von mir fort, sichtlich mich und meine Wurzel fürchtend. Ich glaubte, die Göttin, die Zauberin Kirke, die Hexe, habe ihnen Herz und Vernunft betört. Und ich rief die Gefährten von neuem und sprach ihnen zu: ›Hört mich doch, Freunde, versteht mich doch. Der große Gott Hermes gab mir dieses Kraut Moly, den feindlichen Zauber zu lösen. Laßt euch die Borsten berühren und werdet wieder Menschen. Nehmt die vertraute Gestalt an.‹ Doch sie, ängstlicher noch als zuvor, drückten sich fort und grunzten vor Furcht und quiekten, als stünde ihnen Böses bevor, und da die Türe des Kofens aufstand, flohen sie hinaus, an mir vorbei, die fetten Bäuche auf eiligen, kurzen Beinen forttragend aus meiner Nähe. Ich aber verstand nicht, und das Herz war mir wirr.

Zuletzt, mich anschleichend, vermochte ich, eines der Schweine mit meiner Wurzel zu berühren. Sogleich fiel die borstige Hülle ab, und vor mir stand mein Gefährte Elpenor, der jüngste von uns, ein durchschnittlicher Bursche, nicht ausgezeichnet im Kampf, auch nicht mit Verstande gesegnet. Aufrecht, in menschlicher Gestalt, stand er vor mir. Aber nicht, wie ich erwartet hatte, umfing er mich mit seinen Armen, und er jubelte nicht und war nicht glücklich. Vielmehr schalt er mich und sagte: ›Bist du schon wieder gekommen, du Böser, Ruheloser? Willst du von neuem uns quälen, unsere Leiber Gefahren auszusetzen und unsern Herzen immer neue Entschlüsse abzuringen? Süß war es, zu sein, wie ich war, mich in Sonne und Schlamm zu wälzen, des Fraßes zu genießen und des Trankes, zu grunzen und ledig zu sein des Zweifels: soll ich dieses tun oder jenes? Warum bist du gekommen und jagst mich zurück in das verhaßte, frühere Dasein?‹ So schalt er und fluchte und weinte. Dann ging er hin und betrank sich und legte sich auf das Dach des Hauses der Kirke, um zu schlafen. Die andern Gefährten aber, die Schweine, kehrten zurück und weckten ihn mit ihrem Grunzen und Quieken. Noch taumelig vom Wein und vom Schlaf, voll dumpfer Sehnsucht wälzte er sich den Gefährten entgegen. Aber er verfehlte die Treppe, er fiel vom Dache und fiel sich zu Tode. Und er war der einzige gewesen, den ich hatte zurückverwandeln können.

Vieles hatte ich erduldet, aber niemals so Schreckliches wie in dieser Stunde. Das Herz in der Brust wurde mir schwer und sank mir hinunter in die Eingeweide, als ich erkannte: die Freunde flohen mich, verlangend, die Schweinegestalt zu behalten und nicht mehr in menschliche Bildung zurückzukehren. Nur den Dümmsten hatte ich erhascht und wieder zum Menschen gemacht, aber zu was für einem und nicht für lange.«

Des Odysseus Gesicht, während er dies erzählte, wurde älter, schärfer, hagerer. Es war nicht nur die Erinnerung an jene Stunde, ihn drückte auch der Gedanke, daß jetzt er selber sich sträubte, einzugehen in eine hellere, strengere Welt, wie sie ihm die Phäaken gezeigt hatten.

Und er schloß: »Dies, Demodokos, ist die Wahrheit und nicht, was ich damals erzählte. Nicht zweiundzwanzig Gefährten habe ich zurückverwandelt, sondern nur einen, und dieses einen Seele ging gleich zum Hades. Nun sage mir, gepriesener Sänger, wirst du das, was ich bei Kirke erlebt habe, in Zukunft so berichten wie bis jetzt? Oder wirst du es so sehen, wie ich dir's nun erzählte?«

Demodokos, der Homer, trank vom Weine und schwieg lange und bedachte sich. Dann antwortete er: »Edler Odysseus, vielbefahrener Dulder, ich denke, ich werde die Geschichte so weiter berichten wie bisher. Was du mir heute erzählt hast, macht sich in Versen nicht gut. Für die jetzt lebenden sterblichen Menschen eignet sich's nicht zum Gesang.« Mild und höflich schloß er: »Mag sein, daß es später sich eignet.«

Damit strich der blinde Demodokos die wahre Geschichte von Odysseus und den Schweinen aus seinem Herzen.

Odysseus aber kehrte nach Hause zurück zur edeln Penelopeia und zu dem verständigen Sohne Telemachos. Die Jahre vergingen, Fremde kamen nach der Insel Ithaka und brachten Zeitung mit und Gesänge. Immer mehr Gesänge gingen um von des Odysseus Fahrten, und des Demodokos Lied von den Geschehnissen auf der Insel Aiaie bei der Zauberin Kirke und von der Verwandlung der Schweine war eines der meistgesungenen. Und da der erlauchte Odysseus diese Geschichte immer nur so vernahm, wie Demodokos sie berichtete, so vergaß auch er selber zuletzt, wie es in Wirklichkeit gewesen war.

Zwanzig weitere Jahre lebte der erlauchte Odysseus auf seiner Insel Ithaka. Er lebte in Ruhe und Frieden, und kaum mehr quälte ihn Sehnsucht, wenn er aufs purpurfarbene Meer hinaussah. Manchmal stieg er hinunter in sein Gewölbe und beschaute seine Schätze, auch die Geschenke, welche ihm die Phäaken mitgegeben hatten. Sie hatten ein Stück ihres Bläulichschwarzen beigefügt. In des Odysseus unterm Gewölbe lag nun dieses Stück Eisen, langsam verlor es seinen Schimmer, und bräunlich setzte sich Rost an. Odysseus sah es zunächst verwundert, dann gleichgültigen Auges. Bald sah er es kaum mehr, und langsam vergaß er den Namen.

Wohl aber lernte den Namen Eisen sein Sohn und Nachfolger Telemachos. Und später lernten ihn alle Achäer. Und zuletzt auch lernten sie es brauchen, das Bläuliche, Schwarze, das Neue, freilich nicht ohne Kampf und erst nach vielem vergossenen Blute.

# Geschichte des Gehirnphysiologen Dr. Bl.

Der Gehirnphysiolog Dr. Bl. genoß unter seinen Kollegen großes Ansehen. Vor allem rühmte man die Exaktheit seiner Forschungen, die Unbestechlichkeit, mit der er wichtige und willkommene Ergebnisse, bevor er sie annahm, immer wieder auf fernstliegende Fehlerquellen überprüfte. Jeder andere mit seinen Gaben hätte Karriere gemacht: er blieb sitzen auf dem Lehrstuhl einer kleinen Universität. Schuld daran war sein stachliges Wesen. Vielleicht hatte ihn sein befremdliches Aussehen so mürrisch gemacht; er trug nämlich auf einem winzigen Rumpf einen riesigen, bebarteten Kopf. Seinen Kollegen bezeigte er Gleichgültigkeit, geradezu Abneigung. Außer in Fachgesprächen tat er fast nie den Mund auf, und wenn, erwies er sich streng von Urteil, schnell fertig mit harten Bezeichnungen für seine Umwelt. Dazu hatte er, ein schon reifer Mann, eine Frau aus niedern Schichten geheiratet, eine Bedienerin des Restaurants, in dem er seine hastigen Mahlzeiten einzunehmen pflegte. Er verhehlte nicht, daß er sich in der Gemeinschaft dieser Frau wohler fühlte als im Kreis geachteter Männer seines Standes.

So erreichte er sein fünfzigstes Lebensjahr, überschritt es, ohne daß man sich viel darum gekümmert hätte, und es schien, als werde er nunmehr nach einem unbeachteten Lebensabend in ein unbeachtetes Grab steigen. Da verbreitete sich plötzlich das Gerücht, Professor Bl. habe eine Entdeckung gemacht, geeignet, in der Lebensgestaltung der ganzen Welt Folgen zu zeitigen. Wie das Gerücht aufkam, war schwer festzustellen. Vermutlich hatte Professor Bl. einem jüngeren Fachgenossen von dem Apparat gesprochen, an dem er arbeitete, in Andeutungen wahrscheinlich; aber eine Andeutung von ihm, das gaben selbst seine Gegner zu, pflegte besser fundiert zu sein als die großspurigen Behauptungen anderer in Akademieberichten und sonstigen Veröffentlichungen. Professor Bl. hatte, wollte man dem Gerücht glauben, einen Apparat konstruiert, der es ermöglichte, die Gehirntätigkeit am Lebenden genau zu beobachten, so also, daß man in gewissem Sinne die Intelligenz des einzelnen messen konnte. Man nannte aber diesen Apparat Intelligenzphotometer.

Die medizinischen Zeitschriften diskutierten die Erfindung Dr. Bl.s, bald auch die Tageszeitungen. Viele führende Männer der Politik, der Wirtschaft und der Wissenschaft lasen von dem Intelligenzphotometer nicht ohne Beunruhigung. Sehr ruhig hingegen blieben die Männer der Dichtung, der bildenden Kunst und der Musik; denn von ihnen verlangte die Mode jener Zeit lediglich ein geheimnisvolles, nebeliges Etwas, das »das Produktive« genannt wurde und sich im übrigen schwer definieren ließ, das aber keinesfalls mit Intelligenz zu tun hatte. Professor Bl. schwieg beharrlich.

Vielleicht gerade dieses Schweigen machte das Gerede um den Intelligenzphotometer immer lauter und erregter. Bis schließlich auch der Diktator des Landes davon Notiz nahm.

Er berief den Gehirnphysiologen Bl. zu sich. Der betrachtete den Diktator als eine Art begabten, ungezogenen Jungen, dessen Gaben freilich durch den Gebrauch der Macht gelitten hatten; denn er teilte die Meinung des deutschen Philosophen, daß Macht verdumme. Klein, unfeierlich, bärtig stand er vor dem Manne, dessen eherne, gebieterische Maske dem Land ein Symbol der Größe war.

Der Diktator war gewohnt, sich im Umgang mit Menschen starr und heroisch zu geben. Aber er sah gleich, daß das für diesen unwirschen Zwerg nicht der rechte Ton war, und da er Sinn für Stil hatte, zeigte er sich schlicht und alltäglich. Das gelang nicht ganz, aber der Kleine konstatierte erfreut die Bemühung.

»Man behauptet«, ging der Diktator sogleich auf den Kern der Sache los, »Sie könnten mit Hilfe Ihres Apparates die Intelligenz eines Menschen ziffernmäßig messen und abgrenzen.« Er saß massig hinter dem gewaltigen Schreibtisch, aber die Stimme kam leicht aus dem gutgeschnittenen Mund. »Können Sie das?« fragte er beiläufig.

Professor Bl. erwiderte ebenso beiläufig: »Ja, das kann ich.«

Der Diktator war natürlich anfangs skeptisch gewesen. Das Sachverständigengutachten, das vor ihm lag, war vielwortig, vorsichtig, weder zustimmend noch ablehnend. Vielleicht war es gerade der beiläufige, unwirsche Ton des Professors Bl., der seinen Unglauben wegschwemmte. »Das ist eine Fähigkeit«, sagte er höflich, »die für das Gedeihen des Staates und der Nation von großer Wichtigkeit werden kann.«

Professor Bl. schwieg, offenbar, weil er eine solche Konstatierung als zu banal einer Antwort nicht für wert hielt. Der Diktator fand es nicht leicht, sich mit diesem See-Igel zu unterhalten. Am einfachsten war es, wenn man ihm geradezu kam. »Können Sie also«, fragte er trocken, »wenn ich Ihnen gewisse Männer schicke, Analysen ihrer Intelligenz in klaren Formeln anfertigen?«

»Das kann ich«, erwiderte Professor Bl.

»Ich möchte Ihnen«, sagte der Diktator, »um Irrtümer zu vermeiden, noch mitteilen, was ich unter Intelligenz verstehe.«

»Teilen Sie mit«, sagte Professor Bl.

»Ich verstehe darunter«, sagte der Diktator, und er suchte die Worte und hatte plötzlich den Ausdruck eines beflissenen Schuljungen, »ich verstehe darunter die Fähigkeit, die Erscheinungen der Welt nach Ursache und Wirkung zu katalogisieren.«

»Das ist ganz plausibel ausgedrückt«, lobte Professor Bl. Den Diktator freute diese Anerkennung. Man verabschiedete sich befriedigt.

Es zeigten sich aber von da an überall, wo Professor Bl. kam, ging und stand, auffällige Männer mit steifen Filzhüten, die eifrig bestrebt waren, unauffällig zu erscheinen, und die auch von den Kindern mit den Worten begrüßt wurden: »Guten Tag, Herr Geheimagent.« Dem Professor Bl. machten sie viel Spaß. Außer seiner Frau waren sie die einzigen Menschen, die von sich behaupten durften, Professor Bl. habe sie mit einer gewissen Freundlichkeit behandelt.

Bald darauf auch erschienen im Laboratorium des Professors die Herren, die sich dem Wunsch des Diktators gemäß seiner Analyse zu unterziehen hatten. Das Verfahren dauerte nicht lang und war schmerzlos; dennoch machten die Herren nicht immer freundliche Gesichter. Es waren sieben Herren, die der Diktator im Lauf von zwei Wochen schickte. Der Professor tat seine

Arbeit, zeichnete seine Formeln auf, fügte eine kurze, deutliche Erklärung bei. Die Formeln von sechs der Analysen nahm er präzis und richtig auf, die Formel der siebenten drehte er willkürlich ins Gegenteil.

Einen Monat darauf berief der Diktator den Professor Bl. ein zweites Mal. Diesmal amtlich und mit Gepräng. Ringsum kurbelten beflissene Männer den Professor, wie er klein und unwirsch zwischen den salutierenden, repräsentativen Garden des Diktators die monumentale Treppe des Schlosses hinaufstieg. Dann waren die beiden allein, und es wurde nicht mehr gekurbelt.

Der Diktator blieb herzlich. Laut, schlau und vergnügt fragte er: »Warum haben Sie mich denn hereinlegen wollen, Professor, mit der Analyse No. 7?« Er lachte fröhlich, und auch Professor Bl. lachte.

Von dem Ergebnis der Audienz berichteten die Zeitungen. Der Diktator, las man, interessiere sich persönlich aufs lebhafteste für die Forschungen Professor Bl.s. Der Diktator habe sich entschlossen, die Tätigkeit des großen Gelehrten als für die Nation von Nutzen für den Staat zu monopolisieren.

Es wurde nun dem Gehirnphysiologen Bl. in der Hauptstadt ein angenehmes Haus und ein üppiges Laboratorium eingerichtet. In schmeichelhaften Wendungen wurde ihm vom Unterrichtsministerium eröffnet, seine Dienste seien dem Staat so wichtig, daß man bestimmt damit rechne, er werde die Hauptstadt nicht verlassen, ohne dem Minister davon Mitteilung zu machen. Die Herren mit den steifen Hüten hatten sich um zwei vermehrt.

Die Tätigkeit Professor Bl.s war nicht anstrengend. Dann und wann kamen Persönlichkeiten, deren Intelligenz er im Auftrag des Diktators zu analysieren hatte. Was mit diesen Analysen geschah, blieb dem Professor und der übrigen Welt unbekannt. In der Umgebung des Diktators hielt man es für eine Art bösartigen Spaß, wenn einen der Diktator zur Analyse schickte, für eine elegante Art der Bestrafung. »Jemanden zu Professor Bl. schicken«, wurde zu einer Lieblingswendung des Landes, man gebrauchte sie als scherzhafte, zuweilen auch als ernste Warnung.

Ein Jahr verging und noch eines. Der Diktator gewann immer mehr Routine in der Handhabung aller Attribute der Macht; es gab auf dem Planeten nur zwei Männer außer ihm, die ebensolche Gewandtheit hatten. Er hatte eine gut organisierte Armee, eine vortreffliche Polizei, alle Ämter und wichtigen Arbeitsstellen des Landes waren mit Leuten besetzt, die Jahr um Jahr daraufhin geprüft wurden, ob sie ihm auch anhingen. Wenn er sah, was er gemacht hatte, durfte er sich sagen, daß er es gut gemacht hatte. Dennoch schlief der Diktator nicht gut, denn so gut, wie er es gewollt hatte, hatte er es nicht gemacht. Nur seinen Anhängern nämlich ging es gut, nicht aber dem Land, und ursprünglich hatte er gewollt, daß es allen gut gehe.

Er besuchte immer öfter den Gehirnphysiologen Bl., und es kostete ihn kaum mehr Schwierigkeit, im Umgang mit ihm schlicht und menschlich zu sein. Er lachte viel, wenn er mit Professor Bl. zusammen war. Niemand, der nur das eherne Gesicht des Diktators kannte, ahnte, wie gut der Mann zu lachen verstand. Professor Bl. lachte mit. Wahrscheinlich lachten auch die Herren mit den steifen Hüten, die vermutlich die Unterredung irgendwo anhörten.

Gegen Ende des zweiten Jahres, als der Diktator bei ihm zu Abend gegessen hatte, nach einer Minute des Schweigens, sagte der Professor plötzlich in seiner unwirschen, hänselnden Art: »Sagen Sie doch geradezu, was Sie von mir wollen. Jetzt drücken Sie schon zwei Jahre herum.« Da runzelte der Diktator die Stirn, und es hätte wenig gefehlt, er wäre dem Forscher ehern gekommen: aber er fing sich rechtzeitig wieder ein und blieb schlicht und menschlich.

Im dritten Jahr, an einem Sommerabend, die Frau des Professors war in ein entferntes Bad gefahren, sagte der Diktator: »Wie wäre es, wenn Sie einmal eine Analyse meiner Intelligenz machten?«

Professor Bl. wurde einen Schatten bleicher. »Ist es also soweit?« erwiderte er.

»Tun Sie es nicht gern?« fragte der Diktator.

»Ich tue es ungern«, erwiderte Professor Bl.

Der Diktator schaute ihn an, so herzlich und von Mann zu Mann hatte er nie gesprochen. »Sie können ja schwindeln«, sagte er lächelnd, aufmunternd, vertraulich.

»Ich glaube«, erwiderte der Professor, und auch er lächelte, so daß seine großen, gelben Zähne aus dem Bart herauskamen, »ich glaube«, sagte er, »es hätte keinen Sinn zu schwindeln. Ich glaube, Sie würden mir daraufkommen.«

Professor Bl. nahm also die Analyse vor, die der Diktator wünschte. Das erforderte nicht sehr lange Zeit, es kam auch dem Diktator nicht lange vor, aber dann, in der Erinnerung, kam es ihm doch lange vor, denn es war ihm, als sei er während dieser Zeit jung gewesen und wieder alt und wieder jung und wieder alt. Der Professor, während er seine Messungen vornahm, sagte nur das Notwendige. Er schrieb seine Formeln auf ein Blatt. Dem Diktator waren diese Formeln geläufig; er wußte, daß sie mit kleinen Buchstaben und Ziffern geschrieben und daß es dreiundzwanzig Formeln waren.

Der Professor schrieb seine letzte Formel und gab das Blatt dem Diktator. Der Diktator sagte: »Ich danke Ihnen«, nahm das Blatt, faltete es zusammen, ungelesen, bat um einen Umschlag, steckte das Blatt hinein, klebte den Umschlag zu, schüttelte dem Professor Bl. die Hand, ging.

Professor Bl., nachdem der Diktator ihn verlassen hatte, fühlte sich ein wenig erschöpft, ja, die Beine waren ihm unangenehm schwer und zitterten; aber er dachte nicht daran, still zu sitzen und zu atmen. Vielmehr ging er durch das Laboratorium, auf, ab, streichelte seine Apparate, ging durch das ganze Haus, auch durch den Garten. Sonst, wenn Menschen kamen, störten sie ihn, und er suchte sie rasch loszuwerden. Heute fand er, daß es ein großes Haus war und ein großer Garten und eigentlich verdammt leer. Er versuchte mit seiner Frau zu telefonieren, mit seinen Assistenten, aber es erwies sich, daß keiner zu erreichen war. Das hätte er sich denken können. Er wäre froh gewesen, wenn er auch nur mit einem von den auffälligen Herren mit den steifen Filzhüten einige Worte hätte sprechen können, aber selbst von denen war heute keiner da.

Zuletzt fand er seinen alten Laboratoriumsdiener. Der war nun seit zwanzig Jahren um ihn, und Professor Bl. kannte genau die Haut dieses Mannes, die Beschaffenheit seines Blutes, seines Herzens und seiner Nieren. Heute zum ersten Mal fragte er ihn nach seinen Meinungen. Er fragte ihn, was er von Gott halte und vom Jenseits. Es zeigte sich, daß der Laboratoriumsdiener viel davon hielt. »Ich bin ein Mann, gemacht zu glauben«, sagte er.

Dem Professor Bl. gefiel diese Äußerung, er fand sie gerade und vernünftig. Er saß jetzt auf der Terrasse, die hinunter zum Garten führte, seine Rastlosigkeit war vorbei. Es wäre vielleicht ganz gut, noch einmal durch die Straßen zu gehen, aber dann, nahm er an, würden die steifen Filzhüte gleich da sein, und die wollte er jetzt nicht mehr haben, und er blieb sitzen. Er dachte an die Menschen, die in dieser letzten Zeit um ihn gewesen waren, an seine Frau, an seine Assistenten, und sie gefielen ihm. Er war einverstanden mit ihnen. Selbst mit dem Diktator war er einverstanden. Der Mann handelte nach seinen Notwendigkeiten. Es war freilich ein bißchen viel verlangt, daß er sich auch noch von ihm bestätigt wissen wollte.

Am gleichen Abend, ehe seine Frau zurück war, auch bevor er mit seinen Assistenten gesprochen hatte, erkrankte Professor Bl. Es sei eine ernstliche Erkrankung, berichteten die Zeitungen am Morgen, von einer sehr ernstlichen Erkrankung berichteten sie am Mittag, und am andern Morgen, noch ehe seine Frau ihn wiedergesehen hatte, war Professor Bl. gestorben. Der Diktator hatte ihn im Laufe des Tages besucht und stündlich Erkundigungen nach seinem Befinden einziehen lassen.

Die Bestattung des großen Forschers geschah auf Staatskosten, mit viel Gepräng.

Zwei Wochen später jährte sich zum zehnten Mal der Tag, an dem der Diktator die Macht ergriffen hatte. Es war ein Tag großen Glanzes, seine Feinde haßten ihn mit besonderem, gutem, begründetem Haß; denn sie hatten wenig Aussicht mehr, ans Ziel zu kommen. Und viele von ihnen haßten ihn nur, weil sie nicht mehr seine Anhänger werden durften. Denn er hatte die Reihen seiner Anhänger schließen müssen: es waren zu viele, als daß er für noch mehr hätte sorgen können.

Früher hatte der Diktator solche Tage großer Repräsentation geliebt, sie waren ihm Stütze gewesen und Bestätigung. Jetzt durchlebte er sie mit leiser Ungeduld, sie waren nur mehr politische Mittel, er brauchte sie nicht mehr für sein Herz. Am liebsten war ihm die kleine Weile am frühen Nachmittag, die er für sich allein hatte. Die Hälfte dieser Zeit machte er gymnastische Übungen mit seinem Trainer; dann, nach der Massage, lag er allein in dem kleinen, kühlen Zimmer, in dem nur ein Ruhebett stand, ein Schreibtisch und ein Sessel und das niemand betreten durfte außer einem einzigen Sekretär.

Er lag da, ausgeschöpft, leer, in wohliger Mattheit, entspannt von allem Ehernen. Gedämpft herauf zu ihm drangen die Kommandos der Abteilungen, die auf dem großen Platz aufmarschierten, um ihm zu huldigen. In zweiundzwanzig Minuten wird er auf dem Balkon stehen und eine Ansprache halten, er weiß nicht genau, was er sagen wird, aber er weiß, es wird das Richtige sein, und die ganze Welt wird an Lautsprechern seinen Worten zuhören.

Er stand auf. Im Frottiermantel ging er hinüber zu dem Schreibtisch. Hier eingeschlossen lagen Erinnerungen, kleines, läppisches Zeug, nur für ihn bestimmt. Ein paar Briefe, ein Knopf einer Uniform, platt durch einen Schuß, eine alte Photographie. Er liebte diese Erinnerungen, er kramte gern darin herum, er fühlte sich stärker, wenn er den Zusammenhang mit seinem Früher körperlich fühlte.

Er holte einen Schlüssel hervor und noch einen und dann aus einem letzten Schubfach einen verschlossenen Umschlag, erst vierzehn Tage alt, er wußte genau, was darin war; vielleicht war es nur wegen dieses Umschlags, daß er an den Schreibtisch gegangen war.

Er hielt die verschlossenen Formeln des toten Professors Bl. in der Hand, minutenlang. Dann nahm er ein Falzmesser. Es war interessant zu wissen, was in dem Umschlag war. Nutzen und Weisheit, es gab da gewisse Theorien. Der Professor Bl., der nun tot war, hatte einiges darüber gewußt, nur angedeutet. Es wäre nicht unmöglich gewesen, den Professor Bl., der nun tot war, dahin zu bringen, daß er ihm mehr davon gesagt hätte. Der Diktator war kein törichter Mann, und der Professor hatte ihn nicht für unbegabt gehalten. Historische Notwendigkeit hatte ihn mit Macht belastet, und Macht verdummt. Aber wenn er nicht ein mächtiger Mann geworden wäre, wäre er vielleicht ein großer Mann geworden.

Von unten kam der Lärm der Menge. Er muß sich ankleiden lassen, in vierzehn Minuten muß er seine Ansprache halten. Für seine Ansprache wird es bestimmt nicht gut sein, wenn er weiß, was in dem Umschlag steht. Der Diktator legte das Falzmesser zurück, unbenutzt. Zerriß den Umschlag und seinen Inhalt in kleine Fetzen.

Ging in den großen Empfangssaal, auf den Balkon. Hielt seine Ansprache.

# Feuchtwanger lesen!

*Manfred Flügge*

*Er kann nicht klagen, er hat sein Leben weidlich genützt.*

L. F., Die häßliche Herzogin

Vielleicht sollte man alles vergessen, was man je über diesen Autor erfahren hat. Vielleicht sollte man sich unbekümmert um Meinungen und Urteile, Einordnungen und Bewertungen dem Lesegenuss überlassen – und auch Nachworte erst *nachher* lesen. Denn Feuchtwanger zu lesen ist ein Genuss, er macht es seinen Lesern leicht. Seine Romane sind offene, zugängliche Gebäude mit weitläufigen Anlagen, in denen man viel entdecken und sich wunderbar verlieren kann: eine Welt für sich. Wer sich ihr zuwendet, wird reich belohnt.

Dieses Buch bietet Kernstücke aus seinen wichtigsten Romanen sowie zwei Erzählungen, *Odysseus und die Schweine* und *Geschichte des Gehirnphysiologen Dr. Bl.* Es ist eine Einladung zum Lesen – zu einem Vergnügen, das Erkenntnis reifen lässt. Wer noch nichts über Lion Feuchtwanger weiß, aber neugierig genug ist, könnte mit dieser Auswahl beginnen. Und wer schon eine Meinung hat, kann sie hier überprüfen. Denn die vorliegende Auswahl zeigt Feuchtwangers Erzählkunst in ihren besten Momenten. Und sie zeigt, dass sein Werk auch heute noch lebendig ist und sich jedem Lesehungrigen erschließt.

Lion Feuchtwanger, Verfasser historischer Romane, ist auch ein halbes Jahrhundert nach seinem Tod noch längst nicht historisch. Ja, vielleicht ist es erst heute, im zeitlichen Abstand, möglich, ihn unbefangen zu lesen, ungeachtet all der Kämpfe, die ihm seine Epoche zugemutet hat, seiner politischen Irrtümer, der aufgenötigten oder selbstbekundeten ideologischen Vorgaben. Liest man ihn so, wird man feststellen, dass seine Schlichtheit und Direktheit nichts mit Trivialität und seine einstigen Auflagenerfolge nichts mit Seichtigkeit zu tun haben. Seine fünfzehn Romane bilden das kohärente Werk einer großen Autorpersönlichkeit, eines charakterlich sehr speziellen Menschen, den eine besondere Herkunft prägte, der hochgebildet und zugleich von geradezu spielerischer Leichtfertigkeit war.

Auf den ersten Blick ist Feuchtwanger kein großer Stilist. Zur Sprache hat er ein eher instrumentelles Verhältnis. Seine Sätze sind klar, linear, meist sehr kurz. Vieles ist nur angedeutet, Skizze, Impression. Doch sein Erzählfluss entfaltet einen starken Sog, wird schnell mitreißend und mächtig, wird zum großen Strom, in dem vieles mittreibt, auch befremdende Ausdrücke, altmodische Begriffe und Wendungen, aber auch Wörter, die in spätere Epochen gehören. Dieses raffinierte Spiel mit Anachronismen zeigt die Differenz zur Gegenwart an und macht zugleich das Vergangene lebendig und transparent für zeitlose und aktuelle Fragen und Probleme.

Dem Erzählfluss gilt zuallererst die Aufmerksamkeit des Romanciers, an zweiter Stelle den Figuren. Direkt und elegant bringt er sie uns nahe, beleuchtet sie gleichsam von innen wie von außen, macht uns mit allen vertraut, den Guten, den Bösen, den Großen, den Kleinen, den Mächtigen und ihren Opfern. Reihum stellt er sich auf ihre Seite, nimmt die Perspektive auch der Schurken ein, der Verblendeten, der Mörder, der Antisemiten, der Geilen und der Gierigen, der Blender und der Dummen, der Außenseiter und der trägen, dummen Masse. Er lässt sie alle zu Wort kommen, mit Hilfe innerer Monologe, die zuweilen befremden und irritieren. Aber Feuchtwanger zensiert oder bevormundet seine Gestalten nicht, er vertraut auf die Intelligenz seiner Leser und auf das Widerspiel der Kräfte in dem von ihm entworfenen Romankosmos. Niemand wird geschont, verklärt, vereinfacht, nichts wird verniedlicht, Konflikte werden glaubhaft, innere und äußere Widersprüche fassbar, Eigenheiten anschaulich, Irrungen und Wirrungen nachvollziehbar.

Was erstaunt, ist die große Anzahl und der Reichtum der Figuren. Wenn Feuchtwanger von der hässlichen Herzogin Margarete Maultasch erzählt, so bietet er keine Tiroler Winkellegende, sondern ein europäisches Panorama, das den Gang der Geschichte lebendig werden lässt. Die Gestalten sind in ihre Epoche eingebettet, in die Verhaltensweisen und die Ideen, die Moden, Nöte und den Aberglauben ihrer Zeit. Was Feuchtwangers historische Romane bieten, ist nichts Geringeres als »der gemalte Strom der Zeit«, um es mit einer Formulierung aus der *Häßlichen Herzogin* zu sagen. Das lässt sich an jeder der hier versammelten Geschichten belegen, unabhängig von der Epoche, in der sie spielen. So nebeneinandergestellt, präparieren sie die Substanz des Werkes heraus.

Zuletzt verdichten sich Feuchtwangers Romane zu Exempeln, zu Anschauungsstücken, zu Parabeln. Auf den ersten Blick könnte es scheinen, als sei der Autor dabei einer Art Objektivität der Geschichte verpflichtet, einem Fortschrittsglauben. Denn die Handlung zielt – von einem grundlegenden Optimismus beherrscht – auf eine bessere Zukunft. Konflikte, Enttäuschungen, Verbrechen und Katastrophen, Selbstverblendung und Niedertracht sind nur Etappen auf dem Weg der Vernunft. Und doch werden Niederlagen, Verfehlungen, Untergänge erzählt. Außenseitertum, Geltungsstreben, Kampf um Anerkennung und gesellschaftlichen Erfolg, die Jagd nach Liebe und Glück, das Wirken zerstörerischer Ideologien und fragwürdiger Utopien – das sind die Themen in Feuchtwangers Leben und Werk. All das musste er zur Sprache bringen, all das verlangte nach einer literarischen Form.

»In Wahrheit wurzelt das Werk durchaus in der Persönlichkeit und im Schicksal des Autors«, schrieb Lion Feuchtwanger in seiner Dissertation über Heinrich Heines Erzählfragment *Der Rabbi von Bacherach*. Dieser Satz gilt auch für ihn. Doch es war ein langer Weg, ehe der Doktor der Germanistik, der Heines Scheitern an der Form des historischen Romans und der literarischen Behandlung jüdischer Geschichte konstatiert hatte, selbst zum Romancier jüdischer Schicksale wurde.

Mit geistiger Arbeit einen Platz in der Gesellschaft zu finden: Diesen Lebenstraum hätte Lion Feuchtwanger auch an der Universität realisieren können, aber in München um 1905 war das für einen Juden nur mit unwürdigen Konzessionen und Unterwerfungsritualen möglich, die für diesen stolzen, nach Unabhängigkeit strebenden jungen Mann nicht akzeptabel waren. Auch eignete er sich nicht für repräsentative Auftritte, für öffentliches Dozieren. Erfolg suchte er gleichwohl – auf einer anderen Bühne. So musste er ein Instrument der Freiheit finden, auf dem er seine eigene Melodie spielen konnte, jenseits der akademischen Institutionen: das Schreiben. Die Wahl war ein Risiko, dazu gehörte Selbstbewusstsein, Vertrauen in die eigenen Fähigkeiten – oder die Leichtfertigkeit des Spielers. Vernünftig war es nicht, sicher auf keinen Fall. Zumal Feuchtwangers Laufbahn in ebenjene Epoche fiel, in der die seit hundert Jahren andauernde Emanzipation der deutschen Juden, die auch in seiner Familie von Generation zu Generation glücklich vonstattengegangen war, gewaltsam unterbrochen wurde.

Das väterliche Erbe schlug Lion Feuchtwanger aus, er wollte nicht Fabrikant oder Geschäftsmann oder Bankier oder Anwalt werden wie die anderen. Freilich waren seine literarischen Anfänge reichlich dilettantisch. Er schrieb schon früh und stetig, doch der Erfolg blieb aus. Bei ihm stand kein Geniestreich am Anfang. Doch Feuchtwanger brachte eine Voraussetzung mit, die ihn schließlich über viele Zeitgenossen erhob: Er besaß eine solide humanistische Bildung und eine profunde jüdische Bildung obendrein. An Kenntnis der Bibel und der antiken Klassiker machte ihm so leicht niemand etwas vor. Aber bis er dieses Wissen und dieses Erbe zu nutzen wusste und nicht nur als Bildungsballast mit- und zuweilen in seine Texte schleppte, sollte einige Zeit vergehen.

Die ersten literarischen Versuche fanden auf dem Feld der Kritik, des Übersetzens und Bearbeitens statt. Das war künstlerisch nicht sehr ergiebig, aber gesellschaftlich nützlich, da der intellektuelle und soziale Außenseiter auf diese Weise Zugang zum literarischen Leben fand: Zeitschriften, Zirkeln, Bühnen. Sein Hauptproblem war, das richtige Genre zu finden. Er sah seine Arbeit zunächst im Theater. Gerhart Hauptmann gehörte zu den Leitfiguren der Zeit, das Drama war die Gattung der jungen Generation und der literarischen Erneuerung. Feuchtwangers Stücke und Bühnenbearbeitungen waren durchaus erfolgreich, doch ästhetisch überzeugten sie nicht. Gleichwohl finden sich in ihnen schon die Themen und Gestalten, die die späteren Romane beherrschen sollten. Jedes Stück bot Welttheater, war Einübung in die literarische Aufbereitung von Stoffen und Ideen, in das Erfinden von Figuren, Dialogen und Handlungsabläufen. Aber die nachhaltigste Folge dieser Theaterarbeit war die Freundschaft mit Brecht, der als junger Mann den Rat und Einfluss des Älteren suchte.

Nach vielen oberflächlichen Erfolgen wurde Lion Feuchtwanger schließlich bewusst, dass er das falsche Genre gewählt hatte. Nachdem er zunächst Zwischenformen von Epik und Drama erprobt hatte (*Thomas Wendt*, 1920), machte er sich 1923 daran, einen Stoff in Romanform zu bearbeiten, den er 1917 als durchaus erfolgreiches, aber ihn nicht zufriedenstellendes Theaterstück behandelt hatte: *Jud Süß.* Dem Anfang des Romans merkt man noch die Mühsal an, die Versuchung, allzu sehr in die Breite zu gehen. Auch misslingt eine suggestive Einführung der Hauptfigur, aber schon nach wenigen Kapiteln entsteht der große Erzählfluss, das Sittengemälde, die Geschichte einer widersprüchlichen Figur in widrigen Zeiten, wie es für Feuchtwangers Werk so typisch werden sollte. Sein zweiter Roman, die bald darauf entstandene *Häßliche Herzogin*, wirkt in manchen Zügen noch wie der Entwurf zu einem Theaterstück (was er auch war), aber das etwas Skizzenhafte macht die Erzählweise leichter, und in dieser radikalen

Studie des Außenseitertums gelingt es dem Autor schließlich, auch persönliche Erfahrungen zu verhandeln. Das »historische Sittengemälde« ist zugleich ein »verschleiertes Gegenwartsbild«, in dem der Dichter »seine geheimsten Bekenntnisse niederlegt« – so wie es Feuchtwanger für Heines *Rabbi* beschrieben hatte. Zugleich stellte er in den Nebenfiguren fast noch deutlicher als in *Jud Süß* jüdische Schicksale und Charaktere dar, historisch und doch transparent auf die immer bedrohlichere Gegenwart.

Mit dem zeitgeschichtlichen Roman *Erfolg* wandte sich Feuchtwanger der eigenen Gegenwart zu. Bedeutsamer aber ist, dass sich seine Sprache veränderte: Sie wurde direkter, linearer, politischer. Das lag am Stoff (München und Bayern in den Jahren des aufkommenden Faschismus), aber auch an einer neuen Arbeitsweise: seit 1925 diktierte er seine Texte nur noch, mit Ausnahme der widrigen Monaten der Flucht 1933 wie 1940.

Mit seiner Kunst hatte der junge Münchener Jude einen Platz in der deutschen Gesellschaft gefunden, als aufgeklärter Intellektueller hatte sich der Erstgeborene einer orthodoxen Familie vom Glauben der Väter abgewandt, ohne je seine Herkunft zu verleugnen, als kritischer Zeitgenosse hatte er sich mit der Geschichte seiner Heimat befasst. Doch der Einschnitt von 1933 stellte all dies in Frage – und machte es zum literarischen Thema. Spätestens seit 1930, als Feuchtwanger den Roman über den jüdisch-römischen Historiker Flavius Josephus begann, bekamen die jüdischen Stoffe und Gestalten zugleich eine politische und persönliche Bedeutung; sie waren nicht länger rein historisch zu behandeln wie noch in *Jud Süß*.

Als im besten Sinne des Wortes engagierter Autor erwies sich Lion Feuchtwanger mit dem Roman *Die Geschwister Oppermann*, der 1933 in der prekären Situation der ersten Exilwochen entstand, eine illusionslose Prophezeiung der Gewalt des NS-Regimes, aber auch ein wehmütiger Abschied von Deutschland – und doch ein Aufruf zum Widerstand. In seiner englischen Übersetzung wurde der Roman schnell ein Bestseller. Der skeptische Autor entwickelte sich in der Not des Exils zum politischen Kämpfer, schloss sich den Kommunisten an und propagierte den von Moskau aus gelenkten »Antifaschismus« – ein Engagement, das ihm persönliche Feindschaft einbrachte, auch seinen Ruf beschädigte. Seinem Werk hat es zum Glück nicht geschadet.

Das Nachdenken über die eigene Situation und Bedrohung fand Ausdruck in dem Zeitroman *Exil* (1940), einem der großen Zeugnisse jener schwarzen Jahre, aber auch in dem historischen Roman über Flavius Josephus, dessen Geschichte Feuchtwanger in drei Bänden erzählt. Wie kann man Jude und Weltbürger zugleich sein? Wie kann man in »Rom« und in »Jerusalem« Anerkennung finden? Wie steht die Heimatliebe zur Menschheitsaufgabe – vor allem wenn die Heimat verlorengeht? Solche Fragen stellten sich auch dem Autor, der zunächst in Südfrankreich, später in Kalifornien Zuflucht fand.

Die jüdische Geschichte von den biblischen Zeiten über die Zerstörung des Tempels und die Diaspora bis zur Judenemanzipation kannte Lion Feuchtwanger sehr genau. Er war auch durch seine orthodoxe Erziehung und das elterliche Familienleben mit dem jüdischen Glauben, den Ritualen und Festen, auch den Konflikten in den Gemeinden vertraut. Zudem hat er sich mit

Religionsgeschichte auseinandergesetzt. Gleich das erste Stück unseres Bandes zeigt den Endpunkt dieser Überlegungen und macht deutlich, was viel zu selten gesehen wird: Lion Feuchtwanger war ein Autor mit religiöser Phantasie. Sein *Jefta*-Roman ist eine ebenso packende »Gotteserfindung« wie die *Joseph*-Romane von Thomas Mann. Dabei geht es weniger um persönliche Glaubensbekenntnisse als vielmehr um die Rolle der Religion in bestimmten Gesellschaften und Lebensläufen. Liest man Feuchtwangers *Jefta*, begreift man, warum der Gott des Alten Testaments so hart, so grausam, so entsetzlich fordernd war. Solche Glaubensvorstellungen markieren eine Etappe auf dem Weg der Erkenntnis und der Zivilisierung. Aber der Fortschritt hat seinen Preis.

Gerade auf dem Grund der tiefsten Katastrophen liegen die Keime zu großer Hoffnung. Das Unglück hat seinen Sinn, wenn man es recht zu nutzen weiß. Das ist der spröde Optimismus Lion Feuchtwangers, der aus jeder Zeile seines Werks spricht. »Auch das zum Guten« war sein Motto in widrigen Umständen. Diese Lebensbejahung und -freude zeigte sich auch in seinem Hedonismus, seiner Sehnsucht nach jeder Art von Genuss. Seine schöpferische Arbeit verdankte sich sicherlich auch einem nahezu ungezügelten Sexualtrieb. Offen und direkt schildert Feuchtwanger auch die sexuellen Sehnsüchte und Obsessionen seiner Helden, darin weit radikaler als sein Lehrmeister Heinrich Mann. Doch es wirkt niemals willkürlich, plakativ, aufgesetzt, um der Provokation willen. Es gehörte zu seiner Methode, die Figuren vollständig und deutlich auszuleuchten, die untergründigen Triebkräfte des Handelns ausfindig zu machen.

Wenn man erst einmal erkannt und erfahren hat, wie

Feuchtwangers Romane Gestalten und Konflikte der Vergangenheit lebendig machen, wie sie Parabeln von bleibender Aktualität schaffen und Einblick in historische Prozesse ermöglichen, kann man immer noch über sein politisches Engagement reden, über die Etappen seines Exils, über seine Frauengeschichten, über sein fragwürdiges Verhältnis zu Stalin, über sein Leben in Amerika, wo er (als Staatenloser!) in einer traumhaften Villa über dem Pazifik sein Werk vollenden konnte, freilich ohne Versöhnung, ohne die rechte Anerkennung. Die schulden wir, die Nachgeborenen, ihm immer noch.

Aber manchmal ist es gut, all dies zu vergessen und sich dem puren Lesevergnügen hinzugeben, um der Stimme dieses großen deutschen Autors zu lauschen, die uns hilft, uns und unsere Zeit besser zu verstehen. Denn darum liest man doch: Um in fremden, oft fernen Geschichten und Gestalten sich selbst zu erfahren, so intensiv wie in keinem anderen Medium.

# Biographische Notiz

Lion Feuchtwanger wurde am 7. Juli 1884 als Sohn eines jüdischen Fabrikanten in München geboren. Nach vielseitigen Studien reüssierte er zunächst als Theaterkritiker. Mit den historischen Romanen *Die häßliche Herzogin* (1923) und *Jud Süß* (1925) erlangte er Weltruhm. 1925 siedelte er nach Berlin über. Während einer Vortragsreise durch die USA wurde er 1933 von der Machtergreifung der Nationalsozialisten überrascht. Seine Bücher wurden verboten, Haus und Vermögen konfisziert. Er emigrierte nach Frankreich. Sanary-sur-Mer, sein neuer Lebensort, war zeitweilig ein Zentrum deutscher Emigranten. Hier vollendete er u. a. die »Wartesaal«-Trilogie *(Erfolg; Die Geschwister Oppermann; Exil)* und die *Josephus*-Trilogie. Ende 1936 reiste er in die Sowjetunion *(Moskau 1937. Ein Reisebericht für meine Freunde)*. 1940 wurde er von den Franzosen interniert. Er flüchtete nach Amerika, wo u. a. die Romane *Goya* (1950) und *Die Jüdin von Toledo* (1954) entstanden. Lion Feuchtwanger starb am 21. Dezember 1958 in Pacific Palisades.

# Textnachweis

Neben den zwei Erzählungen *Odysseus und die Schweine* und *Geschichte des Gehirnphysiologen Dr. Bl.* wurden für diesen Band Kapitel sowie längere Passagen aus den Romanen Lion Feuchtwangers ausgewählt; Auslassungen sind mit [...] markiert, die Überschriften stammen von Gisela Lüttig.

*Das Gelübde*
Aus: L. F., Jefta und seine Tochter. Berlin (2. Auflage) 2007, S. 219–248. © Aufbau-Verlag Berlin, 1957.

*Rom*
Aus: L. F., Der jüdische Krieg. Berlin (3. Auflage) 2006, S. 7 bis 43. © Aufbau-Verlag Berlin, 1959.

*Ein aussichtsvoller Spaß*
Aus: L. F., Der falsche Nero. Berlin (2. Auflage) 2007, S. 19 bis 44. © Aufbau-Verlag GmbH, Berlin 1947.

*La Fermosa*
Aus: L. F., Die Jüdin von Toledo. Berlin (10. Auflage) 2007, S. 156–178. © Aufbau-Verlag GmbH, Berlin 1955.

*Eine Kinderhochzeit*
Aus: L .F., Die häßliche Herzogin. Berlin (6. Auflage) 2007, S. 15–37. © Aufbau-Verlag GmbH, Berlin 1954.

*Königliches Gruppenbild*
Aus: L. F., Goya oder Der arge Weg der Erkenntnis. Berlin (8. Auflage) 2006, S. 317–348. © Aufbau-Verlag Berlin, 1961.

*Die Nachwandler*
Aus: L. F., Erfolg. Drei Jahre Geschichte einer Provinz. Berlin (5. Auflage) 2007, S. 291–318. © Aufbau-Verlag GmbH, Berlin 1993.

*Das Gesicht des Cheruskers*
Aus: L. F., Die Geschwister Oppermann. Berlin (6. Auflage) 2007, S. 53–65 und 88–94. © Aufbau-Verlag Berlin, 1963.

*Heimlicher Besuch*
Aus: L. F., Exil. Berlin 2007, S. 380–395. © Aufbau-Verlag Berlin, 1963.

*Wer, wenn nicht du?*
Aus: L. F., Simone. Berlin 2001, S. 122–146. © Aufbau-Verlag Berlin, 1957.

*Odysseus und die Schweine*
Aus: L. F., Die große Passion des Klavierspielers Morgenroth. Erzählungen. Hg. und mit einer Nachbemerkung von Gisela Lüttig. Berlin 1998, S. 348–373. © Aufbau-Verlag Berlin und Weimar, 1964.

*Geschichte des Gehirnphysiologen Dr. Bl.*
Aus: L. F., Die große Passion des Klavierspielers Morgenroth. Erzählungen. Hg. und mit einer Nachbemerkung von Gisela Lüttig. Berlin 1998, S. 240–248. © Aufbau-Verlag Berlin und Weimar, 1964.

**Jean Charles Gervaise de Latouche**
**Memoiren des Saturnin**
*Mit zeitgenössischen Kupferstichen*
*Herausgegeben und mit einem Nachwort*
*von Hansjürgen Blinn*
*Aus dem Franz. von Max Mayerheim*
*352 Seiten. Leinen. Mit Lesebändchen*
*ISBN 978-3-351-03252-4*

# Bibliotheca erotica

Der Index war über Jahrhunderte das Schicksal der erotischen Literatur. Die »Bibliotheca erotica« macht die Meisterwerke des Genres wieder zugänglich – in hochwertiger Ausstattung, mit künstlerischen Illustrationen.

1742, der Skandal: Erstmals wurde das lasterhafte Leben in Klöstern aus der Ich-Perspektive erzählt. Die drastisch geschilderten Ausschweifungen der Beichtväter waren ein Angriff auf die Kirche.

**Mehr aus der Reihe »Bibliotheca erotica«:**
*Nimm mich! Die schönsten erotischen Erzählungen*
*ISBN 978-3-351-03253-1*
*Pietro Aretino, Die Gespräche des göttlichen Pietro Aretino*
*ISBN 978-3-351-03251-7*

*Mehr Informationen erhalten Sie unter*
*www.aufbau-verlagsgruppe.de oder in Ihrer Buchhandlung*

aufbau
AUFBAU VERLAGSGRUPPE